풍년
식탐

풍년식탐

전라도 어매들이 차린
풍성하고 개미진 밥상

황풍년 지음

르네상스

영혼의 허기까지 달래주는 소중하고 애틋한 밥상 이야기

소슬바람 불어오니 뜨듯한 토장국이 간절하더니, 온몸이 오소소 한기가 들면 겉은 말짱한데 속엔 불 같은 뜨거움을 품은 해초 국물이 절로 떠오릅니다. 나른한 봄날엔 향긋한 산나물무침이 아른거리고, 온몸에 맥이 쭉 빠지는 땡볕 아래서는 김치국물에 훌렁훌렁 말아낸 생선회 딱 한 숟가락이 사무칩니다.

그뿐이겠습니까. 들녘에 노란색 번지면 지글지글 전어구이의 고소한 기름 냄새 아찔합니다. 선뜻한 갯벌에서 막 캐낸 꼬막의 감칠맛은 참말로 좋습니다. 아! 빨간 핏기가 살짝 가시는 순간 건져낸 탱글탱글 잘깃잘깃 조갯살의 질감이라니! 배릿하면서도 짭조름하게 입 안 가득 차오르는 그 미각은 아무리 세월이 흘러도 무디어질 순 없습니다. 드센 겨울바람을 뚫고 삐죽삐죽 보리 새순이 오를 무렵이면 눈, 코, 입, 귀에 땀구멍까지 뻥 뚫어대며 잠든 오감을 잡아 흔드는 홍애국의 감격이 몹시 그리워지곤 하는 것입니다.

자다가도 벌떡 일어날 것 같고, 까칠하던 입 안에 단 침이 확 돌면서 생력이 솟구칠 것 같은…, 보고 싶은 엄니 아부지와 고향 산천도 우련하게 눈에 잡힐 듯한 음식들입니다.

몸과 맘이 하염없이 갈구하는 그리운 옛 맛은 소문난 음식점의 일급 주방장도 맞춰낼 수 없는 노릇입니다. 특히 여럿의 혀끝을 얼러대고 비위를 맞춰야만 하는 대중식당에서 봄 · 여름 · 가을 · 겨울, 저마다 맞춤하게 식욕을 채우기란 여간 어려운 일이 아닙니다.

"그랑께 뭐니 뭐니 해도 집밥이 제일이여."

전라도 곳곳, 이 마을 저 마을을 기웃거리며 엄니들의 소박한 밥상을 찾아다니기 시작한 이유입니다. 돈 받고 팔 일도 없고, 누구한테 치사 받으려는 뜻도 없는, 그저 무심한 듯 차려낸 무수한 삼시 세끼의 이야기를 있는 그대로 담아내고 싶었습니다. 그런데 텃밭의 푸성귀, 뒷산의 나물, 마을 앞 갯벌의 조개, 동네 특산물을 가져다가 가족들 입맛에 맞춰 뚝딱뚝딱 차려낸 음식들이야말로 영혼의 헛헛함까지 달래주는 질박하고 정직한 맛의 진수였습니다.

"음마? 이름은 뭐더게 물어봐싸? 넘덜한테 내 놀 만한 음석이 아니여."

엄니들은 한사코 손사래를 치십니다. 세상에 흔하디 흔한 '맛 자랑'을 도리에 맞지 않다 여기십니다. 하여 더러는 찾아가 통사정을 하고 더러는 자식들을 동원해가며 간신히 이야기를 이어오고 있습니다. 생선국 한 그릇을 내기 위해 수수만 번 손을 노대고, 풋나물 하나를 놓고도 먼저 간 부모님 그리워 가슴 저리고, 고봉밥 앞에 두니 양껏 먹이지 못한 자식들에게 하냥 미안하고….

그토록 순정한 엄니들의 애환과 아기자기한 지혜가 오롯한 밥상은 기실 엄니의 엄니, 저어기 윗대 할매의 할매로부터 '어깨너머로 배웠다'는 민초들의 생활사였습니다. 비록 화려한 궁중의 수라상과 내로라하는 종가의 대물림은 아닐지라도 우리의 몸을 불리고 맘을 살찌워 온 소중하고 애틋한 식담食談이었습니다.

애당초 전라도 엄니들의 손맛과 개미진 토속음식의 근원을 찾으려는 식탐食探이 목적이었지만, 푸진 인심과 온갖 산해진미를 홀로 만끽하는 식탐食貪 여행이 되고 말았습니다. 그럼에도 불구하고 언젠가는 엄니들의 제철 음식을 더듬더듬 흉내라도 내는 데 소용이 될까 싶어 일부를 추려 책을 펴내게 되었습니다.

귀한 음식과 금쪽 같은 말씀을 주신 전라도 엄니들에게 경의를 보냅니다. 재주가 없어 온전히 기록하지 못해 죄송할 뿐입니다. 거친 글을 닦고 엮어준 르네상스 출판사 식구들과 〈전라도닷컴〉이라는 질긴 인연의 끈을 붙잡고 사는 동지들에게 감사인사를 드립니다.

끝으로 울 엄니 '박순례' 님의 이름을 새깁니다. 당신을 갉고 삭혀낸 눈물의 끼니끼니가 제 몸과 맘을 지어냈습니다. 없이 살아도 입때껏 괜찮은 아내와 두 딸에게도 고마움을 전합니다.

2013년 늦가을 황풍년

차례

여는 글. 영혼의 허기까지 달래주는
소중하고 애틋한 밥상 이야기 • 4

겨울. 찬바람 불면 생각나는 그리운 음식

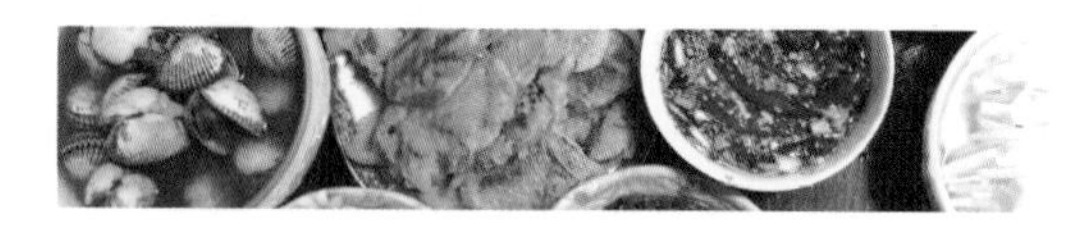

구례° 김정자 아짐 새꼬막과 고치적 • 14
/지극한 '맞춤형 서비스'의 맛

완도° 황성순 아짐 해우국 • 25
/바다를 품었다 타래타래 풀어내는 맛

고창° 김정숙 아짐 노랑조개회무침과 김칫국 • 36
/간조롬하고 달짝지근하고 꼬독꼬독한 맛의 변주

강진° 마량 이인심 아짐 매생이국 • 50
/푸른 해초 올올이 바다의 비밀스런 맛

남원° 인월 강공님 아짐 토란탕 • 63
/감미로운 질감, 아릿한 추억의 맛!

광주° 김연옥 아짐 물메기탕 • 74
/온몸을 후끈 감싸는 뜨끈뜨끈 담백한 국물

완주° '한백상회' 백인자 아짐 산골 두부 • 84
/자연과 사람 공력으로 빚은 영양 덩어리

봄. 달고 쓰고 덤덤한 풋것들의 향연

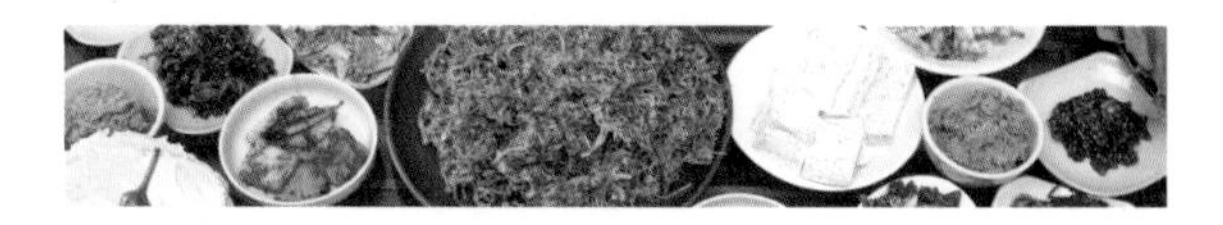

화순° 김문심 아짐 홍애국 • 98

/기적 같은 삶, 지독한 삭힘의 맛!

나주° 도래마을 양동임 아짐 쑥버무리 • 111

/초록 들판을 입 안에서 자근거리다

영광° 안영례 아짐 봄나물 • 125

/지천의 풋것들로 차려낸 초록의 향연

담양° 운수대통마을 천인순 아짐 죽순 밥상 • 140

/야들야들 아삭아삭 죽순으로만 차린 별난 맛!

남원° 산동 고광자 아짐 나물전 • 153

/쌉쌀달큼! 지글지글! 봄내음 잔치

순천° 김영희 아짐 정어리찜 • 167

/보리누름에 산 · 들 · 바다의 풋것을 졸인 맛!

담양° 용운마을 주영윤 아짐 민물새비애호박돼지고기국 • 179

/돼지와 새비가 궁합 맞춘 토종 국물 맛

여름. 징한 더위도 물러가는 개미진 보양식

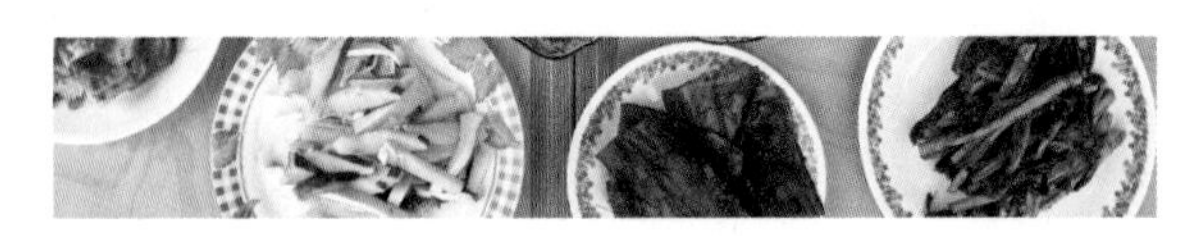

여수° 정영희 아짐 서대찜과 회무침 • 194

/꼬득꼬득 오돌오돌 개미지네!

장흥° 김상배 아재 된장물회 • 207

/혀끝이 화딱화딱 얼얼하고 시원하고

임실° 김용숙 아짐 다슬기 국, 탕, 회 • 219

/하염없이 우러나는 초록빛 강물의 맛

무주° 뒷섬마을 박옥례 아짐 어죽 • 232

/비린내는 감쪽같이 사라진 고소한 맛

진도° 맹골군도 아짐들 미역회무침 • 244

/새콤하고 보드랍게 난질난질 씹히는 진미

신안° 다물도 김경희 아짐 홍합국수 • 259

/씹을수록 찰지고 흥건해지는 바다의 맛

진안° '괴정고택' 김경희 아짐 곶감찰밥 • 268

/늘컹늘컹 뜨끈뜨끈 심심산골 보양식

가을. 어느새 뜨끈한 국물이 땡기는 시절

광주° 문복례 아침 토란알배된장국 • 282

/흙냄새 고스라한 시골 할매들의 초가을 별미

흑산도° 최명자 아침 홍어된장찜 • 291

/천 갈래 만 갈래로 뻗어가는 맛의 지존

광양° 남상금 아침 전어구이와 회무침 • 306

/'나락 놀짱흘 때' 제대로 든 가을 전어 맛

고흥° 우도 문영심 아침 뻘낙지 • 319

/인공의 가미 없는 대자연의 살점

벌교° 설점숙 아침 짱뚱어탕 • 330

/고소한 살점 맛에 우거지 씹는 개미까지

곡성° '하한산장' 박금자 아침 참게수제비 • 343

/보풀처럼 녹아드는 게살과 알의 맛

겨울.

찬바람 불면 생각나는 그리운 음식

지극한 '맞춤형 서비스'의 맛

구례 김정자 아짐

새꼬막과 고치적

• • 장터는 살아있다. 온갖 물산과 뒤섞인 씩씩한 사람 체취. 한파 소식에 잔뜩 웅크렸던 오감이 번쩍 튄다. 추적추적 내리는 겨울비 따위야 낮게 깔린 천막으로 가리는 둥 만 둥. 그 밑에 장꾼들 수런수런 부산하다.

지리산 어귀 육지 깊숙한 터에 3일, 8일 장이 서는 구례장. 사시사철 흥성한 오일장에서 귀물은 역시 비린내요 갯것들이다. 지금이야 활어차 쌩쌩 들락거리며 철따라 장바닥에 생물들을 풀어놓지만, 예전엔 여수에서 순천에서 전라선 기차를 타고 온 장사꾼들이 구례구역에서 내려 섬진강 다리를 건너왔다. 착착 포개 얹은 다라이에 손을 얹은 채 꾸벅꾸벅 졸던 할머니들을 서울행 새벽 열차 안에서 지켜보던 기억이 아련히 아려온다. 찬바람 들이치는 겨울, 남녘의 갯바닥에서 따글따글 몸을 불린 야문 꼬막들도 그렇게 구례장에 퍼질러졌다.

장보러 나선 김정자 아짐은 둘러볼 것도 살펴볼 것도 없는 모양이다. 성큼 다가선 어물전에서 새꼬막 5천 원어치를 산다.

"잉, 단골이여. 항시 믿고 사제."

짜게도 하고, 싱겁게도 하고, 맵게도 하고…. 4남매의 식성에 맞춰 지극한 정성으로 음식 맛을 내온 김정자 아짐.

'좋네 궂네' 저울질도, '더 주소 말소' '깎네 마네' 실랑이도 없다. 얼굴만 보아도 척 알아보는 수십 년 신용거래란 이렇듯 싱겁고 담박한 거다. 모퉁이 돌아 몇 걸음. 채전에서도 "고치 매운 거 5천 원어치만 주씨요"로 장보기를 마감한다. '새꼬막 삶고, 고치적 부쳐' 점심상을 차릴 요량이니, 더 뭣을 보태리. 애면글면 맵짠 살림살이로 자식들 거두어온 우리네 엄니의 전형이다.

얼굴만 보아도 척 알아보는
싱거운 신용거래로 장을 보고

어머니의 음식을 주위에 맛보이다가 급기야 '식탐꾼'까지 고향집에 불러들이게 된 박수현(동화작가) 씨가 아짐과 함께 앞서가고, 그 뒤를 좇아 사림마을로 들어선다.

휑한 겨울 벌판 저 너머 운무를 둘러쓴 지리산이 자락자락 길게 내뻗어 있다. 그 웅장한 자태를 한눈에 품어보는 널찍한 터에 아짐의 집은 여러 채다. 좁장한 마을 길 사이로 기와집과 별채가, 그리고 살림집, 행랑채, 헛간이 나뉘어 섰다. 오동나무, 배롱나무가 빗물을 뚝뚝 흘리며 대문가에서 손님을 맞는다. 흙을 이겨 붙인 돌담 위에 조르르 기와를 올렸는데 군데군데 비료포대로 덧댄 모양이 알뜰하다. 담장을 따라 낙엽을 수북이 그러모아 발밑에 깐 시누대만 낙낙하니 더욱 푸르다. 마당에 들어서니 소나무 한 그루 우뚝하고 청청한데, 남천은 새빨간 열매마다 송알송알 투명한 물방울을 똑똑 떨군다. 올망졸망 단정하게 줄을 세운 장독들 위로 감나무 가지 휘휘 늘어지고, 동백은 봉긋한 꽃망울에 잔뜩 물기를 머금었다. 뒤뜰 어디서 비를 긋는지, 참새 떼가 소란하고 이따금 포록포록 방정맞게 들락댄다. 아! 얼마나 아름다운 겨울 정경인지. 그저 바라다보는 것으로도 가슴이 벅차오르고 저절로 배가 불러온다.

살림집 부엌에서 아짐은 바쁘다. 오돌토돌한 양푼에 꼬막을 붓고 씻기 시작한다. 찬물에 맨손을 담가 빡빡 문질러대는 소리가 찰그락 찰그락, 싸드락 싸드락 우렁차다.

"나는 이것이 더 맛있드라." "나도 그것이 맛있어."

아짐의 말에 딸 수현 씨가 장단을 넣는다. '이것'과 '그것'은 새꼬막이고, 그만 못하다는 건 참꼬막이다.

"참꼬막은 장에다 쪼리문 그냥 쪼그만해져 불고 못써. 잘 삶아야 제사상에 좋게 놓제. 옛날에는 이것이 없어. 참꼬막만 있었제. 지금 요것은 재배를 헌갑드마. 아이가! 여기 비싼 것이 한나 들어왔네."

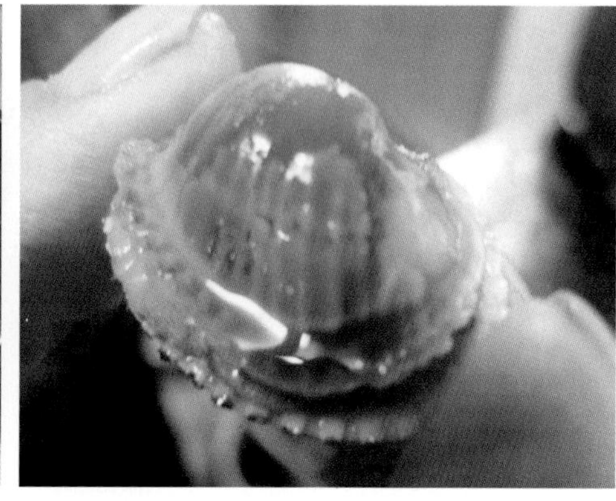

매운 고추 쫑쫑 썰어 넣은 집간장 국물에 새꼬막이 익어가는 중. 국자로 들춰가며 살살 한쪽 방향으로 젓는다.(왼쪽) 꼬막 한 알.(오른쪽)

피꼬막 한 개 섞여 들어온 것이 그리 오질까. 서글서글한 눈매에 선한 웃음을 달고 살아오셨을 얼굴에 흐뭇한 미소가 번진다. 데치듯 삶아내야 제 맛인 참꼬막은 비싸고 까탈스러워 제사상에나 올리고, 평소엔 새꼬막을 장국에 폭폭 삶아 식구들 모여 앉아 오순도순 까 먹었던 것이다.

"꾸정물 다 빠질 때까지 씻어야제. 아직도 멀었어. 더 벗겨줘야 돼. 씻는 것이 일이제. 장으로 흘라문 깨끗해야 돼. 근디 벌교 거튼 디서는 매 안 씻는 다드마. 맛이 없어진다고."

한참을 씻고 또 씻고 헹구고 또 헹군다. 아무리 벗겨도 새까만 뻘때가 남아 있는 꼬막 몇 개는 일일이 솔질까지 한다.

"우리 막내며느리는 꼼꼼쟁이여. 하나씩 하나씩 전부 솔질해서 씻어. 깔끔헌께 지가 피곤하제. 이래갖고 소금 좀 너서 담가노문 흐레(뻘)가 빠진 디…. 오래 안 놔 둘건께, 금방 헐 거라 그냥 놔둬."

살림 야문 막내며느리 이야기를 양념으로 설핏 끼얹고, 말끔해진 새꼬막을 물에 담가둔 채 장국을 끓인다. 넉넉하게 물을 부은 냄비 안에 동그라미를 그리듯 장단지를 빙빙 돌려 호복하게 집간장을 따르고 센 불을 지핀다. 곱게 다진 마늘도 두어 숟가락 떠 넣고…. 반질반질 빛을 내는 장단지가 예사롭지 않다. 조리대 한가운데 떠억 버티고 선 품새로 보아 아짐의 주방을 호령하는 터줏대감답다. 그러면 그렇지, 아짐 맛의 비결은 집간장이다.

"요 장단지가 한 45년 됐구마. 읍에서 이사 올 때 샀은께. 나는 뭣이든 집간장을 너서 해묵어. 소금은 생전 안 쓰제. 나물 거튼 것도 소금을 너문 색은 좋제만 걷

45년 된 장단지. 이 댁 음식 맛의 비결이다.

맛이제 짚은(깊은) 맛이 안 나. 해마다 담제."

말씀일랑 조근조근 재미져도 손놀림만은 쉴 틈 없이 재다. 장국에 넣을 풋고추 두 개를 집어 꼭지 떼고 길게 4등분한 뒤 쫑쫑 썰고, 고치적(고추전)에 쓸 여남은 개는 이등분만 해서 어슷어슷 촘촘한 칼질이다.

맛의 비결은
45년 된 장단지에 담긴 집간장!

"꼬막장국? 옛날 엄마들 해묵는 것 보고 배왔제. 시집은 간전서 중매로 왔어. 얼굴이 다 뭐여. 사진도 안 보고 왔제. 근디 간전이 좋은 디여. 자원이 좋아. 옛말이 '간전에 들어올 땐 개 등에 짐을 실고 왔다가 나갈 땐 소 짐으로 나간다'고 그랬어."

아짐은 구례읍으로 시집와 몇 년 살다 용방면 사림마을로 이사와 45년을 살았다. 농사짓고 누에 키워 4남매 모두 서울서 대학을 마칠 때까지 뒷바라지했다. 허연 애벌레들이 꼬물거리며 사각사각 뽕잎을 갉고 앙증맞게 고치를 짓던 아담한 누에방이 지금 노후의 거처가 되었다.

매운 기운이 코를 자극한다. 양푼 하나에 양파, 고추, 다진 마늘을 넣고 어김없이 집간장을 따른 뒤 되작거린다.

"고추는 식성에 맞춰 넣는디, 우리 애들은 매운 걸 좋아흐드라고. 매운 건 몸써리 나게 매와. 너무 매울 것 같으문 씨만 골라내고. 애들 식성이 다 달라. 우리 딸은 주로 고치적 같은 거 좋아흐제. 우리 막내아들 종암이는 특히 국을 싫어해. 아무리 맛있어도 쪼오끔 줘야 해. 묵는 것이 꼭 지 아부지를 탁했어(닮았어). 우리 둘째 아들 종필이 갸는 몸땡이를 맘대로 허대. 늘렸다 뺐다. 중국 들어간 지 3년 됐어. 중국말이 아조 능통해. 우리 큰아들 종영이는 고치적도 좋아흐고 꼬막도 좋아해. 오문 항시 삶아줘. 그냥 까묵어라고. 닭을 장조림으로 해주문 제일 좋아해."

자식들 이름 앞에 찰싹 달라붙은 '우리'에 찐득한 사랑과 그리움이 배어 있다.

새꼬막을 건져내 냄비에 쏟아 붓는다. 국자로 들춰가며 한쪽 방향으로 젓는다. 싸르락 싸르락 껍데기 부딪히는 소리가 경쾌하다. 한참을 젓다가 장국 간을 본다.

"안 짜다야. 쪼금 더 넣어도 되겄제. 이건 짭잘해야 맛있어."

집간장을 호복하게 다시 붓고 다진 매운 고추를 풀어 넣는다. 장국 냄새, 매운 고추 냄새가 솔솔 퍼진다.

"매 익어야 돼. 요 꼬막은 덜 익으문 좀 미끄러. 우리 애들은 이렇게 삶아서 건져 주문 좋아해."

훌랑훌랑 훙덩하게 끓인 새꼬막 장국이다.

"다 됐구마. 까 잡사봐."

아짐이 장국조차 새꼬막조차 푹푹 양푼에 퍼준다. 뜨끈뜨끈한 김이 모락모락 피어오르고 입 안에 침이 괸다. 이제 고치적을

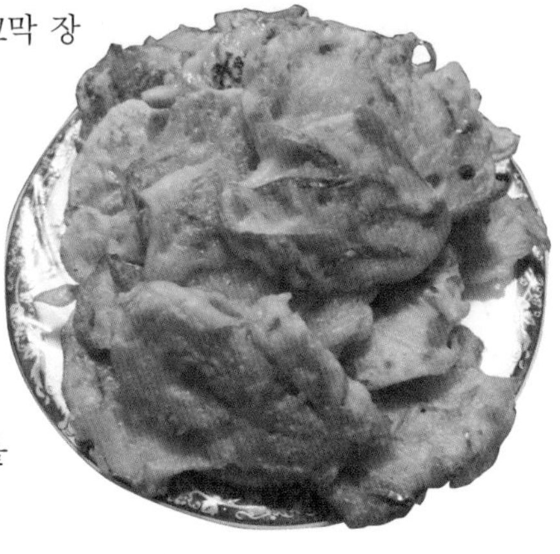

노릇노릇 따끈따끈 고치적! 한입에 쏙 들어갈 만한 크기로 부쳐냈다.

지리산 자락의 들판에서 올라온 나물과 푸성귀 푸짐한 자연의 밥상.

부칠 차례다. 양파, 고추, 마늘 넣고 집간장으로 되작거린 양푼에 구례 특산품 우리밀 가루를 흩뿌려 조물조물 반죽을 한다.

"매운 걸 못 잡술까봐…. 글고 깨끗이 허고 보기 좋게 헐라문 씻어야 돼. 고추씨가 있으문 색깔이 좀 검어. 요렇게 조물조물해야 간이 쏙 들어가. 우리 딸이 우리밀만 먹어야 헌다고 해. 근디 우리 둘째는 양파를 싫어허드라고. 입맛이 가지가지여. 우리 영감은 고치적을 그냥은 잡솨도 밥상에 올리문 절대 안 잡솨. 반찬으론 안 묵어. 인자 부치문 돼. 나는 한 젓가락씩 부쳐. 묵기 좋게."

참 신통방통한 화법이다. 이야기를 하다보면 어느샌가 '우리 딸' '우리 아들'로 향해가는 도돌이표다. 평생 맘에 품고 입에 붙이고 사는 자식들이다. 일일이 식성을 가려 정성으로 차려온 숱한 끼니와 반찬, 음식들을 두고 뉘라서 '맛이 있네 없네' 입방아를 찧으리오. 이토록 지극한 '맞춤형 서비스'를 세상 어느 밥집에서 누릴 수 있을까.

지리산 자락
깨끗한 자연의 맛이 고스란한 밥상

아짐은 고치적을 부치는데, 새꼬막 까 먹을 욕심에 슬며시 방으로 든다. 장국에 손가락 적셔가며 연신 새꼬막을 까 먹는다. 집간장으로 짭조롬하게 간을 맞춘 새꼬막이 씹을수록 쫄깃쫄깃 갯맛을 우려낸다. 눈앞에 오보록한 패총이 무장무장 솟는다. 불감청고소원이라! 매실주까지 한잔 받아 마시니, 더없이 좋은 안주다. 이윽고 막 부쳐 노릇노릇 따끈따끈한 고치적이 상에 오른다. 어린애 손바닥만 한 게 베어먹기 딱 좋은 크기다. 청양고추의 매운 기운을 양파의 달큼한 맛으로 눅이기엔 좀 세다. 집간장의 깊은 맛이 은은하게 끌린다. 장국에 삶아낸 새꼬막도 매콤한 고치적도 입질을 멈출 수 없게 한다. 둘 다 술도둑이요 밥도둑이 틀림없다.

비 내리는 겨울 한낮, 약간 어두운 듯 아늑한 시골집 방 안에서 지글지글 전 부치고 폭폭 꼬막 삶아 술 한잔을 즐기는 순간이다. 강퍅한 일상의 시름이 절로 녹아 스러지고, 내밀한 기쁨이 밀려온다. 그렇게 꼬막 까 먹는 여러 겨울날을 함께했을 식구들이니 얼마나 두터운 우애를 쌓고 또 얼마나 애틋한 사랑을 품었겠는가.

"미안시러와 어찌까. 차린 것이 없어서. 생선 한 마리도 없고."

'천만의 말씀'이시다. 소박하고 정갈한 상차림은 완벽했다. 고치적과 새꼬막에 고들빼기김치, 두부전, 콩나물, 배추나물, 고사리나물, 고추장아찌, 배추김치, 감자된장국, 무싱건지. 지리산 자락의 깨끗한 자연의 맛이 고스란히 상에 올랐다. 집간장 고루고루 밴 개미진 반찬들과 구수한 된장국으로 포식을 했다. 밥상을 물리자 곶감을 내오고 귤을 들이고, 또 뭣을 내줄까 궁리뿐이다. 그리고 돌아서는 손에 기어이 매실즙 한 병을 들려주신다.

맛일랑 두말할 나위 없고, 말 그대로 '물심物心'을 탈탈 털어 고샅을 나선다. 식탐을 작정하고 나선 길, 엄니들의 인정은 느껍기도 하여라.

바다를 품었다
타래타래 풀어내는 맛

완도 황성순 아짐

해 우 국

• • 누구에게나 몹시 그리운 음식이 있다. 혀끝에 익숙해진 맛의 기억이 머릿속 창고에 차곡차곡 쟁여져 또렷한데, 다시는 그 맛을 볼 수 없는 애석함이라니…. 불현듯 어머니가 떠올라 울컥해지고 고향으로 달려가고 싶은 강렬한 충동이 인다.

경기도 용인 사는 독자 이영백 씨에게 그리운 고향의 맛은 '김국'이었나 보다. 그는 이태 전 어느 겨울날 전화를 걸어와 음식 이야기 연재를 부탁했다. 그가 꼽은 첫 번째 주문이 김국(해우국)이었다.

경남 하동이 고향인 그는 광양산 물김을 뜨끈뜨끈 국으로 끓여 속을 뎁히던(데우던) 겨울날을 회상했다.

"특별한 음식이 아니라 우리 엄니들의 손맛 우러나는 소박한 음식을 꼭 알려 달라"는 그에게 했던 대답이 어설픈 '식탐'에 나선 동기였다. 그리고 찬바람 몰아치는 겨울날, 입천장을 델 만큼 뜨거운 국물 맛을 보리라 작정했었다.

"해우국 말이지라? 그거 어지께 울 엄니가 끓여줬는디라."

“아들이 해주란디 해줘야제.” 황성순 아짐이 해우국을 끓이는 이유다.

완도의 벗들에게 전화로 김국을 수소문했는데, 마침 그 자리에 있던 위대한(완도 신흥사 템플스테이 담당) 씨가 선선하게 어머니의 밥상으로 초대를 한다는 기별이 왔다.

한번 놓치면
일 년을 기다려야 하는 제철 음식

그리하여 완도군 군외면 불목리 영흥마을 황성순 아짐의 집으로 달려갔다. 한파가 열흘 넘게 위세를 떨치고도 전혀 수그러들 기미를 보이지 않는 대한 무렵이었다. 들추면 들출수록 화들짝 놀랄 만한 뜨거움을 뿜어내는 김국, 매생이국 등 해초 국물을 후후 불어가며 먹기엔 딱 맞춤한 날씨였다.

"울 아들이 끓여주라고 흔디 으짜꺼요. 아들이 해주란디 해줘야제"라며 기다리던 아짐은 행여 밥때를 놓칠세라 된장물을 끓이며 요리할 준비를 하고 있었다. 새까맣고 반질반질 윤기가 나는 물김도 헹궈 개켜 놓고 생생한 굴도 넉넉하게 준비했다.

"간단해서 해묵기 좋아. 된장 풀어서 물 끼리고, 생김흐고 굴하고 넣고, 마늘 넣고… 끝이여. 쪼금 싱거우문 소금이나 쬐까 치문 돼."

국거리도 조리법도 싱겁고 단순하다. 사람 솜씨보다는 좋은 김과 신선한 굴이 맛을 좌우하는 자연식에 흡사하다. 그러나 한번 놓치면 일 년을 기다려야 하는 겨울 한 철의 음식이다.

"해우국은 이때 맛을 안 보문 못 보거든. 도시 사람들은 안 묵어도 여기

완도읍장에서 사 온 물김. 새까만 해초가 반질반질 태깔도 좋고 싱싱하다.

사람들은 잘 해묵어."

가닥가닥 늘어진 물김을 도마에 올려놓고 뚝뚝 성긴 칼질을 한다. 완도읍장에서 한 재기(뭉치)에 2천 원씩 모두 다섯 재기를 사놨다는데 전부 썰어 놓으니 솔찬히 수북하다. 곱게 다진 마늘을 물김 위에 펴듯이 얹어 바르고 된장 국물 끓기를 기다린다.

"김이 얼~마나 맛있다고…. 우리 친정엄마가 옛날에 해줬어. 묵어보고 해보고 배왔제."

자식을 위해 국을 끓이며 당신의 어머니를 떠올리니, 순식간에 3대가 해우국 하나로 끈끈하게 엉긴다.

국물이 팔팔 끓는다. 냄비 안에 된장 국물은 절반이 채 되지 않는데 물김을 넘치도록 자꾸 우겨넣는다. 되작되작 국자로 젓다가 굴을 붓는다. 국자를 위 아래로 들썩들썩 쑤석이는데 냄비 가득 차오르던 생김이 점차 풀어지며 잦아든다.

"잉~ 끓으문 쩍어지는 거여. 이것이 이란 성싶어도 금방 폭폭 끓어. 양념 안 해도 맛있어. 먹어보문 아~ 이렇게 간단해도 맛있구나 허꺼시오."

난데없는 손님맞이에 일손을 보태러 왔다는 서정순 아짐이 해우국 이야기에 감칠맛을 보탠다.

이제 뽀글뽀글 냄비 속에서 물방울이 솟구치고 톡톡 국물이 튄다. 황성순 아짐이 국자를 집어넣고 휘저으니 된장콩이 둥둥 떠다니고 늘어진 김 가닥들이 손잡이까지 친친 엉기고 달라붙는다. 생김에서 우려진 붉은 기운으로 하얗던 굴빛이 볼그족족하다.

"암껏도 안 쳤어도 간이 딱 맞네."

한 숟가락 떠서 맛을 보니 아짐의 말이 틀림없다. 참기름도 깨소금도 양파도 대파도 없는 국물이 간간하니 고소하고 살짝 비린 듯 깔끔하다.

제 몸 안에 옴싹 품고 있던 바다를 한꺼번에 타래타래 풀어헤쳤다고나 할까. 따끈한 해우국은 이제 막 뭍에 오른 신선한 해초가 된장을 만나 방심하듯 바다와 갯벌을 놓아버린 맛이다. 걸쭉하게 당겨 오르는 김 가닥에 딸려 엉겁결에 입에 들어온 굴은 된장기에 졸여서인지 졸깃한 육질이 더욱 개미지다.

"도시에선 못 해묵어. 해우(물김)를 바로 가져다 파는 장사가 있으문 모

바다의 맛을 타래타래 풀어내는 해우국. 볼그족족 김물이 든 굴 맛도 개미지다.

르까. 쫌만 따땃흐문 빨갛게 변해서 묵도 못 흔게 장사들이 안 흐지. 잘못흐문 손해본께."

아짐에겐 겨우내 해우국이 굴뚝같아도 생각뿐이었던 시절이 있었다. 슬하의 3남매를 가르치느라 20년 동안 광주에서 살았던 탓이다. 바닷가에서 멀리 떨어진 도시의 시장에서 때깔 좋고 싱싱한 물김을 만날 수 없었던 게다.

"우리 집 양반이 평생 목수 일을 했는디 돈 벌러 외국 나가 있을 때 내가 아그덜 데꼬 광주로 나왔제. 그 질로 3년 전까지 광주 살다가 인자 완도로 왔구마. 이 양반이 하도 고향을 원해싸서 돌아와갖고 작년에 새 집을 짓고…."

뜨건 바다를 삼키는 쾌감!

아짐의 집은 동네 한가운데 사방으로 볕이 드는 자리에 들어선 현대식 목조 건물이다. 창밖으론 영흥천이 촬촬 흐르고 저만치 쪽빛 바다가 내다보여 경치도 좋다.

너른 거실 한쪽에 딸린 부엌에서 상차림이 재다. 어른 팔뚝만치 크고 통통한 서대를 두 마리나 굽고, 참기름 넣고 조물조물 시금치도 무쳤다. 파래무침, 굴젓, 매실과 함께 담근 고추장아찌, 살짝 구운 김과 배추김치, 고추장에 조청을 호복하게 붓고는 되작거려 마른 멸치 찍어 먹으라고 상에 놓는다.

"요것이 완도 아이들의 영원한 도시락 반찬입니다."

위대한 씨가 웃으며 설명을 붙인다. 이윽고 고실고실 고봉밥과 김을 폴폴 날리는 해우국이 상에 오른다. 한사코 먼저 먹으라는 아짐의 성화에 사내 다섯이 한 식구가 되어 점심을 든다. 모두가 제 앞에 놓인 국에 우선 수저를 담근다. 둘은 숟가락으로, 셋은 젓가락으로 후룩후룩 소리를 내가며 해우국을 먹는다. 뜨건 바다를 삼키는 쾌감! 머리가 찡하도록 춥고, 으스스 몸이 떨리던 혹한도 바깥을 서성이다 되돌아갈 성싶다. 물김이 제법 두텁게 씹히며 입 안에 갯맛을 자꾸 채워준다. 밥을 남기고 대신 해우국 두 그릇을 비우니 뱃속이 든든해지고 뜨뜻해졌다. 된장과 마늘, 물김과 굴. 육지와 바다에서 딱 넷을 추려 끓여낸 국물이 담박하고 깊다.

바다로 배를 채워 느긋해진 '식구'들이 풀어진 김발마냥 밥상 물릴 생각은 하지 않고 해우국에 얽힌 추억을 풀어놓는다.

"우리는 물김국은 못 먹고 컸어요. 그 비싼 물김으로 김국을 끓여 먹는다는 건 상상도 못했거든요. 마른 김도 상품이 될 만한 것은 엄두도 못내고 짜투리를 모아 쌀뜨물에 고춧가루 살짝 풀고 참기름 한 방울 떨어뜨려 끓인 김국밖에 못 먹었어요."

"김 농사, 생각만 해도 징글징글헙니다. 김국이라면 바쁠 때 마른 김 뽀사서 쌀뜨물에 된장 풀어 함께 폭폭 끓여 먹었지요. 제일 빠르고 쉽고…. 언능 일해야 흔께."

김정호(완도신문 대표) · 박남수(완도통신 운영자) 씨는 모진 바닷바람 맞으며 김발에서 물김 뜯어다 찬물에 씻고, 잘게 여미고, 체에 뜨고, 말리고, 네모반듯하게 잘라 재어 내던 고된 노동을 기억하는 완도 사람들이다. 그들에게 해우국은 시장에 내다 팔 수 없는 마른 김 자투리나 부스러기를 모아 후딱 끓여 먹던 작업 현장의 음식이었다. 집집이 입맛에 따라 고춧가루를 풀기도 하고 된장을 풀어 끓이기도 했단다.

어느 고을이든 나랏님 진상품이거나 이름난 특산품의 산지 사람들은 정작 온전하게 그 맛을 만끽하지 못하기 십상이다. 뼛골 빠지게 일을 해서 당장 돈을 사기 바빴던 처지를 생각하니, 가만히 앉아 최상품 물김에 생생한

서대도 굽고, 시금치도 무치고…. 공들인 밥상 위에 마른 멸치와 고추장까지 올라왔다.

굴을 넣어 끓여낸 해우국 두 그릇을 들인 공력도 없이 누렸다.

얼추 2년을 벼르던 음식으로 식탐을 양껏 채우고 돌아와서도 나는 인터넷에서 만난 벗들과 해우국을 화제로 손수다를 떨었다.

이영백 씨처럼 우리나라 김 시배지인 광양 태인산 김을 아는 이들은 물김을 씻어서 끓인 해우국을 떠올렸다. 국물엔 된장을 쓰거나 말거나 조리하는 집들마다 차이가 있었다.

광양 사람 배영일 씨는 "해우국은 광양이 최고였죠. 막 뜯어온 물김을 씻어서 넣고 그냥 물에 걸쭉하게 끓이죠"라고 했다. 신 김장김치를 곁들여 먹는 해우국이 '환상'이라는 그는 광양제철소가 들어서며 사라진 '광양김'을 못내 아쉬워했다.

고원갑 씨는 해우발에서 해우를 뜯어와 된장 국물에 끓여 먹었다고 기억했다. 그는 해우국을 끓인 직후는 너무 뜨거워 그걸 모르고 한입 덥석 입에 넣었다가 입천장이 벗겨지고 삼키면 뱃속이 아리도록 뜨거운 느낌에 혼이 났던 어린 시절을 이야기했다.

광양산 물김으로 끓여낸 국물 맛을 보았을 법한 고향 친구 준석이는 "김국은 미운 사위가 찾아오면 내놓는 음식이었다"는 옛말을 상기시켜 주기도 했다.

풍년식탁
3

간조롬하고 달짝지근하고 꼬독꼬독한 맛의 변주

고창 김정숙 아짐

노랑조개회무침과 김칫국

• • 고창 해리장. 상하, 동호, 심원까지 70km에 이르는 긴 바다를 지척에 끼고 4일, 9일마다 서는 오일장이다.

물때 따라 갯것들 푸지기로 유명한데, 맵찬 바람에 주눅이 들었나 보다. 한겨울 아침 장 풍경이 스산하다. 채전, 옷전, 과일전, 나물전 듬성듬성한데, 잔뜩 웅크린 장꾼들은 '깡통불'을 피워놓고 옹송거리며 손님을 기다린다.

역시 바닷가 장터인지라 아쉬운 대로 어물전엔 제법 활기가 돈다. 물메기, 아귀, 굴, 꼴뚜기, 새우, 명태, 박대, 서대, 고등어, 꽃게 등속이 생물로 건어물로 냉동 상태로 펴질러졌는데…. 첩첩 쌓아올린 망태기를 하나씩 풀어헤치고 부지런히 조개를 까는 어물전 아짐들 유별나다.

"요것이라? 노랑조개! 밀조개, 해방조개…. 다른 이름도 많애. 해방 되든 해에 많이 나서 만썩 묵었다고 해방조개라 근답디다만. 전도 부쳐 묵고, 무시 넣고 무쳐 묵고, 국도 끼래 묵고…."

"고창서도 많이 나온디, 광주, 전주 그런 디서 오셔갖고 씨를 말려불어. 요샌 군산, 장항서 들어와."

어물전의 젊은 부부가 번갈아가며 해방조개의 내력과 먹는 법, 어황까지 들려준다. 차드락 차드락 조개껍데기는 연신 부딪히고, 말을 할 때마다 허연 입김이 날린다.

해방 되던 해에 많이 나서 '해방조개'라고도

'오늘 장에는 뭐가 나왔나' 하는 표정으로 장바닥을 휘익 둘러보는 김정숙 아짐의 눈에도 영락없이 노랑조개가 꽂힌다.

"어렸을 때부터 많이 잡았어요. 이게 엄청 나왔어요. 갯벌에 한번 들어가면 못 갖고 올 정도로 잡았어요. 먹기도 하고 팔기도 하고. 무침도 좋고 젓갈도 담아 먹고. 여러 가지로 해먹어요."

아짐이 "넘다 많은디, 까서 줄랑가?" 하며 망설이는데, 조개장수는 "기냥 갖고 가소. 잘 까잖애?" 하고 덥석 한 망태기를 들어준 뒤 명태 몇 마리에 꼴뚜기까지 덤으로 얹어준다. 사고팔고 하는 모양새가 별스럽다 했더니 아니나다를까 동네 친구 사이란다.

해리장은 고창에 남아 있는 오일장 가운데 가장 오래된 장이다. 한창 흥성했던 시절엔 소전도 있어 맛나고 푸짐한 소고기국밥의 명성도 높았다는데, 지금은 농협 마트를 빙 둘러싸듯 놓인 좌판들도 성기고, 열서넛 되는 장옥들도 겨울엔 문을 열지 않았다.

아짐은 노랑조개와 굴, 제수용 박대까지 서둘러 장을 본다. 장터에서 해리면 광승리에 있는 아짐의 집까지는 차로 10분쯤 달려 닿는다. 집에서 갯벌까지는 걸어서 10분이면 충분할 만큼 가깝다.

"이쪽은 바닷가고 읍내 쪽하고 달라요. 그쪽은 조개를 무쳐도 고추장으로 무치는데, 이쪽은 고춧가루만 써요. 맛이 달라요. 이따 보시문 아실 테지만 훨씬 깔끔하드라구요."

거실 한복판에 큰 다라이를 놓고 노랑조개를 쏟아 부은 김춘용 아재는 조개를 까기도 전에 회무침 맛부터 자랑이다. 벼농사 밭농사 합해서 2만 6500평, 한우 40여 마리, 복분자와 오디까지 연중 농사일에 치여서 사는데 지금이 아주 잠깐뿐인 농한기다.

아짐이 조개를 까기 시작한다. 둥근 삼각형 모양에 굵은 성장선이 그어진 노랑조개는 백합보다는 작고, 동죽이나 꼬막보다는 훨씬 크다. 황갈색 껍데기를 열면 조갯살도 노랗다. 뾰족한 조개의 발이 새부리처럼 꼬부라져 있는데 새조개보다는 짧다. 선명한 분홍빛이 곱다. 껍데기 줄무늬가 삼베와 비슷해 '삼베백합'이라고도 하고 명주조개, 개량조개 등 지역마다 부르는 이름이 여럿이다. 모래갯벌에 사는지라 안팎이 숫제 서걱서걱 모래 투성이다. 대신 진흙뻘에서 나온 어패류에 비해 비린내가 적다.

"여기 뾰족한 게 눈이에요. 여기를 쓱 단번에 칼질을 하고 엄지손가락으로 조개가 다물어지지 않도록 누르면서 양쪽 관자를 살살 긁어내듯 돌려서 똑 떼내면 돼요."

아짐의 손짓은 날렵하기가 어물전 아낙들 못지않다. 순식간에 발라진 조갯살이 양푼에 모이고 껍데기는 패총마냥 우북하게 솟는다. 손을 대면 입을 딱 다물어 버리는 속도와 힘이 놀랍다. 속살만 엉겨 있으면서도 꼼지락대는 노랑조개에서 싱싱한 바다의 생명력이 전해진다.

"여그 살다 간 사람들이 이 맛을 잊지 못해요. 얼마 전에 마을회관에서 향우들을 초대했거든요. 아줌마들이 이걸 까면서 무치면서 얼마나 맛있게 먹었당께요. 쌀죽 쒀도 맛있어요. 질기니까 쫌 다져갖고…."

산뜻한 살점이
졸깃하다가 물큰하게 씹히고

양푼에 담긴 조갯살에서 두어 번 씻어 버리고 받아놓은 쌀뜨물처럼 말갛고 뽀얀 국물이 우러난다. 조갯살을 작은 바구니에 담고 체를 치듯 두 손 끝으로 주물주물 모래를 빼낸다. 뽀글뽀글 거품이 일어난다. 모래를 빼내고 나면 일일이 내장을 따내야 한다.

"요렇게 똥(내장)을 따갖고 소금물에 시쳐야제. 참 손이 많이 가지요?"

'맛나다' 싶은 음식들에 손이 많이 가는 건 예외가 없나 보다. 속살만 발라내고, 모래 빼내고, 내장 따낸 조갯살을 깨끗한 물로 씻는다. 양푼을 들고 부엌으로 간 아짐은 먼저 소금을 슬쩍 끼얹어 조물조물 찬물에 여러 차례 헹군다. 잘디 잔 모래 찌꺼기와 흐물흐물한 흐레까지 말끔히 씻어낸 뒤 맨 마지막에 또 소금을 흩뿌려 물 속에서 흔들어 댄다. 그리곤 한 움큼씩 건져내 두 손으로 꼭 쥐어짜 물기를 빼낸다. 씻으면 씻을수록 조갯살은 노란빛으로 선명해지고 분홍빛 발이 도드라진다.

"마지막에 소금물로 헹구면 혀(새부리처럼 생긴 조개의 발)가 고실고실해

청정 갯벌의 생명력이 전해지는 노랑조개.(위 왼쪽) 김정숙 아짐은 어물전 아낙들 못지않다. 날렵한 손놀림으로 조갯살을 떼어낸다.(위 오른쪽) 주물주물 씻어서 모래를 빼낸다.(아래 왼쪽) 맑은 물에 씻을수록 노란빛과 분홍색이 곱고 선명해지는 조갯살.(아래 오른쪽)

요. 싱싱헌게 그냥 먹어도 돼요."

조갯살을 집어 코에 댔다가 입 안에 넣어본다. 미미한 소금기, 산뜻한 살점이 졸깃하다가 물큰하게 씹힌다. 간조롬한 갯맛이지만 비린내가 전혀 느껴지지 않고 기분 좋게 달짝지근하다. 청정한 바다향이 고스란하게 입 안을 채운다.

회무침은 간단하다.

"풋고추 빨간 고추 쫑쫑 썰고, 다진 마늘도 넣고, 참깨 뿌리고 설탕 좀 치고, 싱겁다 싶으문 소금 약간 뿌리고, 쪽파 없어서 대파 잘게 썰고 고춧가루로 버무리문 돼요. 젤 끝에 빙초산 약간만."

조개 까던 손놀림도 회 무치는 솜씨도 유연하기가 물 흐르듯 촬촬 자연스럽다.

"매일 먹다시피 했제, 겨울에는. 이게 여름에 산란을 하니까요. 어쨌든 조개는 겨울에 맛있어요. 국도 끓여 먹고, 시원하제. 젓갈도 담고 전도 부치고, 나물에다 넣고…. 담백하면서도 쫄깃하고 달달하고 그래요. 근디 참 요상하제, 언제부턴가 싹 없어지드라고요. 모래만 긁으면 버글버글허던 것인디."

짐짓 고개를 갸웃거리지만 서해바다 어패류들이 자꾸만 사라지는 까닭을 모를 리 있으랴. 새만금 방조제 공사가 시작되고, 배수갑문이 들쭉날쭉 제 맘대로 수위를 조절하면서 조개들도 집단 폐사했다. 2007년 7월에는 계화도 갯바닥에 입을 쩍 벌리고 흐옇게 죽어 널부러진 참혹한 노랑조개들의 사진이 공개되기도 했었다. 수위가 낮아진 데다 장맛비를 맞고 난 뒤 햇볕에 노출된 노랑조개들이 죽음을 피할 도리가 없었던 게다. 위쪽은 새만금이요 아래로는 영광 원전인데, 해류의 변화에 민감한 노랑조개들에게 고창 갯벌이라고 마냥 안전할 수는 없었으리라. "어느 날 갑자기 사라졌다"는 말 속에 애석하고 허망하고 미안하고 그리운 마음들이 엉겨 있다.

굴밥을 양념장에 비벼
뜨거운 김치국물 곁들이고

아짐의 부엌엔 한 해 농사의 결실이 여기저기 놓여 있다. 바닥 한쪽엔 메주 덩어리가 볏짚을 깔고 덮고 꼬들꼬들 말라간다. 무, 배추, 마늘, 호박, 고추, 콩, 팥, 깨…. 손수 지은 작물들이니 생선이나 고기 반찬 아니면 시장에 나갈 일이 없다. 된장, 간장, 고추장도 매년 담는다. 스물두 살에 시집와 30년 넘게 딸 둘에 아들 하나를 키워내며 한 해도 거르지 않은 일이다.

"노랑조개 넣고 김칫국 끓여야겠네요."

김장김치 한 포기를 꺼내 온다. 벌겋게 잘 삭힌 김치를 보니 저절로 입 안에 침이 고인다. 아짐은 도마에 김치를 펴놓고 알맞게 쑥쑥 썬다.

"딱 일 년 됐는데 잘 익었네요. 다른 양념은 필요 없어요. 김치에다 조개만 넣어요. 국을 다 끓인 다음에 조개를 넣어 살짝 더 끓이고, 거기다 막판에 참기름만 한 방울 정도."

이윽고 김칫국 냄새가 매콤하게 퍼지고, 새벽부터 몸을 노댄 탓인지 시장기가 몰려온다. 국물 맛이 칼칼하고 시원하다. 제일 마지막에 슬쩍 얹어 끓였다지만 국물에 익힌 노랑조개는 생것으로 먹을 때의 부드러움과는 사뭇 다르게 꼬독꼬독 질감이 세다.

아짐은 밥물을 잘 맞춰 솥에 쌀을 안치면서 시장에서 사 온 굴을 넉넉하게 올렸다. 노랑조개회무침에 김칫국, 굴밥…, 아 그리고 언제 무쳤는지 어물전 아낙이 덤으로 준 꼴뚜기도 진즉 갖은 양념으로 버무려놓았다.

난데없는 손님치레에 일손을 보태러 온 둘째 딸 은진 씨는 들깻물에 안쳐 가스불 위에 올려놓은 토란대나물을 뒤적인다. 아짐은 나물 위에도 조갯살을 알맞게 올려놓는다. 막내아들 은성 씨도 점심때를 맞춰 와 상차림을 돕는다.

김장김치, 고추장아찌, 꼴뚜기무침, 멸치젓갈, 노랑조개회무침, 노랑조개토란대나물, 양념꽃게장, 굴밥, 생굴, 초고추장, 양념장, 노랑조개김칫국…. 점심상 한번 참 걸다. 굴밥을 양념장에 비벼 먹으면서 뜨거운 김치국물을 곁들인다. 뒷맛이 개운하다.

신선한 바다 향기가 물씬 풍기는 생굴, 얼얼하고 맵싸한 꽃게장, 인절미마냥 질겅이는 꼴뚜기무침까지 갯것들의 향연이 입 안에 가득하다.

하지만 처음 만난 노랑조개의 다채로운 풍미가 단연 최고다. 매콤하고 시큼하면서도 달달한 회무침의 조개는 야들야들 부드럽기까지 하다. 김칫국에 넣은 조갯살은 국물 맛을 깔끔하고 시원하게 해준다. 또 쫄깃하게 씹힌다. 토란대나물에 들어간 조개는 불에 조려서인지 육고기처럼 짠득하게 씹힌다. 생것일 때 가장 부드럽고 태깔이 좋다.

사실 이러니저러니 무단한 품평이다. 수십 년을 한결같이 뚝딱뚝딱 차려낸 우리네 엄니들의 음식은 두말할 나위 없이 맛있고 정 있을 뿐이다.

신선한 바다향 물씬 풍기는 생굴.(위) 고슬고슬 입맛을 당기는 굴밥.(가운데) 들깻물에 조린 토란대나물 위에 노랑조개를 얹었다.(아래)

해리장 갯것들로 차려낸 푸짐한 점심 밥상.

노랑조개 달음질을
다시 볼 수는 없을까나

"조갯국 진짜로 씨언흐네요." "아! 엄청 맛있어요."

밥상을 둘러싸고 탄성이 절로 터진다.

"이게 모래가 굉장히 많아요. 근디 소금물에 시치면 모래가 다 빠져요. 민물에 시치문 안 빠지고. 도시 사람들이 와서 막 캐가도 해묵을 줄 모르문 소용이 없어요. 그냥 삶았다가 모래가 많다고 버리기 일쑤고…."

"여기 사람들은 비 온 뒤에 찌걱찌걱 물웅덩이가 패문 노랑조개 껍데기로 메웠어요."

벌교의 길바닥에 꼬막 껍데기가 깔렸다면 이곳엔 노랑조개 껍데기가 발밑에서 바스락거렸다는 얘기다.

"맛이 어떤가요? 갯내가 안 난디, 어떤 사람은 약간 노랑내가 남는다고 해요. 남은 거 좀 싸드릴랑게 샤브샤브 해서 드셔봐, 맛있어."

해리장을 옴싹 옮겨다가 오진꼴을 본 것 같은데, 아짐은 뭔가 미심쩍은가 보다. 깨끔하게 손질을 한 노랑조갯살과 오디, 복분자술 한 병까지 챙겨주신다. 마을 앞 바닷물이 말라야 저 후한 인심도 잦아들까나….

눈앞에 바다를 두고 돌아서기 아쉬워 찬바람 쌩쌩 부는 갯가로 나선다. 저 멀리 바닷물은 쑤욱 빠지고 단단한 모래갯벌 광활하다. 한참을 걸어 들어가니 아짐 넷이 허리를 구부린 채 연신 갯바닥을 헤집고 있다.

"오메, 날도 춘디 뭔 조개를 파고 있어요?"

"동죽이고만."

광활한 모래갯벌 위로 매서운 겨울바람 몰아쳐도 동죽 캐는 엄니들 씩씩하다.

"노랑조개는 안 나와요?"

"여그 없어."

입이 땡땡 얼 만큼 차가운데, 고맙게도 말대접까지 해주신다. 이윽고 동죽 세 망태기를 실은 경운기 한 대가 들어온다. 광승마을 어촌계장 허인갑 아재다. 물길을 따라 찰박찰박 남아있는 바닷물에 조개를 씻을 요량이다.

"동죽뿐이고만. 식당 같은 디 국물 끓일 때나 넣제. 돈이 안 돼."

뭍으로 되돌아 나오는데 여기저기 빈 조개껍데기가 허옇게 널려 있다. 노랑조개는 긴 발을 쏘옥 내서 바닥을 박차듯 밀고 성큼 앞으로 나간다는데…. 200리 고창 바닷길에서 바글바글 노랑조개의 달음질을 다시 볼 수는 없을까나.

푸른 해초 올올이 바다의 비밀스런 맛

강진 마량 이인심 아짐

매 생 이 국

• • 마량 가는 길, 뭍으로 쑤욱 파고든 바닷물이 차창 밖에서 남실대던 풍광을 기대했는데…. 날이 꾸무룩해서인지 해변을 따라 유난히 거무스레한 갯바닥이 휑하다.

저만치 물러선 겨울 바다 대신 파릇파릇 새순을 밀어올린 보리밭이 이따금 휙 지나치며 눈길을 잡아끈다. 더러는 황토밭 가장자리가 곧바로 질척한 갯벌과 비비댄다. 땅과 바다가 가히 한 몸이로다 싶을 만한 남도의 절경이요 운치다. 바다를 밀었다 당겼다 실랑이하듯 구불구불 이어지던 길은 야트막한 언덕배기를 넘어설 제 포구 마을에 닿는다. 그리곤 여러 갈래로 새끼를 치는데, 그중 바다가 훤히 내려다보이는 고샅을 낀 집들이 오보록하니 정겨운 마을로 들어선다.

장흥 대덕에서 완도 고금도를 지나 고흥 거금도까지, 매생이국 한 그릇을 끓여줄 손맛 좋은 갯마을 아짐을 여러 날 수소문한 끝에 강진 마량면 마량리 서중마을에 당도한 게다.

“친정어머니가 끼래줘서 먹었제라.” 이인심 아짐이 다 끓인 매생이국을 후후 불어가며 드신다.

"돼지고기를 넣어서 끼랬제.
석화가 귀헌께"

"나는 쩌~그 산동네 원포리 숙마가 친정이여. 거그는 바다가 없어. 매생이에 돼지고기를 넣어서 끼랬제. 석화가 귀헌께. 돼지고기 보까갖고."

매생이굴국만 지레짐작하다가 돼지고기란 말에 귀가 번쩍 틔고 혀가 딸싹거린다. 환갑을 막 넘겼다는 아짐은 '별 대수랴' 하는 표정으로 시종 선선하게 매생이국을 끓여 내실 모양이다.

"스물둘에 시집와서 사십 년 살았제. 갯일도 많이 나갔는디 한번씩 나갈라문 가슴이 벌렁벌렁해. 어찌게 한지 몰라서 겁난께. 처녀 때 해봤어야지 말이제. 그때다 대문 지금은 선수 됐제."

굴, 톳, 미역, 전복, 가자미, 우럭, 장어, 해삼, 돔, 농어, 모치, 전어, 낙지, 소라, 문어, 가오리, 꼬시래기, 감태…. '유난히 추운 겨울이라 별 게 없다'는 수협 위판장이지만 쓱 둘러봐도 싱싱한 생물들이 그릇그릇 넘쳐난다.

아짐은 "매생이가 추와서 안 나온대. 존 거시 없단디" 하면서도 네 재기를 달라 한다. 동백기름을 발라 곱게 빗어 넘긴 검푸른 머릿결 같은데, 드문드문 유독 거뭇한 반점이 박혀 있다. 매생이 발에 붙었다가 섞여 들어온 김이다.

"막 끼래 묵을 것은 김이 들어가도 괜잔흔디 두고 먹을 것은 빼래져불어."

최상품은 아니어도 금세 끓여 먹기론 만족이다. "사다 놓은 굴 있다"며 더는 볼일 없다는 아짐을 두고 정육점으로 향한다.

"매생이국 끓일라고 많이 옵니다. 나이 든 분들은 돼지고기를 많이 넣어요. 비계를 너야 고소하니 맛있어요."

주인은 앞다리 전지 부위라면서 비계조차 살점조차 뚝뚝 썰어 준다. 마량 항구에 바짝 붙어있는 위판장에서, 장터 쪽 정육점까지 휘돌아 순식간에 장보기가 끝난다.

"매생이는 친정어머니가 끼래줘서 먹었제라. 옛날에는 지금 같잖애 귀했어."

각각 돼지고기와
굴을 넣은 매생이국

마을 어귀에 들어서자 맑은 물이 방방한 공동 우물이 눈에 띈다.

"옛날엔 저거 질어다 먹었는데 지금은…. 시집와서는 김도 하고 농사도 짓고… 안 한 것이 없제. 유자는 올해도 키워서 넘기고. 일 년 내내 일이었는디, 요샌 겨울철에 좀 놀제."

우물에서 집까지, 엎어지면 코 닿을 몇 걸음에 40년 시집살이가 스쳐간다. 삼 남매는 출가해 제 앞가림을 하지만 아직도 할 일이 짱짱하다. 쌀농사 30마지기에 유자밭, 채소밭, 뒤란 외양간엔 누렁이 세 마리, 앞마당의 닭장…. 그러나 제일 중한 일은 요즘 부쩍 병치레를 하시는 구순의 시어머니를 모시는 일이다. 농사에 부엌일에 끝도 없으련만 집 안팎이 정갈하기 그지없다. 부지런하고 매시라운 안주인의 손길이 어느 구석 미치지 않은 데가 없다.

아짐은 돼지고기를 찬물로 조물조물 씻는다.

찍, 검불 따위를 손으로 일일이 골라내면서 깨끗하게 씻는다.

송알송알 알이 엉그는 듯 익어가는 석화.(위) 기름기를 없애려는 돼지고기 초벌 삶기.(가운데) 올올이 풀어지는 매생이는 홍글홍글, 익어가는 건더기는 도글도글한 매생이국.(아래)

"사르라니 볶아. 그래갖고 물을 비어불고 다시 볶아. 나는 항시 이라고 허제. 암만해도 지름기가 몸에 안 좋은께."

씻은 돼지고기를 냄비에 넣고 물을 부은 뒤 가스불에 올린다. 한소끔 팔팔 끓자 기름이 둥둥 뜬 물을 버린 뒤 다시 불에 올린다.

"이 굴은 여수서 온 걸 샀어."

제법 통통하게 씨알 굵은 석화를 흔들흔들 씻고 끓인다. 아짐은 냄비 두 개에 각각 돼지고기와 굴을 넣은 매생이국을 끓여주실 참이다. 마을 앞 갯바닥에 자연산 굴이 지천인데 여수산을 사 먹을까 싶었는데….

"여가 해변산중이요. 암 때나 뻘에 들어가문 안 돼. 일 년에 세 번 개를 트제. 설 때, 추석 때, 김장흘 때. 낙지 캐는 할머니 두 분은 항시 들어댕기는디, 겨울엔 그것도 없고."

서중마을 앞 갯벌은 어촌계가 엄격하게 출입을 통제한단다. 이맘때면 석화에 바지락이 버글버글할 테지만 누구도 함부로 드나들지 않는다. 바다와 갯벌을 지키려는 굳은 약속이다.

솥에 밥을 후딱 안친 아짐이 매생이 네 뭉치를 양푼에 넣고 씻는다. 물을 붓자 쪽진 머리마냥 야무져 뵈던 뭉치가 확 풀리더니 푸른 해초가 양푼 가득 들이찬다. 살랑살랑 흔들어 체를 치듯 바구니에 씻어 담다가 아짐은 혼잣말처럼 "어두와서 안 되겄그마" 하더니 서둘러 바깥으로 나간다.

수돗가로 나오니 매생이는 윤기가 반지르르 태깔이 더 좋아 보인다.

"예전엔 요것이 김발에 붙으면 다 떼어냈다고 하등마요."

"그라제. 발이 높으문 이것이 붙어. 짚으문 포래(파래)가 붙으고."

김발에 들러붙는 매생이를 떼내 버리던 시절도 있었는데, 이젠 매생이가 김보다 더 귀한 대접을 받는다.

아짐은 왼손으로 매생이를 잡아채듯 물에 흔들었다가 오른손으로 착착 받아 감는다. 자잘하게 깨진 조개껍데기도 골라내고 지푸라기나 실 조각 따위를 척척 골라낸다.

"그래도 뭐가 벨로 없소. 어짠 것은 겁나 있어. 근디 이것이 파래, 김, 감태 할 것 없이 젤 가늘어."

뜨거운 불기 옴싹 안에 가두고 바깥으론 태연

물에 풀었다가 흔들어 씻기를 대여섯 차례 반복한 뒤 매생이를 바구니에 넣고 양손으로 꾹꾹 눌러 짠다. 보는 사람 속맘까지 말끔해진 매생이를 들고 부엌으로 돌아오니 냄비 두 개가 나란히 폴폴 김을 날리고 있다. 기름기 걸러낸 돼지고기와 굴이 끓고 있다.

아짐은 다진 마늘을 반 숟가락쯤 퍼서 차례로 넣고 젓는다. 작은 주전자를 번쩍 집어 들어 연갈색 조선간장을 쪼록쪼록 소리가 나도록 넉넉히 붓는다. 아짐은 해마다 거르지 않고 장을 담는데 올해도 콩을 네 말이나 삶아 메주를 쒔다.

이제 매생이 넣는 순서다. 좀 많으려니 싶었는데, 냄비 두 개에 나눠서 집어넣자마자 스르르 풀리면서 수그리듯 누어진다.

"인자 저것을 다끌다끌 끼래. 점점 매생이가 물거져. 풀어지제. 뚜껑은 안 닫아. 너무 팍 끼리문 색이 노래진께."

번갈아가면서 국자로 뒤적이는데 굴국 쪽이 먼저 뽀글뽀글 물방울을 피워 올린다. 돼지고기 쪽도 얼추 된 성싶다. 조선간장을 조금씩 더 넣어가면서 간을 맞춘다.

식재료도 조리법도 참 간단하다. 돼지고기는 네모꼴로, 굴은 알알이. 하얗게 익은 건더기가 푸른 해초 무더기에 박혀있기는 두 냄비가 똑같다.

"불어갖고 잡수씨오. 이건 짐(김)이 다른 것보다 안 나. 대고(서둘러) 묵다간 데불제. 간은 어짜요? 싱겁소 짜요? 두 개 다 잡솨봐."

뜨거운 불기를 옴싹 제 몸 안에 가두고 바깥으론 짐짓 태연한 게 매생이국이다. 겉이 식었다고 후욱 들이켰다간 영락없이 입천장이 홀랑 벗겨지고 만다. 그저 겸손하게 호로록 호로록 조심스레 먹는 수밖에 없는 게다. 간만 보려다가 아예 매생이국 두 가지를 제대로 음미해본다.

"아 참! 참지름은 너어뜬가요?"

"그라제! 방금 넣잖애. 한 방울썩."

한 번도 눈을 떼지 않았다고 생각했는데, 그 고소한 순간을 놓치고 말았다. 가히 비호처럼 날랜 솜씨다.

굴국 쪽이 훨씬 개운하고 담백하다. 해초에서 우러나온 국물을 담뿍 머금은 굴이 입 안에서 툭툭 터진다. 매생이와 굴이 어울려 신선하면서도 진한 바다향의 개미가 흡족하다.

돼지고기는 꼬들꼬들 고소하게 씹힌다. 매생이와 돼지고기도 썩 잘 맞는 궁합임에 틀림없다. 하긴 우리네 어르신들이 되는대로 마구 섞어서 끓이기야 했을까.

"매생이국 끼릴 때는 조선간장이 좋아. 없으문 소금을 쳐야제. 왜간장은 절대 안 맞나."

장맛이 곧 음식 맛이라는 말씀이시다.

헤아릴 수 없을 만큼 무수히 많은 바다의 촉수

매생이는 언제 먹어도 신비롭다. 풀어진 해초는 씹자니 씹을 수가 없다. 이빨 사이를 미끄러지듯 빠져나가 목 안을 타고 넘어가는 보드라운 느낌은 형용하기 어렵다. 그것은 헤아릴 수 없을 만큼 무수히 많은 바다의 촉수요, 바다가 품은 오만 가지 비밀스런 맛으로 연결되는 미세하고 하염없는 실마리 같다.

"보리순 넣고 홍앳국 끼랬는디, 그것도 잡솨볼라요?"

아짐은 파르라니 막 볼가진 보리순을 베어다 홍어애국을 한 솥 가득 끓여 놓으신 게다. 고실고실 잘 지어진 밥에 한겨울 제철 국만도 세 가지인데, 배추김치, 무김치, 고추장아찌, 어리굴젓, 꼬막조림, 콩나물, 감태, 해삼이 상에 올랐다.

"김을 쪼깐 드실라? 찬은 없어도 많이 드셔."

아짐은 김과 양념장을 내더니 큼지막한 돔 한 마리까지 구워 오신다. 상다리가 휘어질 만한 점심상이 순식간에 차려진다. 잔칫상마냥 걸지다. 감태가 아주 시원한 제맛을 낸다. 야들야들 보리순을 오물거리니 녹아들어 보

발에 붙은 매생이, 여리고 가늘기만 한 실오라기들이 수수만 번 모아져 조금씩 조금씩 푸름을 띤다.(위)　바다향이 물씬 풍기는 점심상! 잔칫상처럼 상다리가 휘어질 듯하다.(아래)

이지 않는 홍어애의 구성진 맛을 자꾸만 우려낸다. "매생이는 자클자클한 것, 그란께 거머갖고 반질반질 윤이 난 것이 좋아. 뚜벅뚜벅 거칠거칠헌 것, 그란께 뇌~란(노란) 것은 뻣뻣해서 안 맛있어."

뭐든 내어주고 조목조목 설명도 해주시던 아짐은 웬일인지 이름 석 자를 한사코 감추면서 애를 태우신다.

"그라문 엄니, 택호宅號가 어찌 됩니까? 숙마가 친정이니까 숙마댁이요?"

"여그선 택호를 안 불릅디다. 그냥 아무개 엄마 그라제…."

"친정 형제간은 많아요?"

"오빠 셋에 딸 둘인디, 내가 막내제. 근디 숙마는 허허벌판이여. 바닷가를 모르고 살았어. 우리 엄니가 갯벌에 못 가게 해. 전엔 동네 처녀 총각들이 더러 배 타고 섬으로 놀러가고 그랬는디 한 번도 못 갔제."

수군 만호성이 세워졌던 마량은 제주도에서 말이 들어오는 항구여서 마량포馬良浦라 불렀다. 그래서인지 마량엔 신마新馬, 원마元馬, 숙마宿馬 등 말과 관련된 지명이 많다. 윤여정 씨가 펴낸 《대한민국 행정지명》에 따르면 "숙마는 제주도에서 실려온 말들이 잠을 잤던 마을이라 하여 '잘 숙'을 취하여 '宿馬'라 한 것"이란다.

"아따 뭣흐게 이름을 갈쳐주라 그래싸? 없당께 없어… 어허 참말로… 이인심, 어질 인자 마음 심자."

어렵사리 아짐의 성함을 받아 적고 집을 나서는데, 마당 한켠에 유려한 가지를 하늘로 뻗어 올린 유자나무 잎사귀 푸르고 성성하다. "이만한 일로 책에 이름을 내서야 되겠냐"는 아짐의 말씀도 백 년 묵은 유자나무 향처럼 담백하고 은은한 여운으로 남는다.

감미로운 질감,
아릿한 추억의 맛!

남원 인월 강공님 아짐

토 란 탕

• • 우수를 지나 경칩으로 가는 여울목에 날씨가 널을 뛴다. 제법 볕이 들면 '이제 곧 봄인가' 싶다가도 난데없이 시린 눈발에 소스라친다. 잔설이 녹아내린 산길은 군데군데 질척질척 험하다. 가파른 경사길이 꼬불꼬불 한참 동안 이어지더니 남원 산내면 중황리 '다래랑머루랑' 민박집에 닿는다. 지리산 둘레길 3구간, 해발 600m 산중턱의 양지다. 눈앞에 펼쳐진 지리산의 등줄기가 자락자락 장관이다. 천왕봉, 삼도봉, 반야봉, 노고단, 바래봉…. 거친 기세를 그러모아 높은 봉우리를 빚어내고 꽉 움켜쥐었다가 힘차게 놓아 내리뻗은 능선들이 서리서리 늠름하다.

20년 전부터 귀향을 벼르며 터를 닦았다는 강동준 씨와 함께 넋을 잃고 지리산을 바라보다 집 안으로 들어선다. 딸그락딸그락 살림 소리 정겹다.

"근디 왜 하필 토란이에요? 토란이 요즘 귀해갖고 없어요. 추운께 안 나와요."

안주인 장양임 씨에게 토란탕은 뜬금없었나 보다. 대개 가을철 음식으로 여기는 데다 웬만해선 조리법을 잘 알지 못하는 탓이리라. '어! 잘못 짚었나.' 지리산 산골의 뜨뜻한 토란탕 한 그릇이면 모진 겨울 끝자락을 탈탈 털어낼 수 있을 것 같았는데….

겨우내 삶아도 먹고
탕으로도 먹고

"이거 까서 삶아갖고…. 근디 춘께 토란이 없어. 토란이 썩도 잘 흐고 잘 얼어. 젊은 사람은 긁도 못해 손이 근지라서…."

가려움증에 혼이 난 적이 있다는 장 씨 대신 토란탕을 끓이실 강공님 아짐의 말씀이다. 열아홉 살에 인월면 사창마을로 시집가 54년을 살래떡(산내댁)으로 살며 오 남매를 길러내신 동준 씨의 고모님이시다. 손수 지어 가을에 걷어다 겨우내 보관해두었던 토란과 들깨를 챙겨 아침 일찍 조카네로 건너오셨다.

"잉~ 시방 귀헐 때제. 이것이 고구마보담 더 잘 썩어. 불 땐 방에다가 박스에 담아갖고 신주 우대끼(보호하듯이) 해야 돼. 사람하고 같이 지내."

올망졸망 작은 감자만 한 토란 알맹이는 진갈색 껍질에다 빠센 털까지 뒤집어쓰고 있다. 아짐은 흙 묻은 토란을 물에 씻은 뒤 왼손 엄지와 검지 사이에 하나씩 잡고 깎는다. 뻣뻣한 껍질이 벗겨질수록 뽀얀 속살이 드러나면서 자꾸만 미끌미끌 손에서 빠져 나간다. 자칫하면 토란을 놓치고 손을 베기 쉬운 노릇이다. 하지만 아짐에겐 실수가 없다. 쓱쓱 싹싹 빙 돌려 잘 깎아놓은 밤톨 같은 알토란이 하나씩 톡톡 떨어진다. 어느새 모아진 사십 여 개를

"토란국은 다들 잘 잡솨." 강공님 아짐이 진한 토란탕 한 국자를 들어 보인다.

슬쩍 씻어 넓은 냄비에 넣고 잠길 듯 말 듯 자작하게 찬물을 붓는다.

"이것이 끓문 지르르 지르르 찐이 나와, 찐득찐득허니. 긍게 이 찐이 걸쭉흐니 나와서 남자들한테 좋다 그래. 나는 그냥 맹물에 해, 암껏도 안 녀."

냄비가 달궈지면서 물이 끓자 알토란이 하얀 점액질을 실처럼 길게 토해낸다. 투명하던 냄비 안이 부글부글 거품을 내면서 점점 뿌옇게 변한다. 이십 분쯤 지났을까. 아짐이 젓가락으로 토란 몇 개를 푹푹 찔러보더니 가스불을 끈다. 찬물에 씻었다가 바구니에 담아 놓으니 먹음직한 게 식탐을 부른다. "요거 먹어봐. 감자매니로 맛나. 소금에 찍어 잡솨도 좋고 초장 찍어 묵어도 맛납제."

삶은 알토란이 파근파근하다. 부드럽게 물러지는 토란을 훅훅 불어가면서 오물거리는데 옛 추억이 떠오른다. 토란을 한 솥 삶아서 끼니 삼아 까먹던 한겨울이었다. 유난히 미끄덩거리는 알맹이를 집어 굵은 소금에 꾹 찍어 먹던 기억이 아직도 또렷하다. 포르스름한 색깔이 남아 있는 토란일수록 아릿하게 목구멍을 간질였다. 그래서 늘 긴장했다. 언제든 그 미묘한 전율에 휩싸일지 모른다는 두려움이 일었다. 미세하게 떨리는 촉각의 언저리에서 찾아오는 안도감에서 다시금 손을 뻗어 토란을 쥐고 입에 물곤 했었다.

"옛날에는 갸름흐니 지담썩해갖고 더 미끌허고 손이 간지럽고 그랬는디 지금은 글 안해. 종자 개량을 한게, 감자토란이라 덜 간지라…."

아짐 말마따나 요즘 토란은 아린 맛이 덜하다. 감자나 고구마처럼 토란 역시 구황작물이다. 종자로 쓸 놈만 남겨두고 겨우내 삶아 먹기도 하고 탕으로 먹기도 했던 게다.

"토란 농사는 성가시도 안 해. 드문드문 꼬랑에 숭거놨다가 가실 되문 싹 비내불고 캐. 근디 기냥 갖다노문 썩어불어. 바싹 몰래야 돼. 가실내 끼래 묵고, 또 삶아갖고 상에 놔두고 그래. 겨울에도 묵제. 탕으로 흐문 뜨끈뜨끈 몸에 보호가 되제. 들깨 넣고 쌀 넣고 그래야 되직흐니 해지제. 들깨 반 되하고 쌀 두 컵 정도 불콰갖고 기계로 갈았제. 촌에서는 기냥 확독에다 막 같이 갈아갖고 큰 체에다 철철 밭쳐갖고 흔디….”

국과 죽 사이,
탕이라 할 만한 시점에서 멈춰

아짐은 지난밤에 “토란탕 끓여야 한다”는 양임 씨에게 쌀부터 불려두라고 일렀다. 그렇게 하룻밤을 불린 쌀과 들깨 반 되를 섞어 믹서로 간 뒤 맨손으로 꾹꾹 눌러가면서 체로 밭치기를 두 번 한다. 들깨물은 하얀 우유 위에 아주 자잘한 티끌이 떠있는 듯하다.

“더 보드란 체여야 보얗게 나온디 꺼멍잖애, 껍닥이. 맛은 있어도 뽄이

없잖애, 색이. 젊은 사람들 집에 온께 밴 체가 없구마."

아짐은 들깨 껍데기를 전부 건져내지 못한 게 께름칙한 모양이다. 가는 모시 베로 싹 한 번만 걷어냈으면 하는 눈치지만 도리 없이 들깨물을 냄비에 붓고 불을 세게 돋운다. 알토란을 삶을 때도 들깨물을 끓일 때도 거품 때문에 뚜껑을 닫지 않는다.

"이건 저스면서 끼래, 눌으니까. 나는 막 솥으로 한~나썩 끼래서 묵는디. 이날 생전 해도 고기 같은 거 안 너. 박너물 너문 좋고 뚜부 너문 좋고. 또 호박 아가리 깨끗허니 몰랬다가 넣고. 깨끗헌 거는 깨끗헌 거만 너야 돼. 고기는 기름이 나온께. 미원 같은 거 너문 못 묵어, 닝닝해서…."

들깨가 식물성 기름인데 동물성 기름 배어나오는 고기를 넣으면 맛이 탁해진다는 말씀이시다. 깨끗하고 순수한 맛을 내는 게 아짐의 조리법이다.

국자로 살살 냄비 속을 휘저어 돌리는 아짐과 이런저런 이야기를 나눈다. 그 사이에 들깨와 쌀이 걸쭉하고 틉틉하게 익어가면서 보골보골 방울을 터뜨린다.

"쇠솥에 만썩(많이) 끼래서 이웃 사람들하고 갈라묵고 그랬는디, 요새

한 해도 거르지 않고 농사를 지어 겨우내 구들방에 보관해 둔 토란.(왼쪽) 탕에 넣으려고 알맞게 삶아둔 알토란, 파근파근 맛있다.(가운데) 하룻밤을 물에 불린 멥쌀 세 컵과 손수 지어 거둔 들깨 반 되를 섞어 믹서로 갈고 체로 밭친다.(오른쪽)

는 약아서 그전 매니로 동네 안 갈라묵어. 옛날에는 살기 좋았는디 지금은 인심이 박해졌어."

"껍딱 비껴서 삶아야 흐고, 갈고 밭쳐서 한하고 젓어야 흐고, 이것이 성가신 일이구만요."

"항! 요것이 큰맘을 묵어야 끼래져. 깨국은 냄새가 안 나서 식어도 맛나고 뜨가도 맛나. 토란국은 다들 잘 잡솨. 마단 사람이 없어. 노인들한테 좋제."

"아랫녘에선 제사상에도 토란탕을 올린디, 엄니도 그래요?"

"제상에는 안 올려. 보름에는 끼래서 제사상에 놓제. 봄 되문 없어져서 못해 묵제만 만썩 놔도도 썩어갖고 없어져 불어. 그래도 종자는 안 떨구제."

들깨물이 되직해지고 보기에도 몹시 뜨거운 방울이 뽀록뽀록 터진다. 아짐은 소금을 흩치듯 뿌려 젓는다. 소금으로 간을 맞추는 것 말고는 더 넣을 게 없다. 이제 삶아서 건져놓은 알토란을 냄비 안에 하나씩 하나씩 톰방톰방 떨어뜨리면서 국자로 살살 저어준다. 국물이 눋지 않도록, 토란이 서로 엉켜 붙지 않도록 시종 눈을 떼지 않고 손을 노대야 한다.

"넘다 훌렁훌렁해도 안 되고 넘다 되직해도 안 되고…. 조시를 잘 맞촤야 돼."

알토란도 너무 삶으면 물러지면서 깨지기 십상이고, 들깨물의 농도도 알맞게 맞춰내기가 쉽지 않다. 아무튼 국과 죽 사이, 딱 탕이라 할 만한 적절한 시점에서 아짐은 손질을 멈춘다. 시어머니에게서 대물림한 남원 산골마을 아짐의 음식 솜씨엔 흠잡을 데가 없다.

아짐이 토란탕 한 그릇을 떠 주신다. 모락모락 김이 나는 토란탕을 한 숟가락 떠서 호호 불다가 입에 넣는다. 고소하고 감미로운 수프처럼 고운 질감이 목구멍을 타고 넘어간다. 들깨물에서 한 번 더 삶아진 알토란은 더욱 더 보드랍게 으깨어진다. 뜨뜻한 기운이 온몸으로 퍼지면서 후끈해진다. 아짐은 노인들에게 보양식이라 하지만, 노소를 가릴 것 없이 기력을 북돋아줄 게 틀림없는 들깨죽이요 알토란탕이다.

들깨와 버무려
알토란은 몽글몽글 으깨어지고…

토란탕을 끝낸 아짐이 비닐봉지 하나를 꺼내 콩비지를 내놓는다. 옛 맛을 보여주려고 오는 길에 손두부집에서 부러 사 오신 게다. 냄비에 비지를 넣고 불을 지핀 뒤 다진 마늘과 고춧가루, 소금을 넣고 섞으면서 숟가락으로 꾹꾹 으깨듯 누른다.

"이리 해주문 사람들이 맛있다고 해요. 달착흐지요? 매움흐고?"

아짐이 후다닥 비지를 볶아내자 파전을 부치던 양임 씨가 쪽파를 쫑쫑 썰어 넣고 마무리를 한다.

취나물, 장녹, 뽕잎, 파프리카 이파리, 고사리, 파전, 표고버섯, 콩비지, 김치에 쌀밥과 토란탕으로 점심상이 차려진다. 집주인이 밭에서 재배하거나 지리산에서 채취한 것들이 대부분이다. 참! 두릅매실장아찌도 자랑할 만한 개미다. 토란탕을 두 그릇이나 말끔하게 비워내고도 못내 아쉬워 입맛을 다셨다. 들깨와 버무려 몽글몽글 으깨어지는 알토란은 은은하게 몸속으로 사

산나물 그릇그릇 정갈한 점심상. 토란탕과 콩비지가 옛 추억을 부른다.

라지지만, 콩비지까지 가세한 뜻밖의 옛 맛으로 인해 아릿한 추억에 젖어들고 말았다.

손님은 오진꼴을 다 봤는데도 아짐은 뭣이 좀 부족했나 자꾸 맘을 쓰신다. 자리를 떨치고 나오는데 동준 씨와 양임 씨가 고종시 곶감을 꺼내와 뚝뚝 따준다. 쫀득쫀득 씹히는 단맛이 아짐과 조카 부부의 인심처럼 찐덥다.

실상사 너머 저편에서 타래타래 바람이 불어온다. 아직은 찬 기운이 세고 다순 훈김은 미미하다. 지리산의 봄은 쉽게 오지 않으려나 보다.

온몸을 후끈 감싸는
뜨끈뜨끈 담백한 국물

광주 김연옥 아짐

물 메 기 탕

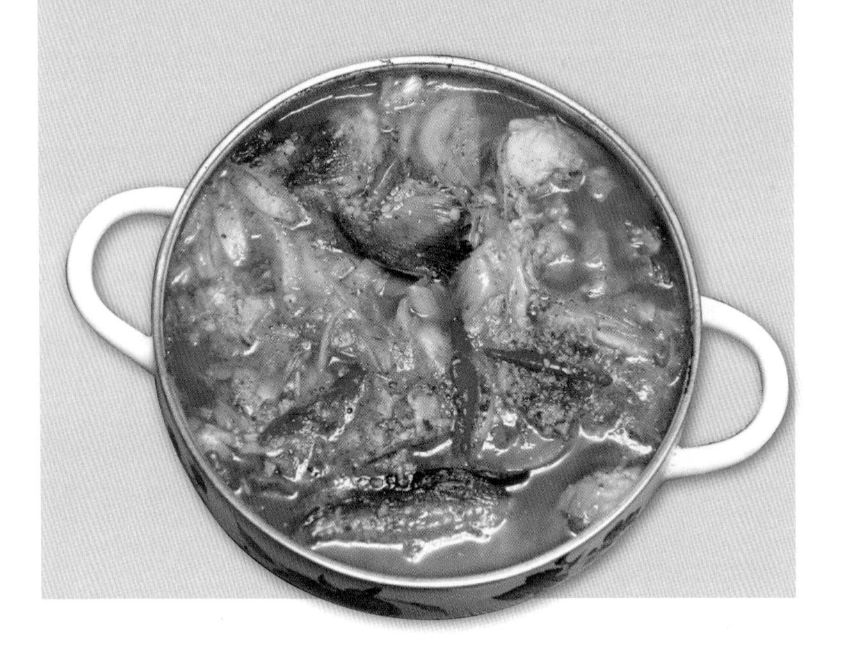

• • "오메! 잘아(작아). 꺼끌꺼끌헌 것이 많이 붙어있어야 싱싱흔디…. 쬐깐흐믄 맛도 없어. 살도 안 붙어 있겄네. 순천 여수 치는 맛없어, 잘고…. 그래서 내가 미루고 미뤘는디. 남광주에다 전화흐고, 홍농까지 알아봤는디 없다드라고. 칠산 치가 맛있어. 법성은 큰 놈이 나와."

김연옥 아짐은 못내 아쉬운 표정이다. 이제나저제나 영광 법성포 물메기를 기다리던 참이었다. 며칠 전엔 혹시나 하는 맘에 광주 말바우시장에도 가봤지만 헛걸음이었다. 물때가 맞지 않아 고깃배가 뜨지 않는다는 소식이었다.

'물메기면 다 물메기려니' 하는 심산으로 어렵사리 구해 간 세 마리를 내밀었는데 대뜸 "이런 거는 먹도 안 했는디" 하시니 맥이 탁 풀린다.

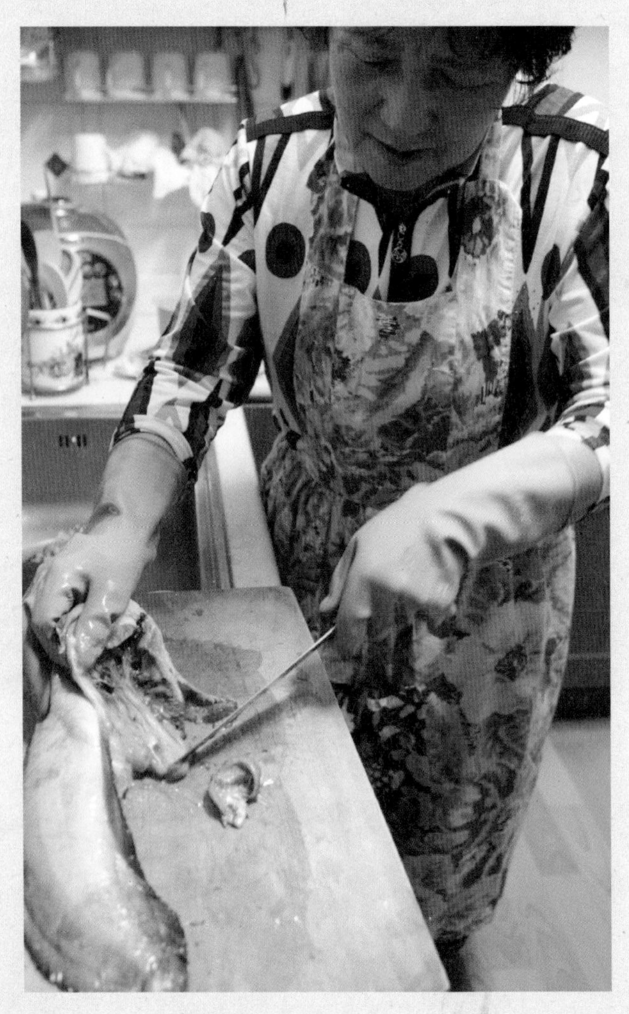

"칠산 치가 맛있는디…." 재료는 못내 아쉽지만, 물메기를 손질해 탕 끓일 준비를 하는 김연옥 아짐의 손놀림은 재다.

찬바람 불면 생각나는 음식

"찬바람 불면 생각나는 건 울 엄니 물메기탕이지요. 기가 맥힙니다. 나올 때 되었네요."

우연히 아들 백정호 씨의 자랑을 듣고 "옳다" 싶었다. "온 식구가 땀을 뻘뻘 흘리며 뜨건 국물을 앞다퉈 먹는다"는 그를 졸라 조만간 맛을 보게 해 주겠다는 약속을 받아냈다. 그런데 두 달이 넘도록 시간만 흘러갔다. 다급한 마음에 '물메기만 구해오면 되겠지' 싶어 어물전으론 제법 이력이 있는 남광주시장을 더듬었는데, 꼬랑지도 볼 수 없었다. 내친김에 광주 풍암동 수산물 도매시장까지 달려갔지만 낭패였다.

"통 안 나오요. 한 십 일 전에 딱 두 짝이 나오고는 끊어져불었어요. 이짝 사람들은 먹을 줄 모른께 잘 들어오도 안흐요. 내 고향이 영광 법성폰디, 그쪽에선 많이들 해묵는디."

젊은 생선장수의 말이 뒤통수에 대고 "틀렸다"며 오금을 박는 듯했다.

순간, 남해바다 생선들이 연중 풍성한 순천 역전시장이 떠올랐다. 혹시나 하며 순천에 연락을 했는데, 때마침 물메기 몇 마리가 나왔다는 전화가 걸려왔다. 그리하여 여수 앞바다에서 건져 올린 물메기 세 마리가 순천 역전장 어물전에 늘어졌다가 다시 인편으로 광주까지 달려오고, 마침내 김연옥 아짐 앞에 놓인 것이다.

흐물흐물 요상한 생김새의 물메기 세 마리. 여수 앞바다에서 건져 올려져 순천 역전장에 늘어졌다가 광주까지 달려와 법성포 아짐 앞에 드러누웠다.

허나 어쩌랴. 영광 법성포에서 내로라하는 선주의 딸로 태어나 바닷고기라면 뜨르르 꿰고 있는 아짐의 눈엔 고기 축에도 못 끼는 '물짠(상태가 좋지 않은)' 것이었다. 갯가에서 어린 시절을 보내며 생선이라면 씨알 굵은 조기나 갈치쯤으로 여겼다는 정호 씨도 적이 실망한 표정이었다.

"해봐야제."

처녀 적부터 50년 넘게 물메기탕을 만들어 먹었다는 아짐이 타박만 하고 있으랴. 팔을 걷고 칼질을 시작하는데 순식간에 배를 갈라 창자를 꺼내고 맑은 물에 헹군 뒤 뚝뚝 토막을 친다. 적당한 냄비 하나에 절반이 훨씬 못 미치게 물을 붓고 다시마와 말린 새우로 육수를 우린다. 탕을 끓이기엔 턱없이 모자라는 물인지라 센 불에 올려놓으니 금세 팔팔 끓는다.

"암놈이 적고 수컷이 더 커. 이것이 잠깐 나왔다가 들어가불드라고. 옛날엔 묵도 안했는디, 언젠가 텔레비전을 봉께 별미라고 비싸기도 허고 많이 묵드라고."

"겨울만 되면 생각나요. 김칫국처럼 맵게 먹었어요. 지리로는 안 묵고.

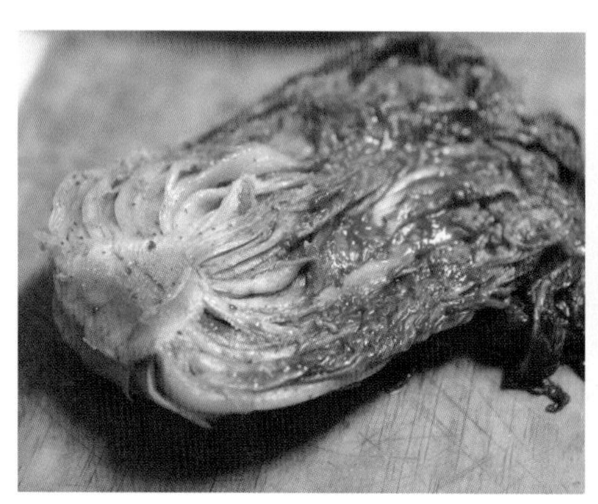

보기만 해도 신 침이 꼴깍 넘어가는 1년 묵은 김장김치가 곧 물메기와 만날 참이다.(왼쪽)
다시마, 말린 새우, 바지락을 우려낸 육수 위로 착착 얹힌 물메기가 보글보글 끓고 있는 중.(오른쪽)

진짜로 맛있어요. 아마 한 해도 안 빼고 먹었을 겁니다."

"그냥 담백한 맛으로 묵제. 느그들이나 묵제 다른 사람들은 뭐…. 할머니가 좋아하셨제. 우리 집 식구들 음식이제. 어디다 내놓을 것은 아니고."

모자의 정겨운 이야기엔 풍성했던 법성포구의 옛 영화도 스쳐가고, 단란한 한 가정의 밥상 풍경도 배어 있다. 아짐의 손은 익숙하고 재다. 다시마를 건져낸 뒤 찬물을 조금 더 붓는다. 일 년 묵은 김장김치를 쓱쓱 썰어 넣고 싱싱한 바지락를 집어넣는다. 집간장을 국자에 떠서 섞은 뒤 다시 국물이 끓어오르자 물메기를 착착 들어앉힌다.

"간장? 집에서 담그제. 나는 된장이고 고추장이고 절대 안 사 묵어. 엿지름도 질러 묵는디. 생선은 언제고 물이 끓고 나문 넣어야 해. 그래야 비린내가 안 나제."

나무 주걱으로 냄비 속 물메기를 이리저리 들춰 국물이 고루 배이게 하고 그 위로 고춧가루를 고루 끼얹는데, 손길이 무척 가볍고 조심스럽다.

"이것이 살이 물러서 쉽게 풀어져불어. 싱싱 안흐문 끼려놔도 녹아불어. 언젠가 전라북도에를 가니까 짚으로 뭉꺼서 끼리드라니까."

'짜시레기'가 솜씨 좋은 아낙들 손끝에서 어엿한 음식으로

대가리가 비대칭적으로 크고 뼈와 살, 껍질까지 연하여 생김새가 흐물흐물 흉측한 물메기는 생선 취급을 받지 못했다. 어부들이 잡자마자 '재수없다'며 바다로 던져 버릴 때 물에 빠지는 소리를 따서 '물텀벙어'라고 부르기도 했다. 일부러 물메기만을 잡는 경우는 없고 대부분 다른 고기 그물에 걸려 따라 나온다. 이 때문에 육지 쪽으론 요리법이 거의 없고 갯가 사람들이 생물을 탕으로 끓이거나 말려서 찜을 해먹었다. 조기 어장으로 흥성흥성했던 법성포에서도 '짜시레기(버려도 그만인 잡어)' 취급이 당연했을 법한데, 솜씨 좋은 아낙들의 손끝에서 어엿한 음식이 되어 퍼진 것이다.

아짐은 그릇 하나에 청색·홍색 고추와 쪽파, 대파, 양파를 썰어 넣고, 다진 마늘에 고춧가루를 푼다. 집간장과 참기름을 넉넉하게 따르고, 되작되작 저은 뒤 냄비에 붓는다. 양념의 재료들도 거개가 부지런한 아짐이 텃밭에서 손수 기른 채소요, 좋은 국산 재료만 골라 만든 것들이다.

"어따! 괜찮네 그래도. 이것이 새우를 많이 잡아묵어서 시원해. 물을 쪼금만 넣어도 자꾸 물이 생겨. 그래서 물메기인가 봐."

국물 한 숟가락을 떠서 음미하던 아짐의 얼굴에 비로소 흡족한 미소가 돈다.

냄비 속은 여전히 보글보글 끓어오르고, 이따금 쿨럭쿨럭 바깥으로 국물이 튀고 흐른다. 얼큰한 냄새가 온 방 안으로 퍼져가니 이내 입 안에 침이 괸다.

"여그다 미나리도 넣는디 우리 식구들은 안 묵은께 안 넣어."

아짐은 비린내 날까 싶어 육수에 멸치도 넣지 않는다. 오직 식구들 입맛에 맞춰 수십 년을 한결같은 정성으로 끓여낸 겨울철 가족요리다.

밥상이 걸다. 막 지은 고봉밥, 꽃게생무침, 배추겉절이, 묵은지, 하얀 무나물과 벌건 무채, 말린 새우볶음, 고추조림, 시금치나물, 콩자반…. 그런데

홍어 껍질만 긁어 모아 살짝 데쳐 눌러 냈다는 반찬. 잘깃잘깃 씹히는 맛이 일품이다.

어묵인지 눌린 고기인지 절편처럼 반듯한 반찬 하나가 이채롭다.

"홍어 껍딱이여. 홍어 껍질만 긁어다가 살짝 데쳐 놓으면 저라고 딱 엉키등마. 누가 맛있다기에 해봤는디 초고추장에 찍어 먹으문 맛나데."

꼬리한 홍어 냄새가 약하게 은근하고 잘깃잘깃 씹히는 맛이 일품이다.

뽀얗고 부드러운 속살은
순두부처럼 입 안에서 녹고

드디어 물메기탕이 상에 오른다. 아짐은 빈 대접에 참기름을 몇 방울 떨친 뒤 그 위에 물메기 몇 토막을 올리고 국물을 자박자박하게 부어준다.

"뼈를 발라내고 국물하고 살점만 드십시오. 껍질은 잘 안 묵은께 골라내고요."

정호 씨가 '맛있게 먹는 법'을 거든다. 아짐의 말마따나 국물이 시원하고 담백하다. 고춧가루도 집간장도 제법 듬뿍했는데, 맵지도 짜지도 않은, 단 한 번도 느껴보지 못한 바다의 맛이다. 어라! 국물을 뜨면 뜰수록 새록새록 매운 기운이 목젖을 달군다. 그 자극을 무지르자며 자꾸만 국물을 떠 넣으니 온몸이 후끈 달아오르고 어느새 이마에, 콧잔등에 땀이 솟는다. 뽀얗고 부드러운 속살은 마치 순두부처럼 입 안에 넣자마자 녹아버린다. 아! 천하에 둘도 없이 못생긴 생선의 속살이 이토록 눈부시게 곱고 희다니…. 역시 사람이고 생선이고 겉만 보고 말 일이 아닌가 보다. 미처 발라내지 못한 연한 가시들은 오독오독, 참기름 머금은 묵은지는 고소하게 개운하게 씹힌다. 난생 처음 느끼는 별미다.

영광 법성포에서 8남매의 둘째로 나서 스물둘에 시집와 2남 5녀를 길러냈다는 아짐이다. 대가족의 품에서 넉넉한 품성을 쌓고 매시라운 음식 솜씨도 닦았으니, 칠순을 넘긴 나이에도 재주를 놀릴 새가 없다. 아파트단지 사이의 자투리땅을 일궈 푸성귀를 길러 여기저기 나눠 먹고, '폐백이며 이바지음식 잘한다'는 소문이 나서 용돈벌이도 솔찬하다. 남들에게나 자식에게나 행여 폐가 될까 염려하며 노상 부지런하고 야무지게 당신 힘으로 건강한 노후를 즐기는 분이다.

"음식은 자기가 먹어서 그 맛을 찾을 수 있어야 만들 수도 있는 것 같아요."

할머니에서 어머니로 이어온 물메기탕의 맛을 내림하려는 영리한 정호 씨는 '그거 좀 해달라'는 말 대신 틈나는 대로 아내에게 어머니의 음식을 먹이는 중이란다.

뜨끈뜨끈 담백한 국물이 전신을 후끈 감싸고, '겨울쯤이야' 하며 저절로 불끈 힘을 돋우는 엄니의 물메기탕이여! 칠산바다 마르는 날까지 오래오래 이어지길….

자연과 사람 공력으로 빚은 영양 덩어리

완주 '한백상회'
백인자 아짐
산골 두부

• • "이날 평상 두부 한 모를 버려보들 안 혔어."

'맛있다'는 말도 '오라'는 말도 아니다. 허나 무슨 말이 더 필요하리. 그 두부를 찾아 천리라도 달려가고 싶어졌다. 하필 독한 꽃샘바람이 뱅뱅 감아 돌며 얼굴을 후려치는 날, 완주군 동상면 사봉리 연동마을 백인자 아짐의 '한백상회'에 도착했다. 슬쩍 한눈이라도 팔면 그대로 지나치기 쉬울 입간판 하나가 시린 찬바람을 맞고 있었다.

구불구불 산길을 돌고 돌아 사방이 빽빽한 산으로 둘러싸인 골짜기다. 연석산 오르는 등산객들 발길도 끊겨 아짐은 하루를 쉬고 전주 나들이를 할 참이었다.

"그 먼 디서 온당게 지둘렸제."

아짐은 집 앞마당에 걸어둔 가마솥에 군불을 지펴 물을 끓이고 있었다. 콩대조차 아카시나무조차 땔감을 집어삼킨 아궁이 안에서 벌건 불길이 날름거린다. 콩깍지 타는 소리, 따닥따닥 기세 좋게 무쇠를 달구는 중이다.

"콩대는 우리아여. 콩 농사는 힘 안 들어. 많이 헐 때는 한 스무 가마 나오고…. 근디 작년엔 비가 많이 와갖고 다 떼밀어갔어. 아이고 왜 이리 날이 추워~. 우리 집은 산에 가는 사람들이 많이 와. 딴디 안 가고 자꼬 요리만 와."

하루 딱 한 판, 열두 모 손두부에 정성이 듬뿍

오한이 들 만큼 매운 날이다. 칠순 노인을 한데서 고생시키는 맘이 찜찜한데, 아짐은 한사코 "나는 여태 따순 디만 있었어" 하며 불가로 잡아끌고, 뭣이라도 들려줄 요량으로 말씀을 쉬지 않는다. 아짐 말씀처럼 '징그럽게 추운 날'인데 '진짜 오려나' 싶었던 손님이 내심 반가우셨던 게다.

"우리 친정이 진안 속금산(마이산) 밑인디, 거기서 큼서 엄마 헌 거 봤제. 맨날 잔치때 허거든. 맷돌에다 밤새도록 갈아서 혀. 시집온 게 시어머니도 히셔 잡숴. 같이 늘 거들어서 혔지."

친정과 시댁에서 전통 방식으로 두부를 만들어 먹었지만 두부장사를 하리라곤 생각지도 못했다. 15년 전 이웃 시평마을서 이사를 올 때만 해도 길에서 좀 떨어진 자리에 살림집을 앉혔다. 두릅, 고사리, 취 등 나물을 채취해 말리거나 삶아서 전주 모래내시장에 내다 팔고 이런저런 농사로 생계를 꾸려왔었다.

"산에 온 사람들이 자꾸 문짝을 뚜드려감서 술 없소? 밥 없소? 해쌰. 배고픈게. 그래 막걸리 한 상자를 들여놨더니 쫄래줄래 묵어. 그러다 콩 한 가마니로 두부를 혔드니 그냥 사람들이 바갈바갈해.”

그렇게 아짐의 두부장사는 우연히 시작되고 급기야 살림집에 조립식 건물을 덧대 손님을 받았다. 도시 사람들이 산골 오지에 꼭꼭 숨어있던 두부의 고수를 기어이 찾아낸 셈이다.

지난밤에 전화 연락을 받고 텔레비전 아홉 시 뉴스 보다가 물에 담갔다는 콩이 부엌의 양동이 안에서 얌전히 몸을 불리고 있다.

“저녁에 당궜다가 아침에 끓여. 첨엔 노르끄름해. 당가노문 하얘. 여름에는 아침에도 당구고 저녁에도 당구고. 4키로만 해 날마다. 요새 같은 때는 그것만 팔아도 헌게. 토요일 일요일은 몇 판을 해도 모지래. 허리가 어찌게 아픈지 아리께는 안 했어.”

아짐은 손님들 형편 따라 두부를 만든다.

두부 만들 콩이 산골 맑은 물에 잠겨 몸을 불리고 있다.

"그 먼 디서 온당게. 그래서 혀." 날도 궂고 몸도 궂은 날, 방에 드러누웠다가도 전화를 걸어오면 거절을 못한다. 그래서 콩 불리고, 갈아서 끓이고, 체로 걸어 간수 치고, 판에 얹어 굳혀 내는 고된 작업 쉴 수 없다. 손수 농사지은 콩과, 깨끗한 지하수, 맑은 공기에 무쇠 가마솥, 콩대와 장작…. 자연과 인간의 공력이 한데 어울려 하루 딱 한 판 열두 모의 산골 두부가 만들어지는 것이다.

마침 짬을 내어 집에 온 큰아들 한유삼 씨가 양동이에 불려 놓은 콩을 들어다 호스로 물을 부어가며 믹서로 간다. 하얗고 걸쭉한 콩물이 줄줄 흘러나와 커다란 그릇에 담기자 아짐은 연신 바가지로 퍼올려 가마솥에 넣는다.

"오륙 년은 맷돌로 갈았어. 더 힘이 들었제."

바람은 갈피없이 불고, 맵싸한 연기에 눈물이 절로 난다. 찬물에 손을 담고 거친 땔감을 매만져온 아짐의 손등이 마치 고목나무 껍데기처럼 딱딱하고 쭈글쭈글하다.

"콩 농사는 옥수수 지어내고 해도 돼. 때가 없어. 서리 오기 전까지 음력 오월서 유월 그믐까지 심어도 묵어. 이거 눈물이 많이 나. 하도 맡아서 괜찮아. 나는 여그 매여서 통 어디 다니도 못흐고. 산에 온 사람들이 모자며 장갑이며 지팽이까지 물견을 놔두고 가문 틀림없이 오두록 지둘렀다 주제. 사람이 첫째는 맘이 옳아야 해."

얼추 한 시간쯤 끓였을까. 솥뚜껑을 열자 콩물이 파르르 끓어오른다.(위 왼쪽) 끓인 콩물을 빈 푸대에 넣고 눌러 짠다. 한껏 부풀어 올랐던 푸대가 콩비지만 남기며 홀쭉해진다.(위 오른쪽) 간수를 넣고 휘휘 저어 엉긴 두부 덩어리를 나무틀에 넣고 붓는다.(아래 왼쪽) 두부판을 덮고 돌멩이 하나를 올려놓으니 금세 부피가 잦아든다.(아래 오른쪽)

"손님들이 맛있다고 헌게 또 허제"

뚜껑을 밀치자 가마솥 안의 콩물이 허연 거품을 일으키며 파르르 끓는다.

"넘다 많이 끓여도 안 돼." 얼추 한 시간이 흘렀나 보다. 아짐 곁에 쭈그려 앉아 이야기를 들으니 칡넝쿨같이 질기게 이어온 73년 삶의 매듭들이 손에 잡히는 듯 까실까실하다.

스물한 살에 신랑 얼굴도 모르고 산골마을에 시집와 5남매를 낳아 길러온 우리네 엄니다. 남편 때문에 폭폭하고 속상한 날들도 많았다.

그러나 아짐은 예나 지금이나 고생한 것이 없다 한다. 큰아들이 목수 시켜 튼튼한 두부판을 짜 와서 좋고, 인천 사는 작은아들이 부뚜막을 함께 만들어줘서 흐뭇하다. 전주 사는 큰딸은 늘 마중을 나와서 편하고, 심지어는 두부 먹으러 온 손님이 콩물 거르는 맞춤한 베를 떠다 줘서 고맙다.

몹쓸 기억일랑 훌훌 털어버리고 선한 얼굴, 착한 마음자리에 좋은 기억만을 쌓아온 아짐이 그 순박한 손으로 두부를 빚는 것이다. 옛날 방식으로….

"고생 아녀. 그냥 재미여. 겁나게 재밌어. 손님들이 맛있다고 헌게. 몇 년 되었는디 뇌출혈로 쓰러져서 일어서들 못혔어. 힘이 한나도 없어 질질 끌고 다녔어. 고만 흘라고 혔는디, 사람들이 와서 밥통을 내서 묵고 찾아싼게 또 했어. 사람들이 고생흔게 가스로 해라고 하도 해싸서 십만 완을 주고 사서 해본게 요상흐드마. 맛이 없드라고. 그래서 다시 불을 때서 해."

콩대도 넣고 장작도 넣고…. 땔감이 기세 좋게 활활 타오르며 무쇠 가마솥을 달구어 물을 끓인다.

아짐이 빈 쌀자루에 끓인 콩물을 붓자 허연 김이 날리고 차르르 차르르 물 흐르는 소리가 경쾌하게 울린다. 미어터질 듯 빵빵하던 자루가 점점 졸아들자 아짐은 쇠막대기를 자루 위에 올려놓고 그 위에 걸터앉는다. 쪼르르 쪼르르 똑똑똑…. 마침내 자루 안엔 콩비지만 남고 다라이에 담긴 두유에서 비릿하고 고소한 냄새가 바람에 실려 주위로 퍼진다.

이제 두부 만들기는 막바지다. 아짐이 간수를 풀어 젓자 하얀 덩어리들이 포르르 엉기면서 둥둥 떠다닌다. 하얗던 색깔이 연한 노란빛으로 변한다. 순두부 상태다. 나무틀에 베를 깔고 양동이 반쯤 되는 순두부를 붓는다. 그 위에 덮개를 얹고 돌멩이 하나를 올려놓으니 남은 물기가 서서히 빠져 부피가 잦아든다.

"거칠고 안 깨끗헌 거 같애도 두부만 깨끗허문 돼. 우리 집은 꾸준혀. 한 번 묵어보문 꼭 와."

아짐이 덮개를 연 뒤 좁다란 나무판을 대고 쓱쓱 칼질을 하니, 반듯하고 큼직한 두부 12모가 모락모락 김을 낸다. 아! 두부 한 모가 이토록 애틋할 수가 있을까. 정성 덩어리요 영양 덩어리다. 두부 한 모 값은 3천 원, 한 판을 다 팔아서 3만 6천 원이다.

그 몸공과 맘공을 헤아린다면 누구라도 그 값에 살 수 없을 만큼 터무니없다.

"나 돈 많이 벌었어. 남들 품 파는 것보다는 벌었제. 나 쓰고 먹고. 가정에 필요흔 거 사고. 그러문 됐제. 돈 욕심 한~나도 없어."

'밥 달라, 술 달라'는 등산객들의 성화에 살림집을 열어 서툰 장사를 시작하고, 우연히 만든 두부 맛이 알려지면서 눈만 뜨면 두부를 만들어온

15년 세월이다. 찾아오는 사람들이 고맙고, 없어서 팔지 못할 땐 미안한 마음뿐이다.

깨끗하고 덤덤한 무미無味!

두부 한 모를 올린 상을 받는다. 조선간장에 고춧가루 풀고, 다진 마늘에 매운 고추, 파까지 쫑쫑 썰어 넣고, 들기름 몇 방울 떨어뜨린 양념장과 묵은김치, 그리고 텃밭에서 따 온 배추를 막 버무려낸 겉절이가 올라왔다. 간장도 푸성귀도 양념도 아짐이 일구고 담근 연석산 골짜기 토종이다.

아직 뜨듯한 온기가 남은 두부를 맨입에 넣어보니 슴슴하다.

깨끗하고 덤덤한 무미無味! 입 안에 넣고 살살 굴리듯 으깨본다.

햇볕과 바람에 영근 노란 콩이 계곡물과 어울려 가마솥을 궁글다가 흔적 없이 사라지는 순간이다.

그러나 잘 삭힌 김치를 얹어 씹으면 달달하고 시큼하게, 참깨와 들기름을 묻혀 더욱 고소하고 찰지게, 겉절이 양념과 섞여 매콤하고 상큼하게…. 두부는 이런저런 음식들을 불러들여 저마다의 맛을 펼쳐내지만 마지막까지 입 안에 남아 본래의 뒷맛을 남겼다. 두부가 거기서 거기같이 밋밋한 듯해도, 음식 솜씨 매시라운 주부들이 생두부 한 쪽을 오물거려 딱 알아보는 것도 그 첫 맛과 뒤끝을 감출 수 없는 탓이다. 아무튼 나는 '곡기를 채워야 끼니'라는 묵은 식습조차 까맣게 잊고 아짐의 두부로 배를 채웠다.

삭힌 김치, 양념장, 겉절이와 함께 상에 오른 두부 한 모.

두부 한 판을 죄다 담아 돌아서면서 웃돈을 조금 보탰을 뿐인데 아짐은 팔짝 뛰며 노기까지 띤다. 당신 스스로 경우에 맞지 않다고 여기신 게다. "가만! 가만!" 아짐은 예로부터 고종시 곶감으로 전국에 이름이 높은 '동상 곶감' 두 개를 손에 쥐어주셨다.

그럼에도 셈이 못내 아쉬운지 고개를 갸웃거리며 마지못해 배웅을 하셨다.

아짐은 간혹 전주에서 국거리를 사 와 순두부찌개도 끓여 내고 토종닭도 삶아 판다. 연석산 자락자락 초록이 나부끼고 꽃향기 분분하게 흩날리는 좋은 날을 잡아 사랑하는 사람들과 꼭 다시금 한백상회로 달려오리라.

봄.

달고 쓰고 덤덤한 풋것들의 향연

기적 같은 삶,
지독한 삭힘의 맛!

화순 김문심 아짐

홍 애 국

• •"음마! 보릿닢싹이 나왔네."

설 대목 지낸 시장바닥에 무에 있으랴 했는데, 봄동배추, 시금치 바구니며 꼬막, 반지락 양재기며 올망졸망 늘어진 좌판에 파릇파릇 보리새순 반갑다. 언 땅을 뚫고 시린 바람 무시로 불어대는 벌판 위로 삐죽삐죽 볼가지는 여린 순들이라니. 길고도 모진 겨울을 이겨낸 질긴 생명력이 싱싱한 빛깔과 향긋한 내음으로 진진하다.

"시방이 딱 그 철이여. 된장국 끼래 묵으문 맛나제."

할매 말씀대로 '지금'이긴 한데, 순간 침샘을 자극하는 뇌파의 신호는 된장국이 아니다. 옳거니! 홍애국!

"근디 옴서 봉께 뭔 할매가 노지 것이라고 보릿닢싹을 폴고 재갰어. 그놈도 한 주먹 사갖고 집에 와갖고 홍애 봉다리를 끌러봉께 오매! 창시가 꾸물꾸물 기나와, 사뭇다 싱싱헌께. 봉께로 때깔도 노릿노릿험서 낭창낭창헌 것이 존놈으로 줬드랑께. 시친디 사뭇다 칼칼이 시칠라문 잉깔라쟈불어. 보릿닢싹도 씻그고 인자 솥단지에 물 모냐 붓고 마늘도 쪼사 여코 꼬치가리도 풀어 여코 인자 끼래. 폴폴 끼리다가 인자 애를 너….”

지난해 정월 대보름날 열린 ‘제1회 아름다운 전라도말 자랑대회’에서 ‘영판오진상’을 받은 전라도닷컴 독자 주서영 씨는 어머니와 함께 홍애국을 끓이는 전 과정을 조단조단 맛깔나게 풀어냈었다. 권이 짝짝 흐르는 젊은 처자의 이야기에 침을 꼴깍꼴깍 삼키며 벼르고 벼르던 일 년이었다. 하여 서영 씨를 조르고, 그의 어머니 유촌떡 김문심 아짐에게 허락을 얻어 날을 잡았는데, 며칠 사납던 추위가 잦아들고 따순 볕이 짱짱하게 내리쬐는 날이었다.

아홉 남매를 홀로 키워낸
무정한 33년 세월

“자석 치먼(치사하면) 반비치기(불출), 마누래 치면 온비치기라 헌디, 나는 우리 막내딸 친 게 반비치기요. 진짜로 너~머 영리허요. 안 배운 것이 없이 다 배우고, 차말로 지가 다 노력해서요. 나한테도 질로 잘 흐고 효녀요 효녀.”

아짐은 하루 전 화순 도암면 등광리 시골집에 들러 이런저런 장만을 해와 읍내 아파트에 사는 큰아들 집에서 손님을 맞았다. 혹독한 노동 탓에 만성적인 무릎통증에 시달리는 아짐이 불편한 다리품을 팔며 번거로움을 마다하지 않은 까닭은 오로지 막내딸 서영 씨의 청이었나 보다.

“말도 말도 못해요, 내가 고생한 것을 생각하먼. 우리 막둥이가 쌍둥이

"워따, 맛납겄소." 김문심 아짐의 손길 따라 꼬리꼬리한 삭힌 홍어 냄새 폴폴 피어난다.

란 말이요. 첨에는 맨 딸만 났서. 딸만 다섯을 낳고 아들 낳고 또 아들 날라고 난 것이 요 냥반이 나와불었제."

"그래갖고 윗목에 엎어나불라고 했담서?"

"뭣을 엎어, 뭔 말씀이여, 아니여. 요 막내딸 밑에가 쌍둥이요. 구 남매를 키워낼 때, 그런게 애기 아빠가 막 쉰이고 나는 마흔두 살인디, 쌍둥이를 음력 이월 스무이튿날 낳아놓고 그해 음력 섣달 스무날 지그 아부지가 돌아가셔불었어, 우리 쌍둥이 돌도 안 지나갖고 도깨비마니로 기어댕길 때. 그 넘을 키워낼 때 우짤 것이요. 우리 요 막내딸 니 살 묵고, 큰아들 여섯 살 묵고. 낮에는 눈물도 안 나와 일할랑께. 해름에 오문 쌍둥이 두 마리가 눈만 뻔해. 옷이 흙덩어리가 되어갖고. 수도에서 두 마리 옷을 비끼고 목욕 씻김시로 움시로…. 저 냥반도 애려서 뒷감당을 못하니까 멀큼허니 빨래해서 널어놓고 옷 싹 갈아입히고…, 그 이튿날 밭에 갔다오문 또 그렇게 숯댕이로 있고. 그런게 저녁에 많이 울고 눈물로 키왔어요."

아홉 남매를 홀로 키워낸 무정한 33년 세월을 되짚는 아짐의 얼굴을 가만히 들여다본다. 굽이굽이 눈물로 지샌 날들만큼 자글자글 잔주름이 애처롭다. 서울로 간 쌍둥이들이 애써 모은 돈을 못된 사장이 "싹 할타 가버렸다"는 사기 사건. 뇌졸중으로 쓰러져 병원에 실려 갔을 때 "큰아들이 눈이 뻴게갖고 달구똥마니로 눈물을 똑똑 떨구고 서 있던" 일. "시골 가서 꼬물거리고자와 앙근 거(깔판) 사 와서 깔고 앙거서 호맹이 들고 뒷금질로 슬금슬금 씨앗 숭거나가던" 밭농사 이야기…. 아짐의 기억이 실꾸리처럼 졸졸 하염없이 풀려 나온다. 한 많은 아낙네의 몸서리나는 고생담이면서 한편으론 정이 뚝뚝 묻어나는 질박한 전라도말의 보물 보따리다.

"톡 쏨서
요상한 맛이 있어게"

"쌀뜨물 몬차 끓여."

아짐이 서영 씨에게 홍애국을 '시작'하라는 신호를 내린다. 관절염 탓에 오래 서 있기 힘든 아짐은 거실에 앉아 휴대용 가스불로 푸성귀를 데쳐 나물을 무치거나 겉절이를 만들고, 서영 씨가 주방에서 홍애국을 끓인다.

"국 끼릴 때는 말간 물보다는 쌀뜨물에 하는 것이 더 나은께. 뼛닥 넣어 갖고 냄새가 펄펄 나게 끼려. 살 발라내고 남은 놈 뼛닥이랑 껍딱이랑. 홍애? 화순장에서 샀어, 설 대목에. 홍애 사서 살은 다 발라서 껍딱하고 뼈만 너. 홍애탕은 살로 하면 더 맛이 없어."

쌀뜨물을 냄비에 부어 센 불에 올리고 된장을 풀어서 능글능글 홍어 껍질과 뼈를 넣고 끓인다. 금세 거품이 부글부글 일어나 뿌옇게 넘친다. 꼬리꼬리한 삭힌 홍어 냄새도 폴폴 피어난다.

"나한테도 질로 잘흐고 효녀요 효녀." 김문심 아짐이 딸 서영 씨에게 '맛보기 한입'을 넣어준다.

"불을 죄래(줄여). 불이 싸문(세면) 넘어불어. 원래 버끔이 많이 나, 대접을 옆에 두고 떠내야 해. 잘 삭아진 것이 버끔이 많이 나."

"엄마! 버끔이 생크림마니로 나오네. 어찌나 잘 삭았는지 감기 걸린 코에도 탁 쏘더랑께."

"홍애장시한테 요것은 안 맵겄소. 요놈 주씨요 하면 홍애장시가 '어머니가 잘 보시오' 그래. 근게 입이 쪼깨 동그람해야제, 여시(여우) 코빼기마냥 날카로우면 안 매와. 홍애 살 때 단골이라고 애허고 빼는 그냥 줘. 아마 20년도 넘을 것이여. 지그 아부지가 헐 때부터. 홍애를 잘 안께 넘은 안 매운 걸 줘도 나는 매운 걸로 줘."

처녀 적부터 홍어를 매만져온 아짐인지라 척 보아 어물전에서 제일 매운 홍어를 골라내 국을 끓이는 것이다.

"시방 보리를 넣어. 고칫가리도 조금 넣고. 넘다 많이 넣으문 안 된께 쬐끔만 넣어. 고칫가리 많이 넌다고 매운 것이 아니여. 너무 펄펄 끼리문 다 녹아분다말게."

"보리 넣을 때는 손으로 짝짝 찢어가지고 넣은 게 더 맛나. 약한 불에 몽글몽글 끓이라고? 인자 버끔 안 나네. 냄새가 죽여부네."

모녀가 알콩달콩 이야기를 주고받는 사이에 시큼한 냄새가 좁은 아파트를 가득 채운다. 보리가 뜨건 김을 한번 쐴 즈음에 나숭개(냉이)와 데친 배추시래기를 넣는다. 이제 홍어애를 넣을 차례다. 서영 씨가 불그스레하고 노릿노릿 낭창낭창한 홍어애가 담긴 접시를 꺼내 온다.

"시칠 것도 말 것도 없어. 깨끗한께. 한 번만 힝궈서 넣어."

홍어애를 툼벙툼벙 통째로 냄비 안에 안친다. 미리부터 잘라 넣으면

냉이와 보리 새순과 배추시래기. 홍애국이 봄의 맛을 내는 이유다.

"잉깔라지거나(으깨지거나) 흐물흐물 녹아 없어진다"는 애를 덩어리째 망가지지 않게 끓여내는 게 아짐의 요리법이다.

"어렸을 때는 잘 몰랐는디 엄마가 끼래주고, 또 어디서 먹다본께 징하니 맛나. 홍애국만의 톡 쏨서 요상한 맛이 있어게. 요 맛을 모르는 사람들은 모르제. 먹다본께 맛있더라고. 그 뒤로 엄마한테도 끼래돌라고 허고 마니아가 되불었제."

서영 씨는 어머니의 홍애국을 맛있게 먹는 걸로 만족하지 않는다. 조리법을 열심히 배우고, 또 어머니가 평생 써온 풍성한 전라도말을 고스란히 물려받고 싶어 애를 쓰고 있다.

이제 홍애국이 다 되어간다. 마지막으로 양파랑 파 썰고, 매운 고추 두 개도 쫑쫑 썰고, 다진 마늘까지 넣고 고루고루 젓는다.

"요것들을 몬차 넣으면 화~한 맛이 다 감해져분다고 한께. 워따 맛납겄소. 고치를 한나만 더 썰어 넣어. 애는 미리 짜르지 말고 떠가지고 그릇에서 짤라."

홍어 삭힌 냄새와 맵싸한 양념 내음이 뒤섞이자 머리가 어찔어찔 어지럽다. 마치 암모니아 가스탄 하나가 터진 듯하다. 지독한 고린내가 천지사방을 압도하고 '컥' 하고 질식할 듯 숨이 막힌다. 서영 씨가 잽싸게 거실 창문을 열어젖힌다.

"엄마 간을 봐봐게. 색깔은 영판 맛나 보인디."

"싱겁네. 국이 밀건가 봐. 된장을 째까 더 쳐. 물은 고만 붓고. 너무 흘랑하면 근께 좀 짤박하니…."

고소한 앙금처럼 감쪽같이 사라지는 홍어애

얼추 1시간 넘게 정겨운 모녀의 대화로 끓인 홍어애국이 완성이다. 애국이 끓는 사이에 아짐은 맨손으로 조물조물 배추나물과 봄동배추 겉절이를 버무려내고, 멸치젓갈에 양념을 다져 넣고, 죽순을 볶았다. 깻잎장아찌와 묵은지, 고추멸치볶음, 갓김치에 채지국, 구운 김에 양념장, 무나물과 깍두기, 그리고 까만 쌀을 넣어 지은 따끈한 밥과 홍어애국이 상에 올랐다. 무엇 하나 빠진 것 없는 성찬이다. 그릇그릇 볶은 깨를 아낌없이 붓는 모습에서 아짐의 후덕한 인심과 정성이 전해진다.

반찬들이 모두 개미지다. 물 맑고 땅 기름진 등광리 들판에서 자란 푸성귀에 손수 담근 된장과 고추장이 어울리고 20년 묵었다는 장맛까지 배어들었으니 그럴 만도 하다.

크~아! 홍애국. 눈, 코, 입은 물론이거니와 여기저기 막힌 감각을 펑펑

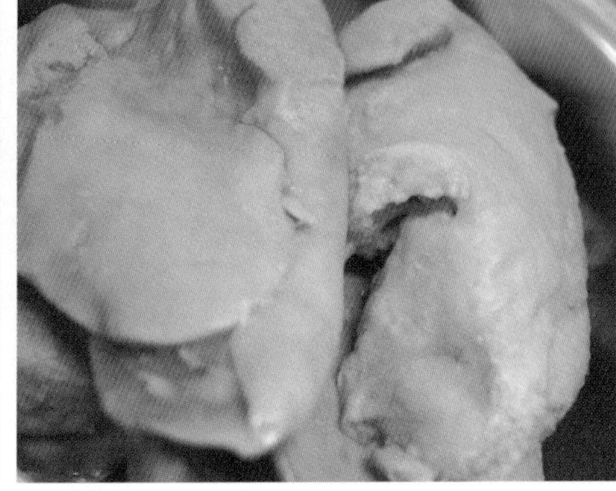

홍어 살 발라내고 남은 놈, 뺏닥이랑 껍딱.(왼쪽) 홍어애. 덩어리째 애를 망가뜨리지 않고 끓여내는 게 아짐의 요리법.(오른쪽)

후덕한 인심과 정성으로 차려낸 푸진 밥상. 애국에 밥을 말아 숟가락에 뜨고, 나물이며 겉절이며 장아찌를 척척 걸쳐 옹골지게 먹는다.

요란하게 뚫어댄다. 푸른 기운이 남아 있는 보리순과 냉이는 씹을수록 달큼한 봄나물 맛을 내고, 삭힌 홍어국물을 옴싹 뒤집어쓴 배추시래기가 입 안에서 물큰하다.

대개 잘게 부서지거나 으깨어져 걸쭉하기 십상인 게 홍어애인데, 아짐의 애국은 뚝뚝 끊어 한입 가득 오물거릴 수 있는 식감이 좋다. 설핏 굳어진 것 같지만 입 안에 넣고 궁굴리다 오물거리자마자 고소한 앙금처럼 한순간에 감쪽같이 사라진다. 애국에 밥을 말아 숟가락에 뜨고, 나물이며 겉절이며 장아찌를 척척 걸쳐 옹골지게 먹는다.

그렇게 밥 한 공기를 뚝딱 말끔하게 비워내면서 애가 닳고 닳도록 아홉 남매를 키우며 발싸심을 해왔을 인생을 곱씹는다.

참 기적 같은 삶이요, 놀라운 삭힘의 맛이 아닌가. 심해를 너울대던 생선의 내장이 깊은 산골 아낙의 고단하고 애끓는 삶에 위안이 되었으니 말이다.

"삥아리도 한 배에 열여섯 일곱을 안 까요. 그러문 꺼먼 놈도 있고 노란 놈도 있고 그러대끼. 누가 애기덜 몇이냐 물어보문 오 남매라고 허요. 딸 둘 아들 셋만 시어. 위에 자석들은 멀리 산께 잘 안 온단 말이요. 열 손꾸락 찔어서 안 아픈 놈은 없어, 다 똑같은디. 이산가족도 찾을란지기나 세상에 왜 안 오냐, 느그들 다 빼분다잉 그요. 지그들이 안 온께, 맛있는 거 못 갓다 묵고 지그들이 손해여. 넘도 주고 산디 안 온께 서운할 때가 많애요."

배추 400포기를 밭에서 길러 따낸 뒤 혼자 절이고 씻어 김장을 담는다는 아짐이다. 그 많은 김치가 누구의 몫인지, 빤한 답이 쿵 가슴을 친다. 크고 작은 비닐봉지와 가지가지 보자기를 엽렵하게 간수했다가 사시사철 먹을 것들을 자식들에게 바리바리 싸서 보낸다. 평생 지성으로 땅을 일구고 씨를 뿌려 가꾸어 자식들을 먹이고 이웃과 나누어온 게다.

"나라는 백성을 근본으로 삼고 백성은 먹을 것을 하늘로 섬긴다."(삼봉 정도전)

그래! 아짐 역시 자식새끼들의 입에 들어가는 먹을 것이 기실 하늘이었으리라.

아짐은 음식 재료값이라 건네는 봉투를 기어이 마다하며 역정을 내신다. 오히려 "시골집 마당에 묻어 논 놈을 어제 선상님 줄라고 캐서 씻어서 몰래갖고(말려서) 왔다"는 실한 무 일곱 개, 몸에 좋다는 서리태와 삶은 죽순, 떡국, 약초로 담근 술 두 병, 그리고 홍애국까지. 봉지봉지 그릇그릇 먹을 것들을 야무지게 싸고 여며서 들려주신다. 이토록 하늘만큼 높고 귀한 대접을 공으로 누려도 될 일인지, 못내 부끄러운 날이다.

초록 들판을 입 안에서 자근거리다

나주 도래마을 양동임 아침

쑥 버 무 리

"쑥이 요새 얼마 없어. 날씨가 추와서 아직 안 나오제.
올 추위가 늦게까지 있어갖고…."
쑥 캐러 나선 양동임 아짐.

• • "엄니! 정월대보름 오기 전에 쑥국 세 번만 끓여 묵으문 살이 쩌서 문턱을 못 넘어간다고 그랬는디요 잉?"

"에이! 보리여 보리. 보리를 근다 그랬어. 쑥이 겨울에 얼서 나오겄어요. 보리가 약 된다고 그런 말을 했제."

'쑥'이라고 믿어온 수십 년 세월이 맥없이 와륵 무너지고, '보리였나?' 긴가민가하며 나주 '도래마을 옛집' 살림꾼 양동임 아짐을 따라 나선다. 대바구니 옆구리에 끼고 사푼사푼 쑥 캐러 가던 누나 뒤를 쫄래쫄래 따르던 그리운 추억들도 아짐 뒤를 좇아간다.

"쑥이 요새 얼마 없어. 날씨가 추와서 아직 안 나오제. 올 추위가 늦게까지 있어갖고…."

고샅을 흐르듯 몇 걸음 걷다 모퉁이 돌아서니 들판이다. 높낮이가 제법 차이가 나는 밭둑 몇 개가 층층이 겹쳐져 산으로 이어진다. 논도 밭도 산도 마을 곁에 뽀짝 붙어 이무로운 형국이다. 아짐이 바구니를 내려놓고 쭈그려 앉는다.

"봄 되문 젤 먼저 나오는 것이 쑥인디…."

꽃시샘 바람이 휘~익 꼬리를 길게 늘여 빼면서 지나간다. 아짐의 말끝이 흐려질 만도 하다. 비교적 양지바른 곳에 자리를 잡았는데도 쑥 구경이 쉽지 않다. 땅은 발이 빠질 듯 푹신하지만, 바람 찬 허공으로 고개를 치켜들기 싫은가 보다.

"친정? 저어기 화순 도곡 달아실. 스물다섯에 시집와서 한 40년 되고, 2남 3녀 뒀어. 다 여웠고…. 댁호? 월곡떡이라고 해도 좋고 달아실떡이라고 해도 되고."

주린 허기를 향긋하게 면해주던 어엿한 한 끼 식사

아짐이 검불을 걷어내자 자디잔 쑥이 오보록하게 웅크려 있다. 익숙한 손놀림으로 쑥을 캐지만 불과 열대여섯 번 칼질 뒤에 주춤댄다. 춘분이면 완연한 봄날이어야 하건만 쑥 캐기는 더디고 맘만 바쁘다. 몸을 일으켜 밭두둑을 두리번거리며 다시금 슬금슬금 걷는다.

"쑥이 약매니로 귀해. 넘다 잘고 인자 나와요. 허~이 넘다 잘아."

'쑥버무리'를 수소문할 때, 도래마을 옛집에서 "만들어주겠다"는 기별에 "혹시 모르니 시장에서 쑥 좀 사오라"는 주문을 덧붙인 까닭이다.

"엄니! 글안해도 제가 시장 들러서 좀 사왔어요."

"옛날에는 봄 내내 나물 캐러 댕겼어, 친구들이랑. 그때가 제일 재밌었어요. 쑥, 냉이, 달래도 캐고 민들레, 또 자운영도 맛나고. 시집와서도 했는디, 요새는 취나물 농사짓느라 예전만큼 봄나물 캐러 댕기지 않네요. 쑥은 옛날부터 귀허죠. 쑥국 끼래 묵고 쑥버무리도 하고 쑥떡도 허고, 찌어서 쑥부꾸미도 허고….”

제주 양씨 집성촌이자 유서 깊은 전통가옥들이 잘 보존된 아짐의 친정마을 달아실의 들판이 눈앞에 삼삼하다. 그 낭랑하던 소녀가 지석강 건너 나주 도래마을에서 40년을 보내며 곱게 늙어간다.

“진달래 피문 화전도 부쳐 묵고…, 여그 이것이 광대쟁이. 어째 그러냐문 광대가 그것(고깔) 쓴 거 닮았잖아요. 이런 것도 해노문 맛있어요.”

이리저리 바닥을 뒤진다. 지천으로 깔려있으리라 여겼던 쑥이랑 숨바꼭질을 한다. 아짐 뒤꽁무니를 졸졸 따라다니던 강아지 한 마리가 내려놓은 바구니 근처를 알짱거린다. 안 그래도 션찮은(시원찮은) 분량인데, 행여 쑥바구니를 뒤엎어버리지나 않을까 조바심이 난다. 그러고 보니 누나들의 나물

검불 골라내고 다듬고.

바구니를 툭툭 건들며 괜한 으름장을 놓고 심술을 부리던 개구쟁이 시절이 생각난다. '아! 영락없이 저 강아지처럼 철딱서니 없었구나….'

쑥버무리는 그런 추억들을 자꾸 불러오는 봄의 맛이다. 지금이야 별미처럼 즐기는 음식이거나 어른들의 주전부리지만, 가난한 서민들에겐 주린 허기를 향긋하게 면해주던 어엿한 한 끼 식사였던 게다.

"풀밭에서 난 것은 좀 이삐고, 요론 디는 안 이빼. 뭣이 가려주는 것이 업슨께, 바람에 시달려서 좀 작고…. 그래도 향은 더 좋고 더 맛있지요. 이 쑥 뿌리가 위장에 아조 좋대요. 옛날에 약 없을 때는 쑥뿌리 캐서 찧어서 그놈을 즙 내서 마시문 효과가 좋았대요."

쑥을 찧어서 흐르는 코피를 막거나, 여름날 멱을 감으러 개울에 들기 전에 귀를 막던 기억이 생생하다. 어린 맘에도 어른들처럼 야무진 응급처치를 하고 단단히 방패막이도 한 것 같은 뿌듯함을 주곤 했었다.

"쑥버물도 귀했어요. 그때는 밀가리로 했고. 쌀가리가 어딨어. 밀가리만 해도 얼마나 맛있다고. 요새는 안 해묵어요. 그런게 무장 사라지제, 하찮은 것 같애도…. 아이고 쑥이 있으문 더 캐겠는디 없어서 못 캐겠네. 이놈만 캐도 될란가."

"밀가리로 버물려 묵는 것은
쑥밖에 없어요"

시장에서 사 온 쑥이 있다는 말에 적이 맘이 놓였는지 아짐이 서둘러

칼칼하게 씻고.(위) 조물조물 밀가루에 버무리고.(가운데) 찜솥에 안치고.(아래)

옹기시루 대신 개량형 찜솥이 무쇠솥 위에 걸터앉은 절묘한 모양새. 과거와 현재의 조화로운 만남이다.

바구니를 챙겨든다.

"달아실 양씨문 친정이 부잣집이구만요. 좋은 음식 많이 드시고 또 배우기도 했겠네요?"

"우리 어머님이나 백모님이 음식을 잘하셨어요. 그래서 본 것은 있죠."

고운 얼굴, 조근조근 모난 데가 없는 말씀에서 '본 데 있는' 아낙네의 기품이 엿보인다.

"비 한본씩 오고나문 쑥쑥 큰께, 그래서 쑥이라고 그랬는가 봐요. 쑥 냄새가 향~긋흐니 좋지요? 올해 3월 윤달이 들어서 철이 늦어요. 다른 때 같으문 쑥이 많은디…. 봄나물도 많고. 도르뱅이라고 있어요. 논에 가문 이파리 똥그람흐니…, 그것도 맛있어요. 또 쑥부쟁이도 맛나고…. 밀가리로 버물려 묵는 것은 쑥밖에 없어요. 요샌 맛있는 것이 많은께 안 해요. 뭘 해줘도 안 묵고. 우리 나이까지는 어깨너머로 보고 얻어 묵어보고 해서 아니까."

아짐이 기와집 마루에 앉아 시장에서 사 온 쑥봉지 두 개를 풀며 고개를 갸웃거린다.

"얼마치까? 요거이 삼천 원어치, 요건 오천 원어치, 한간디로 합쳐서 팔천 원 허겄구마?" "아따 엄니 신통하네요. 대번에 맞춰부네요. 모다 구천 원 줬구마요."

"이짝은 좀 오래되었네. 쑥이 안 좋아. 요거 보씨요! 색깔이 확 틀리제? 요새 비싼 쑥을 누가 사겄어요? 갖고 다니다 선생님한테 딱 앵겼구마."

"엄니가 캔 것이 워넌히 좋구마요."

도래마을에서 막 캐온 쑥은 자디잘되 향도 색도 진하지만 시장치는 좀 크긴 해도 때깔하며 내음하며 확연히 그만 못하다. 아짐은 노랗게 색이 바래거나 말라서 버석거리는 잎과 자잘한 검불을 골라낸 뒤 수돗가에 앉는다. 수도꼭지를 돌리니 스테인레스 양푼으로 맑은 지하수가 쏴아아 쏟아진다. 대소쿠리에 담긴 쑥을 부은 뒤 양손으로 한 움큼씩 쥐고 흔들어댄다. 낚아채듯 날렵하게 위아래로 들썩이며 씻는다. 금방 대여섯 번을 반복해서 헹군다. 물기를 잔뜩 머금은 쑥빛이 초록으로 생생하다.

"이거 쌀가리 아닌 거 같애. 뭐시 섞였으까? 물에 담가놓은 것이 있는디, 시방 남평방앗간까지 갈라문 늦고…. 찰기가 없어 맛이 안 날 거 같애."

"그냥 밀가루로 허문 안 되까요? 제 기억엔 쑥버무리를 쌀가루로 해묵은 적이 없당께요."

"밀가리로 해도 맛있어요. 쌀은 밥 해묵어야지 이런 거 하간요. 밀가리가 좀 더 흔했고. 인자 쪼금 가진께 쌀가리로 허제, 가진께…."

아! '가지다'는 말, 오랜만이다. 개구리 올챙이 적 모른다고, 언제 그리 넉넉했다고 까탈을 부리며 이러니저러니 얄밉게 골라대는 스스로에게, 또는 남에게 '가지다'는 말을 했었는데….

마트에서 사 온 쌀가루는 퇴짜를 맞았고, 아짐이 부리나케 집에서 밀가루를 가져왔다. 봄볕이 제일 따숩게 내리쬐는 마루 끝에서 쑥과 밀가루를 버무린다. 아니, 버무린다기보다는 밀가루를 두어 주먹 쥐고 슬쩍슬쩍 끼얹어 묻히는 수준이다. 그리곤 몇 번을 되작되작한다. 마치 쑥밭에 서리가 내린 것 같기도 하고 눈꽃이 핀 것 같기도 하다.

"밀가리 많이 하문 맛이 없어요. 이파리에 묻기만 하문 돼요. 너무 많이 하문 끈적끈적 들앵기고 찌럭찌럭해서 쑥맛이 덜흐고…. 옛날 친정에선 밀농사 지었어요. 그땐 밀가리 빤 디가 있었는디 지금은 안 흔께 다 없어졌제."

사근사근 부드럽게 씹히는
담백한 맛과 향

소금은 약간 넉넉하게 뿌리고 설탕은 '거짓말매니로' 조금 끼얹어 간을 맞춘다. 그렇게 버무린 쑥을 아짐이 먹어보라고 내민다. 아직 솥에 찌지 않은 쑥버무리가 입 안 가득 약초 냄새를 남긴다. 찜솥에 삼베를 깔고 버무린 쑥을 안친 뒤 부엌으로 간다. 붙박이 가마솥의 뚜껑을 열고 물 한 바가지를 부은 뒤 찜솥의 윗부분을 올린다. 옹기시루를 대신하는 개량형 찜솥이 무쇠솥 위에 걸터앉은 모양새가 절묘하다. 과거와 현재의 조화로운 만남이다.

구경꾼은 이런저런 생각으로 바쁘고, 아짐은 장작불 지필 채비를 하느라 분주하다. 우선 아궁이에서 재를 긁어내 잰걸음으로 대문 앞 텃밭으로 간다. 하필 짓궂은 바람 한 가닥이 부옇게 재를 날린다. 잽싸게 몸을 돌려 바람을 피한 아짐이 양파밭에 재를 허친다. 그리곤 뒤란에서 장작과 불쏘시개로 신문을 챙겨 온다. 익숙한 솜씨로 불을 붙이고 아궁이 속으로 살살 장작을 밀어넣는다.

아주 단순하고 소박하기 그지없는 쑥버무리 하나를 만드는 데도 이렇듯 숱한 손놀림과 발걸음이 모아진다. 이윽고 활활 기세 좋은 불꽃이 일렁이고 솥을 뎁힌(데운) 불기운이 고래를 타고 구들로 달린다.

'저 솥에 쑥버무리 다 익으면 꺼내 먹고, 구들방에 드러누워 한숨 잘 수 있다면, 임금이 부러우랴.'

"여그 도래마을 옛집이 직장이요. 손님들 밥도 채래주고 된장도 담그고 안 흔 거 없어요. 차도 만들고, 봄에는 아카시꽃 솔잎도 따다 만들어 대접흐고, 매실차도 담그고 한 병씩 드리고…. 올해로 3년짼디 건강에도 좋고 딱 맞아요."

가마솥에서 팔팔 물 끓는 소리 들려오더니 허연 김이 폴폴 날린다. 은은한 쑥 향기도 오래된 부엌 구석구석으로 퍼져간다. 아짐이 찜솥을 들어내 뚜껑을 열자 쑥 냄새가 한꺼번에 훅 밀려온다. 대소쿠리 안에선 청량하게 한껏 부풀었던 쑥버무리가 다소곳이 졸아든 채로 폭폭 더운 김을 낸다.

"아따 맛나다. 인자 묵어도 되겄네요."

이건 첫물 쑥버무리다. 감질나는 새봄의 맛이다. 밀가루를 적게 넣어 쑥맛이 온전하게 살아 있다. 사근사근 부드럽게 씹히는 담백한 쑥버무리의 식감이라니. 마치 초록 들판 하나를 입 안에서 자근거리며, 온갖 향초지초를 음미하는 듯하다.

채신없이 부뚜막에 쭈그리고 앉아 양동임 아짐이 해주신 쑥버무리를 한참 동안 지범지범 먹어댄다. 자발없이 부엌을 지분거리다 "불알 떨어진다"는 퉁바리를 들으면서도 "옛다" 하며 내미는 깜밥(누룽지) 한 쪽에도 행복했던 가난한 날들이 눈물 나게 그립다.

나주 도래마을 옛집은 사람을 압도하는 고대광실이 아니다.

몸을 비비대고 정을 붙이면 좋을 만큼 천장도 대청마루도 고만고만 알맞고, 적당하게 너른 흙마당도 한바탕 놀아봄직하다. 문화유산을 시민의 힘으로 보호하려는 내셔널트러스트 운동을 통해 이 집을 사고 옛 모습을 복원했다. 민박도 하고 다양한 문화체험도 여는 옛집에서는 아짐처럼 맘씨 고운 살림꾼들이 비료도 농약도 절대 마다하고 길러낸 푸성귀와 손수 담근 된장, 고추장, 김치로 밥상도 차려낸단다.

감질나는 새봄의 맛이 차려졌다. 인정 또한 담뿍 담긴 무공해 점심상이다. 사근사근 부드럽게 씹히는 담백한 쑥버무리의 식감이라니.

옛 집 마당의 빨랫줄에 시리도록 나부끼는 이불 홑청.

쑥버무리만으로도 황송한데 알뜰살뜰 키워낸 공력처럼 인정 또한 담뿍 담긴 무공해 점심상을 받았다. 싱싱한 쌈거리 푸짐하고 청국장하며 두부하며, 보약이 따로 없다. 진달래 흐드러지면 화전도 지진다는데…. 올 봄엔 도래마을 옛집이 북새통이겠다.

옛집 마당을 나서려는데, 감나무와 대작대기를 이은 빨랫줄에 하얀 이불 홑청 시리도록 나부댄다. 햇살에 반짝이는 베갯잇과 수건도 나풀나풀 작별인사를 한다.

풍년식탁
10

지천의 풋것들로 차려낸 초록의 향연

영광 안영례 아짐

봄 나물

• • 머릿속엔 도다리쑥국과 '썩어도 준치'가 번갈아 오르내렸다. 헌데 쑥국 끓여줄 여수 쪽 아짐을 수소문하기가 어려울 성싶고, 준치는 아직 제철이 아니라는 기별이었다.

"시장에 준치 보이등마요?"라는 어설픈 알은 체에 "일본산이꺼시여. 우리 것은 오월 되아야 살짝 비치고 들어가불어"라는 딱부러진 어황이 돌아왔었다.

아무튼 갯가를 헤매다 가까스로 봄나물을 찾아 나선 등짝을 살랑살랑 봄바람이 밀어댄다.

영광 묘량면 장동마을 안영례 아짐은 '왜 나물로만 밥상을 차려달라 할꼬' 아리송했나보다. 마른 취, 원추리, 머위, 민들레, 집줏잎(비비추) 등 다섯 가지 나물을 하루 전에 데쳐 물에 담가놓고도 '별시런 것이 없는디, 뭣을 더 해야 하나' 싶었단다.

아무리 사람 귀한 시골이라지만 천지사방으로 할 일이 널려있는 농사철이다. 아짐이 식탐꾼을 선선히 집으로 불러들인 건 이 마을에 터를 잡은

'여민동락' 일꾼들 탓이다.

어르신들을 지극정성으로 모시며 알콩달콩 재미난 공동체를 일궈낸 젊은이들의 청일랑 웬만해선 마다하지 않으신 게다.

향긋한 풋내 풍기는 두릅,
오동통 살 오른 고사리

"봄나물은 별로 독이 없어 에지간흐문 다 묵어요. 곰밤부리, 나숭개(냉이), 자운영도 있고, 돌미나리, 돌나물, 원추리, 광대쟁이도 있고…. 머위, 원추리, 집줏잎은 캐서 데치고 우려놨어요. 안 우리면 써서 못 묵어."

오래된 한옥을 편리하게 고친 집 안 곳곳은 먼지 하나 없이 말끔하고, 가재도구며 부엌살림하며 무척 단정하다. 살림하는 이의 깨끔한 성미가 여지없이 드러난다.

"스무 살에 고창서 여기 전주 이씨 집안으로 시집왔어요. 눈이 많이 오는 날 걸어서. 저고리 입고 자락치마 입고 오는데 꽁꽁 얼어서 동태가 돼불었어. 아침밥 묵고 일찍 나서서 왔는데 여기 온께 해가 넘어갔드라고."

바구니에 부엌칼 챙겨 담고 고샅을 나서는 아짐 뒤를 졸졸 따라 뒷동산에 오른다. 봄나물 사냥이다.

"이건 꿩나물인디 해묵는 것이요. 요건 지충개라고 씀바귀 종류라 쌉쌀해. 하얀 녹말이 나오고…. 요것이 코딱지나물인디 꽃이 안 피었으문 해묵어."

"봄나물은 별로 독이 없어 에지간흐문 다 묵어요. 곰밤부리, 나숭개, 자운영도 있고, 돌미나리, 돌나물, 원추리, 광대쟁이도 있고…." 나물 캐러 나선 안영례 아짐.

길섶에 정말 코딱지만 한 연보라 꽃잎이 총총하게 깔렸다. 아짐은 지천이 나물감이라면서도 곰밤부리 한 주먹만을 날렵하게 훑어 담는다. 내리막으로 접어들자 풀숲 사이사이에 쑥들이 무성하다. 쓱쓱 몇 번 칼질에 국거리용 쑥이 오복하니 불어난다. 쑥부쟁이와 가새덩쿨까지 캐 담고 몇 걸음 걷다 보니 마른 나무 끝 여기저기 창처럼 두릅 새순이 솟았다.

"어제까진 눈에 안 띄등마. 가시도 있어 조심해야 돼. 뽀짝 끊고."

쌉사름하면서도 향긋한 풋내를 풍기는 두릅을 초고추장에 찍어 먹을 생각에 벌써부터 후르릅 침이 흐른다.

"조그만 거는 크라고 놔둬야제. 괴기도 작은 놈은 잡았다가 놔줍디여 안."

머위꽃이 왕관처럼 피어오르는 경사지엔 원추리 무더기다. 뿌리와 잎사귀를 싹둑 잘라버리고 가운데 하얀 줄기 부분만을 다듬어 챙긴다. 이윽고 저수지를 옆에 끼고 산길을 걸으며 고사리를 꺾는다. 흐드러진 진달래를 손으로 쭈욱 훑어 오물거린다. 아련한 추억의 맛이 밀려온다. 처음엔 있을까 싶었는데 의외로 오동통 살이 오른 고사리가 눅눅한 낙엽자리를 비집고 쏙쏙 솟구쳐 있다. 참취 몇 개까지 덤으로 챙겨 오던 길을 되짚는데 어느새 바구니 가득 봄나물이 넘친다.

멀리 시원스레 내달리는 장암산 자락에 눈을 맞추고 집 마당에 들어서니 춘백이 벌건 꽃잎을 뚝뚝 떨구고 있다. 아짐이 손수 만들어 족히 30년을 넘게 썼다는 채반에 봄나물을 붓고 씻는다. 물기를 머금은 푸성귀들이 아낌없이 쏟아지는 봄 햇살 아래서 더욱 선명한 초록빛을 발산한다. 눈이 부셔온다.

“아따! 색깔 이쁘다! 총출동이구마.”

이제 팔팔 끓는 물에 굵은 소금을 반 움큼 집어넣고 푸성귀를 차례로 데쳐낼 참이다.

“곰밤부리가 젤 독이 없으니까 먼저 삶아내고…. 오래 있으문 물러지니까 조정을 해야 돼.”

뜨건 물에 무시로 손을 푹푹 찔러가며 데친 정도를 살피는 아짐 때문에 가슴이 철렁철렁 내려앉는다.

“아이고! 안 뜨거워요?”

“엄마들은 손이 익어부러서…. 우리 딸 시집갈 때만치나 바쁘네.”

말씀 끝에 딸 이야기가 달려 나온다. 허리수술로 운신이 힘든 때였지만

족히 30년 넘게 썼다는 안영례 아짐의 채반. 아낌없이 쏟아지는 봄 햇살 아래서 온갖 푸성귀들이 초록빛을 발산한다.

열서너 궤짝 이바지를 떡 부러지게 차려서 시집보낸 귀한 딸이다.

"저것도 잘 된디, 딸래미가 새 것을 사서 보냈드라고요."

그 딸이 보내온 쿠쿠밥솥에 흰쌀, 보리쌀, 찹쌀현미, 서리태 넣고 밥을 안친다.

그 사이 두릅은 순한 연록빛이 되었고, 참취 몇 개와 쑥부쟁이, 가새덩쿨은 한꺼번에 뜨건 물에서 뒤척이고 있다.

50년 한집 살림…
경쾌하고 막힘없는 솜씨

“새파르니 이쁘요 잉? 지난달에 왔으문 줄기가 없이 연흐니 맛있을 놈이여. 쫌 늦었어.”

쑥부쟁이가 질겨서인지 아짐은 풀빛을 더 우려낸다.

“인자 고사리만 삶으문 되겄네. 근디 참 이쁘다.”

아짐은 태깔이 달라질 때마다 호기심 가득 찬 눈을 반짝이며 연방 소녀처럼 찬사를 쏟아낸다. 산과 들에 절로 피고 지는 푸성귀에 바치는 마음이 그러할진대, 당신 품으로 길러낸 자식들을 향해서야 오죽할까.

하루가 멀다며 안부전화에 행여 언짢은 기색이다 싶으면 저녁내 입담으로 기분을 풀어주는 큰아들, 한없이 흡족하고 좋은 며느리…. 4남매가 모두 더없이 잘 한다며 자랑이다. 그 자식들 떠올려 훈훈하지만, 봄나물로만 밥상을 차리는 게 여간 시장스런 일이 아니다.

“손이 많이 가. 그런께 젊은 사람들이 안 흐제. 고사리는 아직 쌉사레. 오늘은 그냥 두릅하고 같이 초장 찍어서 묵으씨요. 나물로 흐문 아직 써. 돌나물은 생으로 무쳐 묵고.”

아짐이 손을 뻗기만 하면 부엌 여기저기에서 맞춤한 조리기구들이 착착 앵겨나온다. 50년을 해온 한집 살림인지라 ‘쏴아쏴아’ 쏟아져 흐르는 물소리처럼 경쾌하고 막힘이 없다.

“이거 다~ 무칠라문 한나절 걸리겄네. 이것이 먹고사리. 색깔이 이쁘게 나오잖아요. 이 고사리가 좋은 것이여. 파란 거 요것은 밭고사리고.”

마지막으로 고사리에 칭찬을 건넨 아짐이 뜨건 물을 두 개의 개수대 구멍에 나눠서 붓는다.

"이러문 소독이 되제. 나 혼자 개발흔 거여."

우리네 엄니들의 야무지고 슬기로운 살림법이요, 삶의 지혜다.

아짐은 나물 무칠 준비를 하다 쑥국을 끓인다. 다시마와 멸치를 우려낸 육수에 된장을 푼 쌀뜨물을 섞는다. 은은한 황톳빛을 발산하는 3년 묵은 된장은 몽글몽글 곱게 풀어졌다. 국물이 팔팔 끓으며 구수한 냄새를 풍기자 낮에 캐 온 생쑥을 한꺼번에 집어넣는다.

"쑥은 팔팔 끓는 디다 넣는 거여. 그래야 맛있어. 미리서부터 쑥을 넣어 끓이문 흥글흥글해짐서 영양소가 다 없어져불어…."

본격적으로 나물을 무칠 채비다. 오늘 캐서 데친 것과 어젯밤에 삶아서 물에 담가놓은 것까지. 차례차례 물속에서 건져낸 뒤 두 손을 비틀며 꾸욱 눌러 짠다.

"요것이 집줏잎이여. 아주 부드럽드랑께. 요건 원추리고. 요것은 민들렌디 된장으로 무치문 맛있어. 마른 취는 조려서 해야 흐고, 머우도 여기 있고…."

"어덕에 오부록하니 엉겨있어서 캐왔다"는 집줏잎은 잘쭉하고 납닥한 잎사귀가 제법 크고 부드러운 푸성귀였는데, 알고보니 비비추다. 작년에 말려두었다는 마른 취나물만 유독 짙은 갈색으로 도드라졌다. 푸릇푸릇했을 봄나물이 꼬박 한 해를 지새웠으니 색도 색이거니와 조리법도 확연히 다를 성싶었다.

"요건 들깨가리 넣고 조려서 하는 것이여."

곰밤부리 씻어 데치고.(위 왼쪽, 오른쪽) 데쳐서 짜놓은 나물들.(아래 왼쪽) 돌나물에 부추 넣어 무치고.(아래 오른쪽)

마른 취나물부터, 아짐의 나물 조리법을 찬찬히 들여다본다.

봄 들판을
고스란히 옮겨놓은 밥상

봄나물이 하나둘 상을 메운다. 봄의 들판을 고스란히 옮겨놓은 셈이다. 통통한 두릅에 이제 막 산 아래로 내려온 먹고사리, 아침 밥상에 올랐다는 시금치나물, 열무김치와 꽈리고추조림, 고춧잎집장을 보태 감동적인 초록 밥상이 차려졌다.

"집장? 고칫잎을 소금에 간해놨다가 찰밥해서 메주가리로 삭혀요. 고칫잎을 꽉 짜서 섞은 뒤 한 사나흘 놔 두문 푹 삭어, 물엿 좀 넣고…. 별 반찬은 아닌디, 고칫잎 묵을라고 허제. 그래도 맛있어."

고실고실 밥 푸고 쑥국 떠 오면 되는가 보다 했는데, 눈 깜짝할 사이에 달래를 무쳐 온다. 손님 대접하는 데 보태라며 이웃집 아짐이 가져다준 걸 후딱 초고추장에 버무렸다.

과식은 안 된다며 손사래를 쳤지만 결국 밥도 국도 두 그릇씩 말끔하게 비웠다. 초록 향기에 퐁당 빠져 연신 젓가락을 나부대면서 '세상에 이런 호강이 어디 있으랴' 싶었다.

아짐은 나물마다 고유의 향과 색을 살리는 조리법을 어떻게 익혔을까. 간장과 된장, 소금을 가려 쓰고 참기름과 고춧가루, 쪽파를 넣는 것과 마는 것을 자연스레 나누는데 그 어떤 망설임도 없었다. "별것 아니여. 양념은 다 똑같제" 하면서도 미세하게 다른 양념의 양을 가늠으로 맞췄다. 질긴 놈은 세게, 부드러운 놈은 살살 비벼대는 것도 무의식 속에서 손의 감촉만으로 가려내는 것 같았다.

들판의 숱한 푸것들을 맛나고 귀한 먹을거리로 바꿔온 엄니들의 '살림'에 탄복할 뿐이다. 그런 엄니들의 애틋한 자식들일지니, 이 땅 위 저마다의 봄날 또한 환하고 아름답기를.

마른 취

냄비에 마른 취를 넣고 쌀뜨물을 살짝 끼얹는다. 참기름 또로록 붓고 구운 소금 좀 치고 가스불에 올린다. "들깨가루를 넣어야 맛나제. 생취나물은 데쳐서 묵는디 요것은 마른 나물이라 익혀서 묵어야 돼." 들깨가루를 흩쳐 뿌리고 다진 마늘을 넣고 되작거린다. 자작자작 물기가 바특하게 잦아들 때까지 졸인다. 나물이 질긴 듯하지만 고소하고 깊은 맛이 난다. "참기름 넣고 들깨가리 넣고 끓여. 젊은 사람들은 그도 안 흘라고 한디, 쉬와."

집줏잎(비비추)

탈탈 털어 양푼에 넣고 참기름 몇 방울 떨친다. 통깨를 호복하니 치고 다진 마늘을 비벼 넣는다. 쪽파를 쫑쫑 썰어서 한 움큼 넣고, 구운 소금을 흩뿌린 뒤 조물조물 무친다. "간장을 치기도 허는디, 국물 나온께 소금 쳐. 간을 봐야제? 쌉쌀흐네." 순식간에 두 번째가 완성이다. "지금 사람들은 쓰문 설탕 치고 그러거든요. 근디 그것은 음식이 아니여. 쓰문 쓴대로 묵어야 음식이제." 맛난 음식만큼 지당하신 말씀을 절묘한 양념인 양 떨군다.

원추리

물기를 빼고 털어 넣은 뒤 참기름 넣고 통깨를 허친다. 다진 마늘과 구운 소금을 조금 넣고 조물조물 비벼댄다. "이렇게 해서 묵어. 꼬치가루 조금 넣고. 요걸 넣으문 독특한 향이 나오드라고. 아주 살짝만 뿌려." 하얀 줄기 부분이 씹으면 씹을수록 사각사각 경쾌한 식감을 주고 달큼한 뒷맛을 남긴다.

민들레

"요것은 새콤달콤하게 무쳐야 돼." 풀어헤치니 거칠거칠하다. 어새부새 가위질이다. 톱톱한 초고추장을 툭툭 떨친다. 매실액에다 감식초 붓고, 고추장 이겨 넣어서 직접 만든 초고추장이다. 신 냄새가 확 풍기면서 입 안에 침이 괸다. 다진 마늘, 쪽파 넣고 고추장 조금 떠 넣는다. 원추리에는 쪽파를, 민들레에는 참기름을 넣지 않는다. "초 치는 것은 기름을 안 써. 초에서 향이 나온께." 통깨를 뿌린 뒤 쪼물쪼물 세다 싶게 문지른다. "독하지요. 그런게 더 쎄게 문질러." 첫 맛은 시큼한데 쫄깃쫄깃 씹히면서 쌉쓰름한 맛이 길게 끌린다.

머위

된장 비벼 넣고 다진 마늘과 쪽파를 넣고, 고춧가루 슬쩍슬쩍 끼얹고 통깨를 훅훅 소리 나게 뿌린다. 참기름 넉넉하게 떨구고 조물조물 무친다. 줄기는 삭삭 입 안에서 청량하게 씹히는데 잎사귀는 물큰하게 엉겼다 스러진다. "된장으로 한 것은 소금 안 넣고 간을 흐제. 이것도 쌉쌀흐네." 된장 맛이 풍성하고 부드러운 감촉이 민들레의 쫄깃함과 사뭇 대비된다.

1. 마른 취 2. 집줏잎 3. 원추리 4. 민들레

1.머위 2.곰밤부리 3.쑥부쟁이 4.돌나물

곰밤부리

"이것은 장으로 무쳐." 마늘 다진 거 넣고 참기름 치고, 조선간장을 좀 찌클고 통깨를 허친다. 참기름을 쪼로록 길게 따른다. "이건 밭나물이라 향이 더 약흔께 간장을 넣어서 해. 취향에 따라서 된장으로 하는 사람도 있는디, 나는 간장으로 무쳐." 잘깃잘깃 씹히며 짭잘한 간장 맛에 풀내음이 미미하게 묻어난다.

쑥부쟁이

참취 몇 개와 가새덩쿨까지 섞인 쑥부쟁이는 양이 얼마 되지 않는다. 딱 두 젓가락쯤 분량이다. 조선간장 아주 적게 넣고 통깨 뿌리고 참기름 넣고 다진 마늘에 쪽파 넣는다. "양념 조절을 잘해야 돼. 양이 적은 디다가 많이 넣으문 못 묵어. 나물이 쇠불어서 넘다 질겨." 뚝뚝 몇 번의 가위질을 한다. 나물 가운데 가장 질기다.

돌나물

"생으로 묵어야 좋아요. 가만! 솔(부추) 몇 개 비어갖고 와야 돼." 부엌창 너머로 바라보니 장독대 뒤로 널빤지만 한 부추밭이다. 문 열고 열 걸음도 못 걸어 닿는 거리다. "여기 봄동도 무치문 맛난디…." 부추 몇 가닥을 흔들흔들 씻어 딱 반으로 잘라 넣는다. "이것도 새콤달콤 무쳐야 돼." 초장을 넣고 조물거린다. 날것 그대로의 싱싱함이 초록빛으로 튄다. 통깨 허치고 참기름 떨치고, 고춧가루 뿌리고 조심스레 무친다. 작고 예쁜 초록 방울이 입 안에서 톡톡 터진다.

야들야들 아삭아삭 죽순으로만 차린 별난 맛!

담양 운수대통마을
천인순 아짐
죽순 밥상

• • 늙은 은행나무 아래 그늘자리에 잇대어 놓인 두 개의 대나무 평상엔 대여섯 명의 할머니 할아버지들이 걸터앉아 왁자하다. 까까머리 사내아이 하나가 무료한 듯 어르신들 사이를 들락거리며 해찰을 부리더니 개울가에 조르라니 서 있는 대나무 솟대 가운데 하나를 흔들어댄다.

"야 이 눔아! 머던다고 그걸 성가시게 해쌌냐?"

아이가 움찔하며 돌아서는데 산골 깊숙한 종점까지 구불구불 헤집다 나오는 버스 한 대가 스르르 멈춰 선다. 어르신들이 차례로 차에 오르고 통통 튀듯이 줄에 끼어들던 아이 모습도 감쪽같이 사라진다. 순식간에 너른 마당이 적막해지는가 싶은데, 사방에서 찌륵찌륵 새소리 쏟아지고 털털털털~ 요란한 굉음을 내며 트랙터 한 대 지나간다. 아침 햇살이 환하게 감싸 안은 이 공간의 풍경이 어찌 그리 정겹고 아름다운지…. 담양 대덕면 운산리 운수대통마을 회관 앞마당에서 '식탐'일랑 까맣게 잊고 한참을 서성였다.

한쪽으로 힘을 주면 허망하게 뚝 부러지는 죽순

'담양에서 죽순으로 밥상 차리는 일이 대수이랴' 싶었는데, 귀농 10년 차인 윤영민 씨의 말을 들어보니 그렇지도 않았다.

"우리 마을은 담양읍보다 꼴짝이라 죽신이 아직 안 나온단 말이시."

하긴 담양이라고 다 같은 담양이리오. 개울 건너편 공기가 다르고, 고개 하나를 사이에 두고 기온차가 확연한 게다. 며칠을 기다려 '이젠 제철이려니' 찾아갔어도 윤 씨의 기색은 긴가민가하다.

"대숲 한번 보고 오겠다"며 마을 뒤 수양산 쪽으로 차를 몰고 간 그를 기다리는데, 저만치 아짐 한 분이 씩씩하게 낫질 중이다.

"어덕 비고 논 갈고 해필 바쁘요, 시방. 기계로 비문 더 후딱 흐꺼신디 안 배와갖고 못 빈당께요. 집에 두 대나 있는디. 무섭다고 못 배우게 허드랑께."

세상에! 혼자서 스무 마지기 쌀농사를 짓는다는 김성금 아짐이다. 논두렁의 잡초 베어내야 트랙터 불러들여 논바닥 갈아엎어 고르고 모내기할 참인데, 낫질에 드는 시간이 아깝기만 하다.

남편은 제초기 다루는 게 위험하다며 끝내 사용법을 가르쳐주지 않았고 그러께 저세상 사람이 되고 말았단다. 멀쩡한 기계를 묵히는 바람에 손놀림은 고되지만 남편의 애틋한 마음이 새록새록 떠올라 입가에 희미한 미소가 번진다.

"많던 안 해도 솔찬히 올라왔구만. 한 끄니 너끈히 묵을 만치는 되겄어."

윤 씨가 열 개 남짓 죽순을 평상에 내려놓는다. 이제 본격적인 죽순 따기를 위해 그를 따라 나선다. 5분이 채 못 지나 닿은 뒷산 대숲의 가장자리로 죽순들이 삐죽삐죽 솟아올랐다.

"죽신은 꼭 대밭가에서부터 나드랑께. 요것이 맹종죽이고…."

가늘고 길쭉한 죽순은 마치 보랏빛 색종이로 겹겹이 에워싼 작대기 같다. 그런 맹종죽에 비해 밑둥이 제법 오동통하고 뭉툭한 삼각형 꼴을 땅 위로 밀어 올리는 게 왕죽이다.

죽순 채취는 따로 연장이 필요 없다. 한쪽으로만 힘을 주면 어느 순간 허망하게 뚝 부러진다. 더러 키가 큰 죽순은 낭창낭창 휘어지며 한사코 손을 밀어대다가 끊어진다. 대나무 새끼다운 탄력이 대견하다는 생각이 들 정도다.

"허허, 근디 많이도 끊었구마."

윤 씨가 얼추 스무 개 남짓한 죽순을 회관 문 앞에 내려놓자 천인순 아짐이 부엌칼을 들고 나선다. 아짐은 까칠까칠해 보이는 죽순을 숫제 맨손으로 집어 든다. 칼을 대더니 세로로 쓰윽 갈라 반으로 나눈다. 여러 겹의 껍데기를 벗겨낸 뒤 노랗기도 하고 연초록 빛깔이 나기도 하는 죽순을 긁어낸다. 재빠르고 빈틈없는 솜씨다. 수십 년 이력을 말해주듯 거칠고 투박한 손으로 이제 막 땅 위에 고개를 내민 죽순의 야들야들 보드라운 속살을 다루고 있는 게다.

"요런 넘은 빼시고 요런 넘은 부드랍제. 요거가 삐비죽순, 요거가 왕대죽순인디, 왕대는 조금 더 있어야 나요. 원래는 껍떡째 된장 풀어서 가매솥에 불 때서 삶아야 부드럽고 안 독헌디. 요러고 막 삶으문 독허잖아요. 근디 이것은 째깐해서 그리 못해."

들깨가루를 버무려 조려낸 죽순나물, 사각사각 새큼달큼 죽순다슬기회무침, 죽순튀김. 씹을수록 고소함이 더해지는 천인순 아짐의 별미 음식, 매실효소와 조선간장으로 담근 장아찌를 갖은 양념으로 버무린 죽순장아찌무침.(위 왼쪽부터 시계방향으로)

"들깨가리 넣고 조려 묵고, 회로도 많이 묵고"

아짐 곁에 쭈그려 앉아 '이약저약' 하다보니 내력이 예사롭지 않다. 스무 살에 결혼을 했지만 순천 주암면 창촌마을 친정에서 2년을 '묵혀서' 스물둘에 시집을 왔다.

"6남매를 뒀는디 5남매를 여워놓고 '영감이 좀 그래갖고' 육십하나에 '거기' 갔어요."

'그래갖고'에 담긴 서럽고 아픈 사연을 어림잡을 뿐이다. 아짐은 환갑 나이에 지리산 자락 경상도 어느 큰 절에서 15년 동안이나 공양주 보살로 지냈다. 자식들이 돌아가며 찾아와 외로움을 달래주던 세월이었다.

"긍께, 스님들이 엄니가 해주신 밥 묵고 염불을 하셨겠구만이라. 그 양반들은 고기를 안 드신께 입맛이 여간 까탈시런 것이 아니었을 꺼신디요?"

"신도들이 맛난 거 사준다고 해도 나가셨다가 한 끄니만 먹고 와부러요. '우리 보살님 해준 밥이 젤 맛나다'고 험서…. 아마 인이 배게서 그랬겠지요."

하얀 쌀밥에 완두콩처럼 연초록 알갱이가 섞여 개미진 죽순밥.(왼쪽) 다시마와 멸치 우려낸 국물에 된장과 들깨가루를 풀어 끓인 죽순된장국.(가운데) 죽순생선조림. 조기 세 마리를 양념에 버무려 죽순 위에 나란히 올렸다.(오른쪽)

이제 천인순 아짐과 함께 이춘자, 정순옥 아짐이 마을회관 부엌에서 본격적인 요리를 할 태세다. 아짐들은 윤 씨가 따 온 죽순이 겨우 잠길 만큼 냄비에 물을 붓고 굵은 소금을 두 움큼 뿌린 뒤 불을 지폈다. 조금 작은 냄비에는 육수를 우려낼 요량으로 다시마와 마른 멸치를 넣고 끓이기 시작했다.

"요건 죽신장아찐디 작년에 조선장, 매실효소 넣고 통째로 담근 거. 다슬기도 작년에 잡아온 건디 데쳐서 일일이 까서 넣어놓은 것이고…."

식재료는 정순옥 아짐이 장만한 모양이다. 장아찌와 다슬기 말고도 작년에 삶아두었다는 죽순 한 접시와 조림용 조기 세 마리가 나란히 놓여 있다. 포르스름한 색깔을 토해내는 다슬기, 연한 보라와 감물 빛깔이 뒤섞인 장아찌, 끓일수록 나무 삶는 내음이 은근히 풍겨나면서 연초록 때깔이 반짝거리는 죽순, 그리고 다시마와 멸치를 건져낸 뒤 틉틉하고 짙은 갈색으로 풀어헤쳐진 된장 국물, 허연 조기 비늘까지…. 맛도 맛이겠지만 이 다채로운 색깔들이 갖은 양념과 뒤섞이고 뜨거운 불길에 닿으면서 어떤 색으로 변해갈지도 흥미롭기만 하다.

"죽신은 들깨가리 넣고 조려서 묵고, 회로도 많이 묵고 그러제."

"우리 마을에 자주 와야 흐겄소. 맛있고 새로운 음식이 자꾸 나오겄어."

"나가 그래서 뭘 해달라문 겁이 난당께. 자꼬 허잘까봐."

삶은 죽순을 건져내 찬물로 씻은 뒤 양푼에 담고 아짐 셋이 둘러앉는다.

"무침 헐 놈을 찢어야 흐고, 투길(튀길) 놈은 깨야제, 쪼깐 부드러운 걸로 뚜드려서."

천인순 아짐은 개중 큰 죽순을 골라 부엌칼을 뒤집어 손잡이로 가볍게 쿵쿵쿵 두드린다. 튀김용 죽순이 너비아니처럼 넓게 펴지며 한층 부드러워 보인다. 두 아짐은 연신 죽순을 쫙쫙 길고 가늘게 찢는다. 나물로 무치고, 된장국 끓이고, 다슬기랑 버무려 회무침을 하고, 죽순밥도 만들 참이다. 천인순 아짐이 맨손으로 조리를 하는 주방장이고 이, 정 두 아짐은 보조인 셈이다.

먼저 작년치 죽순에 고추장을 두어 숟가락 떠 넣고 조선간장을 부어 조물조물 다소 세게 버무린다. 다진 마늘과 채로 썬 양파를 넣고 다시 비벼댄 뒤 조기 세 마리를 나란히 올리고 고춧가루를 흩뿌린다. 냄비 바닥에 적신다 싶을 만큼 물을 자작하게 붓고 가스불에 올린다.

다음은 죽순장아찌무침이다. 매실효소와 조선간장으로 1년을 재어놓은 장아찌를 적당한 크기로 자른 뒤 참기름을 넉넉하게 따르고 통깨를 뿌린다. 다진 마늘과 고춧가루를 약간 넣고 조몰락조몰락하면 된다. 짭조롬한 장아찌무침은 밥반찬으로 안성맞춤이다. 씹을수록 감칠맛도 나고 뒤끝이 개운한 편이다.

15년 공양주 보살 아짐의 특산품, 죽순튀김!

"부추 좀 해올까요?" 눈치 빠른 윤 씨의 자문자답은 입으로 묻고 몸으로 답을 한다. 한걸음에 개울 건너 텃밭에 다녀와 아짐들 앞에 부추와 대파를 맞춤하게 대령한다. 아짐들은 작년치를 먼저 조리하고 나서 오늘 따온 새 죽순 요리를 시작한다.

천인순 아짐은 죽순을 아주 촘촘하게 칼질한다. 완두콩보다 자잘해진 죽순 알갱이들을 두 손으로 훔쳐서 밥솥 안 하얀 쌀 위에 조심스레 올린다.

"물이 적으까?" "괜찬흐요. 죽신에서도 물이 나온께."

죽순다슬기회무침은 양념도 많고 공력도 그만큼 더 든다. 죽순, 다슬기, 부추, 얇게 썬 양파, 다진 마늘이 앞서거니 뒤서거니 양푼에 담긴다. 구운 소금을 슬쩍 끼얹고 뒤척뒤척하다가 초고추장을 쭈욱쭈욱 짜서 넣은 뒤, 작고 탱탱한 다슬기 알맹이가 뭉개지지 않도록 힘을 안배하며 비비고 무친다. 고춧가루와 통깨를 흩쳐 뿌리고 또 버무린다.

"간 한번 보실라? 아~ 허씨요. 어찌요? 싱겁소? 너무 흐건께 고치장을 좀 넣어야겠어."

"신맛이 좀 약해요."

천인순 아짐이 고추장을 두 숟가락 정도 떠 넣은 뒤 손바닥을 펴자 이춘자 아짐이 식초를 몇 방울 떨군다. 다시금 주물주물 양푼을 뒤집어대던 아짐이 "아무리 거시기 헌다 해도 설탕을 좀 쳐"라고 주문한다. 이번엔 정순옥 아짐이 비닐봉지에 숟가락을 넣어 노랑 설탕을 두어 번 퍼 넣는다. "시큼달큼 인자 좀 나슬 거시여."

새콤하고 달콤한 양념 맛이 입 안에서 씻어지고 나면 죽순이 사각사각 싱그럽게 씹힌다. 작지만 탱탱한 다슬기는 쫄깃하고 먹을수록 감칠나게 한다.

"된장국에 파란 것 좀 넣어야제?"

된장국은 조그마한 절편 같은 죽순을 넣고 들깨가루를 넉넉하게 풀어 끓인다. 대파 양파 쫑쫑 썰어 넣고, 된장 말고는 따로 간을 하지 않는다.

죽순나물은 죽순에 들깨가루를 넣고 구운 소금, 다진 마늘로 조물거린 뒤 물을 조금 붓고 불 위에 얹어서 바특하게 잦아들 때까지 다글다글 조려내는 식이다. 오도독 오도독 잘게 부서지는 죽순을 오물거리면 자꾸 들깨향이 배어나와 고소하다.

마지막 요리는 죽순튀김이다. 좌중을 둘러보니 조리법을 알거나 '먹어 보았다'는 사람이 없다. 천인순 아짐만이 내놓을 수 있는 유별난 맛이 기대된다.

"투김가리(튀김가루) 없어?" "기냥 밀가리로 허씨요." "아니, 투김가리로 해야 연해. 갖고 오께."

육수 우릴 멸치를 가지러 한 차례 집에 다녀왔는데, 이번엔 튀김가루를 챙겨 온다며 회관을 나섰다. '그깟 몇 걸음 발품을 아끼려다 제맛을 버릴 수야 없지 않나' 하는 옹심이 느껴진다. 아짐은 작은 양푼에 튀김가루를 붓고 구운 소금으로 간을 맞춰 반죽을 한다. 부드럽게 펴진 죽순을 앞뒤로 돌려가며 튀김가루를 묻힌 뒤 반죽을 입힌다. 프라이팬 안에서 식용유가 끓으며 뽀로록 방울이 오르기 시작하면 하나둘 조심스레 죽순을 넣는다. 자글자글 뽀

오순도순 정담을 나누며 죽순 요리를 준비하는 천인순 · 이춘자 · 정순옥 아짐.(왼쪽부터)

글뽀글 거품이 일면서 죽순튀김이 익어간다.

"놀짱흐니 꾸워야 맛있제. 매 꾸어야지, 밀가리가 뚜껀께."

아짐이 한참 만에 죽순튀김을 집게로 들어올려 기름을 탈탈 털어낸다. 작은 접시에 올리니 금세 수북이 쌓인다.

"싱걸란가? 간 봐봐."

"진짜 특산품이구마요. 이거 정말 별미네 별미. 아조 맛있어요."

"작년 죽신으로 해도 되까?"

"되제 되기는…. 근디 야튼 냉동실 들어갔다 나오문 찔거."

죽순튀김! 늘렁대던 죽순이 바싹 구워져 베어 문 만큼 입 안 가득 특유의 질감이 들어찬다. 부드럽게 씹히면서도 잘깃잘깃 길게 끌리며 사라지는 섬유질의 감각이 경쾌하다. 자꾸자꾸 손이 간다.

"전부 동네에서 난 것으로만 차렸구만요. 바다에서 난 거 조구 세 마리만 빼고…."

하얀 쌀밥에 초록별 섞어 뿌린 듯한 죽순밥, 해묵은 죽순이 고기처럼 쫄깃쫄깃 개미를 내는 죽순생선조림, 들깨향 우러나는 죽순나물, 개운하고 짭조롬한 죽순장아찌무침, 된장과 들깨가 구수하게 어울린 죽순된장국, 사각사각 새큼달큼 죽순다슬기회무침, 처음으로 누리는 별스런 맛인 죽순튀김. 아짐은 죽순으로만 일곱 가지 요리를 뚝딱 만들어낸다. 어느 호텔 일급 요리사가 이런 재주를 부릴 수 있으랴. 여기에 양념장과 묵은 배추김치를 더해 점심 밥상을 차린다.

"음식이 좋구마."

어르신 한 분이 식사를 마치고 흡족한 표정으로 숟가락을 놓으며 불쑥 내놓은 말씀이다. 더 무슨 치사를 보탤 것인가. "좋다"라는 말맛이 야들야들한 감촉과 아삭거리는 식감을 자극하는 걸까.

담양을 벗어난 지 한참이 되도록 자꾸 손가락을 꼼지락거리며 입맛을 다셨다.

쌉쌀달큼! 지글지글!
봄내음 잔치

남원 산동 고광자 아짐

나 물 전

텃밭에서 머위를 뜯는 요광자 아짐

• • 만행산 품속으로 구불구불 파고드는 산길을 걷는다. 봄볕이 초록에 섞여 자욱하게 깔린다. 계곡을 따라 흐르는 물소리는 콸콸콸 우렁차다. 새소리도 푸진 바람을 타고 연신 사방으로 경쾌하게 날린다. 바구니를 허리춤에 끼고 산나물 캐러 가는 고광자남원 산동면 대상리 상신마을 아짐의 목소리도 낭랑하다.

"친정어머니가 나물전을 잘 해주셨어요. 손님들이 올 때 '아무것도 없는데 뭘 하시나' 하고 보면 밖에서 뭘 뜯어 와서 하시드라고요."

엄니들에게 새봄은 해방이었지 싶다. 긴긴 겨울을 나느라 끼니거리 간당간당할 즈음, 가슴을 죄며 기다렸을 봄봄봄 봄이 아닌가. 지천에서 파릇파릇 솟아나는 여린 풀일랑 '뭐든 다섯 가지만 섞어 먹으면 탈이 없다'는 장담 또한 숱한 반복과 탐구에서 나온 생활의 발견이리라. 하여 산으로 들로 달음질을 치는 이 땅 아낙들의 오래된 습속은 봄이면 발동하는 채취 본능이다. 아짐에게 나물전은 타고난 유전자에 대물림한 솜씨가 더해진 봄철 음식인 게다.

봄이면 발동하는 채취 본능에
대물림한 음식 솜씨

"부추전하고 대파전. 겨울 나고는 대파전이 굉장히 맛있어요. 글고 버섯전, 머위전, 취전, 쑥전. 표고버섯도 직접 따고, 부추는 텃밭에서 나온 거고, 쑥은 여그 들에서 캤어요. 지천이니까. 취는 바로 뜯어서 하시게요. 겨울을 지난 것들은 정말 달아요. 봄에 새싹이 나오면 쓴맛이 나고요. 왜 쓴맛이 나오냐면 쓴 게 입맛을 땡기거든요."

줄줄 실꾸리 풀리듯 하염없이 이어지는 음식 이야기에 신경을 곤두세워보지만 눈을 잡아끄는 꽃사태에 정신이 아득해진다. 조팝나무 군락지에선 하얀 꽃송이가 다닥다닥 붙은 가지가지가 하늘하늘 흔들린다. 청매, 홍매는 마지막 향기를 뿜어대고 산속 여기저기 진달래가 번져간다. 저만치 반질반질 장독들이 늘비하다. 아짐은 집에서도 상당히 떨어진 계곡 근처 비탈밭 사이를 평평하게 골라 자갈을 깔고 장독대를 만들어 놓았다.

"발효식품은 네 가지 요건이 맞아야 돼요. 습도와 바람, 온도, 그 담에 물. 그렇게 맞아야 되거든요. 습만 있으면 썩어버리니까 바람이 있어야 해요. 저기가 바람과 습이 적당해요. 발효식품은 자연환경이에요. 음식은 자연이 동업자가 돼야 해요."

아짐은 '하늘모퉁이 발효식품'의 사장이요 일꾼이요 영업사원이다. 이름처럼 고개를 들어보면 영락없이 하늘모퉁이 산골에서 힘에 부치지 않을 만큼의 숙성된장, 숙성간장을 만들어낸다.

"제가 담양 사람이잖아요. 여기 오니까 마을 할아버지 한 분이 택호를 지어주겠다고 하시드라고요. 곰곰이 생각하시다가 영산댁이라고 해주시는 거예요. 영산강 발원지가 담양이라고요."

아짐은 10년 전 서울을 떠나 남원 시내에 둥지를 틀었다가 5년 전 상신 마을에 정착했다. 열 집 남짓에 노인들뿐인 산골에 '아주 살겠다'며 찾아든 씩씩한 젊은 아낙이 얼마나 반갑고 이뻤을까. 마을 어르신들은 택호만 선물한 게 아니었다. 틈틈이 텃밭에 씨도 뿌려주고 김도 매주신다.

"저는요 모토가 무조건 '오케이'예요. 여기서 못한다는 말을 해본 적이 없어요. 우리 어르신들이 한 말씀만 하시면 뭐든 '예' 하고 해요. 화끈하게 자기 목소리를 내면서 무슨 일이든 확실하게 모양을 내는 게 어르신들 맘에도 들었나 봐요."

친정 부모처럼, 딸처럼 서로의 부족한 걸 인정으로 채우며 살아가는 모습이라니. 참 아름답고 성공적인 귀농이다.

"뭣흐셔~?" "토란 숭거~(심어)."

"이따 밥 묵으러 오셔~." "잉~ 알았어~."

산자락이 흔들대도록 쩌렁쩌렁한 문답이 메아리 되어 오고간다. 저기 멀리 밭에 코를 박고 호미질을 하던 부녀회장, 산동할매, 서울할매가 아짐을 만난 바람에 순서대로 굽은 허리를 펴고 잠시나마 한숨을 쉰다.

"표고는 봄에 첨 난 게 맛도 향도 최고"

"와~ 저거 봐라. 달룽개다. 저거 보기 쉽지 않아. 참 귀해."

아내를 따라 나선 김정중 씨가 돌멩이를 들추자 가닥가닥 늘어진 달래가 제법 통통한 알뿌리를 달고 있다. 나물전에 달래장만 한 소스가 있으랴. 이래저래 해찰을 부리다보니 시간이 금세 간다. 삐죽삐죽 볼가진 원추리하며, 깨끗하게 살진 쑥하며, 쑥부쟁이에 이제 막 이파리를 펴는 취나물, 그리고 80년 된 표고목에 달린 버섯 몇 개, 쌀가루 있으면 화전도 부쳐볼 요량으로 진달래도 따 담는다.

"해질 무렵 산그림자가 너무 아름다운 거예요. 어느 날 밤엔 감나무 사이로 달이 떴는데 그렇게 이쁠 수가 없어요. 계곡과 숲과 들, 겨울에 눈꽃이…"

사랑에 푹 빠진 '큰애기'마냥 시종 달뜬 표정! 아짐의 마을 자랑은 그칠 새가 없다.

산에서 내려와 살림집에 들른 아짐은 텃밭의 푸성귀를 좀 따고, 된장과 간장, 달걀 등 식재료를 챙겨 주민들이 공동으로 운영하는 '만행산천문체험관'에 풀어놓는다.

우선 쌀을 씻어 솥에 안치고, 찜통에 물을 넣고 한소끔 끓인 뒤 머위를 데쳐낸다. 취나물은 아직 이른지라 밭에서 기른 취에 산취 몇 개를 보태 데쳤다. 물커지지 않을 정도로 삶아진 나물을 흔들어 씻어 두 손으로 꾹 짜둔다. 아짐이 똑똑 떼어낸 취나물 꼭지를 모아 내미는데, 풋풋하고 쌉쌀한 취향이 물씬 풍긴다. 이제 전감을 다듬는다. 물기를 뺀 대파를 툭툭 털고 세로로 길게 칼을 질러 자른다. 가지런히 놓은 뒤 딱 반 토막으로 나눈다. 부추와 쑥, 취나물과 머위는 더는 잔손이 필요 없지만 표고버섯은 세심한 칼질을 하고 양념에 재어 둬야 한다.

"표고는 사철 나지만 지금 봄에 첨 나온 게 최고예요. 가장 맛있고 향도 좋아요. 이게 아침에 따서 그냥 한 번 씻어놓기만 한 것인데 두꺼워요."

십자로 좀 깊은 칼질을 한 번 하고 나서 자잘하고 촘촘하게 서너 번 더 칼자국을 낸다. 옹기그릇에 표고를 넣고 대파를 쫑쫑 썰어 얹은 뒤 3년 묵은 숙성간장과 들기름을 붓는다. 도톰한 표고버섯 속살까지 골고루 간이 배도록 놓아둔다.

밀가루 반죽은 아주 무르게 한다. 물과 밀가루가 얼추 반반 비율이다.

"나물을 많이 쓰고 밀가루는 적게 묻혀요. 물은 지하수고요 숙성된 조선간장 말고는 아무것도 안 넣어요. 저는 색깔을 안 써요. 본래의 전감 이외에 당근이나 파, 마늘 이런 거 안 넣어요. 원재료 고유의 맛을 그대로 내야 하니까. 이제 향이 약한 것부터 차례로 부치면 돼요."

물컹한 밀가루 반죽에 신선한 부추를 살짝 적시기만 한다. 콩기름을 쪼옥 따라서 달군 프라이팬이 지글지글 끓는다. 오래 익힐 까닭이 없다. 얇은 홑치마 같은 밀가루만 노릇해지면 부추전은 다 된 셈이다. 머위전은 모양이 특별하다. 하나씩 반죽을 묻혀서 펼쳐놓으니 하얀 부채 같은데 노릿노릿 익은 뒤엔 은행잎이 떠오른다.

"먹어보세요. 전은 따끈따끈할 때가 제맛이에요."

안 그래도 입 안에 침이 괴어 더는 못 참을 지경이다. 부추전, 머위전을 후후 불어가며 지범지범 먹는다. 입 안 가득 자근자근 씹히는 부추가 차지기도 하다. 처음 먹어보는 머위전은 이파리와 줄기 맛이 사뭇 다르다. 식감이 느껴지지 않을 정도로 부드러워 감쪽같이 스러져버린 이파리에 이어지는 줄기는 깨무는 순간 사근사근 쓴맛을 우려낸다. 쌉쌀한 맛이 기름기를 잡아먹어 느끼함도 덜어낸다.

밀가루는 슬쩍 묻혀
생생한 나물범벅의 맛

"음식은 지가 가지고 있는 맛을 먹어야지 여기서 단맛을 찾으면 안 돼요. 쓴 것은 쓰게, 덤덤한 것은 덤덤하게 먹어야지요. 안 그러면 지가 가진 영양분까지 파괴되거든요."

아짐은 되도록 섞지 않고 원재료를 고수한다.

"음식은 몸이 불러요. 봄에는 쌉쓰름한 맛이고, 여름엔 더우니까 덤덤한 맛이고, 가을에는 칼칼한 걸 먹고 싶잖아요. 겨울에는 담백한 단맛이 필요하고요. 전에 밀가루가 많으면 대개 장맛으로 먹는 경우가 많거든요."

담양 대전면 한재골이 고향인 아짐은 광주에서 공부를 하고 장성에서 남편을 만나 스물여덟에 결혼한 뒤 서울살이를 했다. 언젠가는 꼭 지리산 기슭으로 귀농을 하리라 다짐했는데 그대로 이뤄낸 셈이다.

타고난 성정이 부지런하고 활달한 데다 호텔 요리를 정식으로 배우는 등 음식에 남다른 열정을 쏟았다. 아무도 생각하지 못한 '시래기 부각'을 만들어 내놓기도 하고 웬만한 꽃은 차로 덖어내고 효소를 만들 만큼 상상력이 풍부하다. 지난해에는 '산나물축제'를 열어 오만 가지 나물전으로 마을을 찾아온 손님들의 오감을 사로잡기도 했다.

"아! 쑥향이 진짜로 좋네. 옛날에는 솥뚜껑 엎어놓고 돼지기름 둘러서 전 부쳤는디."

김정중 씨가 탄성을 내지르는 쑥전에 코를 대어보니 신기하게도 허연 김을 따라 생쑥보다 더 진한 냄새가 풍긴다. 아마도 열이 가해지면서 향을 끄집어내는 모양이다. 기름으로 부쳐낸 쑥버무리 같다. 취전 또한 익기 전에 씁쓰레한 특유의 향을 아낌없이 토해낸다. 쑥도 취도 밀가루는 아주 적은 나물범벅이다. 물큰한 반죽에 살짝 담갔다가 꺼낸 나물을 손으로 눌러 펴서 부친다. 전 한 장이 나오자마자 젓가락 몇 개가 달려든다. 올봄엔 봄나물무침 대신 봄나물전으로 원도 없이 호강을 한다.

취는 질기고 뻣뻣하다. 솔찬히 세고 억센 줄기와 이파리지만 꼭꼭 잘근

잘근 씹으면 봄내음에 더불어 전 특유의 고소함이 한꺼번에 엉겨온다. 대파라고 하기엔 다소 적고 쪽파라고 하기엔 좀 큰 파전이다. 역시나 밀가루가 적으니 짙푸른 잎사귀가 도드라진다. 전혀 맵지 않고 씹을수록 달큼하게 단물이 배어난다. 혹독한 겨울 추위에 맞서 제 몸 안에서 옹골차게 품어 지킨 장한 단맛이다.

"토란은 숭그셨어요?" "안즉 덜 숭겄어." "어제 땅콩 숭겄는디 밤새 돼지들이 파부렀당께."

밥때는 진즉 지났는데, 일 욕심에 밭에서 머뭇대던 엄니들이 체험관에 들어선다. 밥상은커녕 부침개가 한창인 걸 보고 너나없이 속속 부엌행이다. 서울할매는 달걀 다섯 개를 톡톡 깨서 그릇에 떨친 뒤 숟가락으로 휘휘 젓는다. 부녀회장 김혜숙 아짐과 산동할매는 나물을 무치고 국을 데우고 반찬을 꺼내놓는다.

"버섯은 아무리 묻혀도 부칠 때만 노라제 금방 꺼매부러."

"음마. 파가 전연히(전혀) 안 맵네. 달달흐네 달달해."

체험관이 왁자해지고 밥상 차림에 가속이 붙는다.

동네 할매들과 정으로 맘으로 나누는 푸진 밥상

아짐과 엄니들이 양념 간을 해둔 표고버섯을 꺼내 반죽하지 않은 밀가루에 묻힌 뒤 달걀에 푹 담갔다가 프라이팬에 놓는다. 잘 펴지지 않는 버섯

봄내음 가득한 밥상.

을 숟가락으로 꾹꾹 누른다.

지글자글, 와글사글 잔칫집 분위기에 흥이 절로 난다. 노랗게 잘 익은 버섯을 먹어보니 마치 닭고기 속살마냥 푹신한데 개미가 담백하다.

통통하게 꽉 찬 육질이 입 안에서 잘깃거리며 내는 담백한 풍미를 어디 육고기에 비할까.

고추된장무침, 무채, 무조림, 취나물, 머위나물, 깻잎, 파김치, 열무김치, 배추김치, 그리고 이제 막 부쳐낸 봄나물전 여섯 개가 산골 점심상에 올랐다. 시간에 쫓겨 못다 한 진달래 화전도 달래장도 아쉽지가 않다.

"아따! 노릿노릿 아조 맛나네. 고기보다 낫어."

"잉, 빈내(비린내) 난 것보다 낫구마."

"저그 막걸리 있네! 한잔씩 해야제."

고광자 아짐이 시작한 봄날의 잔칫상은 할매들의 흐뭇한 치사로 완성된다.

"음식은 마음인 것 같아요. 할머니들은 당신들이 지은 걸 먹어만 줘도 고맙다 그래요. '부추밭 매놨슨께 뜯어 묵어' 하시고 토란도 저 먹으라고 일부러 넓게 씨를 심고 그래요. 저는 점심때 후딱 국수를 삶아내기도 하고, 비빔밥을 차려 함께 먹고…. 정말 좋아요."

고적한 산골마을을 사람 발길 끊이지 않는 문화촌으로 만들겠다고 야무진 꿈을 꾸는 아짐에게 동네 할매들은 태산같이 든든한 응원군이다. 애틋함이 봄풀처럼 길어나고 뿌듯함이 봄물처럼 밀려오는 정경이다.

"상신마을에서 독자들과 함께 나물전 부쳐 술밥 한번 더 하자"는 약속으로 섭섭함을 달래며 돌아선다.

보리누름에 산 · 들 · 바다의 풋것을 졸인 맛!

순천 김영희 아짐

정 어 리 찜

• • 나른한 봄날들이 시름시름 지나간다. 무심코 쏟아지는 졸음으로 곤혹스러운 순간도 있고, 공허해진 뱃속을 채우고 싶은데 입 안이 텁텁하고 까칠해 수저를 내려놓기도 한다. 공연히 마음이 싱숭생숭해지고….

"음마! 봄 탄갑그마!"

맥이 탁 풀리고, 온몸에 알 수 없는 기운이 꼼지락거리는 증세에 영락없는 진단이다. 처방으로야 입맛을 확 돌려놓을 음식만 한 게 없다. 게다가 산과 들, 바다와 갯벌에서 온갖 푯것들이 제 몸을 불리고, 키우고, 채워 언제든지 봄날의 갈증과 허기를 메워줄 채비다. 봄이 병(病)이요 곧 약(藥)인 게다. 입 안에 불을 지피고 전신을 화들짝 놀래키는 진한 초고추장을 가장 많이 쓰는 계절도 봄인 까닭이다.

시절이 그러하니 식탐을 부려 싸돌아다녀볼 만한 곳이 지천이다. 대저 봄의 끄트머리에 맞춤한 먹을거리는 무얼까 싶어 지인들에게 방을 붙였더니, 사방에서 입을 쩝쩝 다시며 저마다 이러저러 음식 이야기가 푸지다.

살진 햇고사리와 기름진 정어리의 어울림

"쭈꾸미가 좋제. 근디 인자 들어갈 무렵인가?" "죽순회는 어찌겠습니까? 비 오고 나니 삐죽삐죽 막 올라오등마요." "갑오징어, 하,… 갑오징어 철인디…. 지금 갑오징어 고추냉이장에 빡 찍어가 막걸리에다가 기냥 빡." "반지락 굵은 놈 갖다가 뭘 해묵어도 맛내." "봄은 나물이제 나물. 산으로 들로 천지그마. 나물로 무치고 국 끓이고 밥도 해묵고…." "웅어가 올라올 땐디 한번 가께라?"

남녀도 노소도 가릴 것 없다. 펄펄 살아 있는 미각으로 제철 제맛을 딱 꼬집어내 쏟아내는 전라도 사람들이다.

'쭈꾸미나 갑오징어, 죽순이라면 양념 발라 석쇠구이라도 해주는 아짐이 있으면 좋겠는데…. 데쳐서 초장 찍어 먹기로는 왠지 아쉽고… 나물? 웅어?'

입 안에 괴는 침만큼이나 생각이 많아져 성가실 즈음, 고향친구 환삼이가 휙 던져준 한마디가 꽂혔다. 그래! 정어리쌈밥!

오동통 살 오른 햇고사리 넉넉하게 깔고, 여수 앞 봄바다에서 건져 올린 기름진 정어리 올려서 졸여 싱싱한 상추에 싸 먹는 풍미다.

순간, 순천의 전통 식당과 김영희 아짐이 퍼뜩 떠올랐다. 지금은 전국에서 손꼽히는 김치 명인이 된 그의 밥집에서 10여 년 전 맛보았던 기억이 새록새록 피어난다. 식당과 김치공장 등 사업을 접고 순천농협 김치아트센터 센터장이자, (사)전통우리음식진흥회 회장으로 김치 만들기 교육과 각종

봄철 향토음식인 정어리찜 조리를 시작하는 김영희 아짐.

체험행사로 분주한 그를 수소문해 무작정 전화를 걸었다.

"지금 맛있지요. 보리누름 딱 한철인데…. 근데 어떻게 그리 잘 맞췄어요? 내가 농협에서 일주일에 한 번 김치강좌를 하면서 향토음식 한 가지씩을 덤으로 가르쳐주는데 이번이 정어리찜이라니까."

보리누름! 참 절묘하고도 정겹게 시기를 가늠하는 표현이다. 보리가 누르스름하게 익으려 할 즈음에 시장 바닥에 퍼질러진 정어리 비린내, 코를 찌른다. 그랬다.

순천, 여수, 광양 등지에서 엄니들은 이맘때 정어리젓갈을 담갔다. 퀴퀴한 냄새가 진동하는 정어리를 굵은 소금 뿌려가며 항아리에 켜켜이 재어두었다. 시간이 흐를수록 정어리 살점은 점점 녹아내려 진하고 틉틉한 갈색 젓국이 되었지만, 이따금 덜 삭힌 정어리를 꺼내 똑똑 살점을 발라먹기도 했다.

매운 풋고추나 푸성귀에 곁들여도 그만이었다. 살점조차 뼈조차 물고추와 섞어 갈아서 수시로 생김치를 담기도 했고, 큰 가마솥에 장작불로 달인 젓갈로 김장까지 하고 나면 정어리젓갈은 항아리 저 아래 바닥께로 잦아들었다.

우리 엄니들이 "정어리젓 담아야제" 하는 시기가 바로 햇고사리 흔전할 때이고 텃밭에 상추도 파릇파릇 올라올 때이니 산과 들, 바다에서 난 푸것들의 만남이 정어리찜이었다.

순천농협 문화센터 요리강습실. 김치제조사 양성 과정에 입문한 10명의 제자들을 놓고 백김치 만드는 법을 가르치는 그를 만났다.

가는 날이 장날이었나 보다. 2일, 7일 장이 서는 순천 아랫시장에서 그는 정어리와 생고사리, 그리고 회무침을 할 요량으로 칼질해 놓은 서대까지 사놓았다. 조근조근 식재료 다듬는 법을 이야기하고 손으로는 딸가닥 딱딱 칼질을 한다.

저마다 또렷한 색과 향의 대비로 눈과 코를 자극하는 식재료

"여기 넣을 것은 이쁘게 썰어야 돼요. 3센치 3미리로. 밤은 납작납작 넓적하게 썰고, 대추는 돌려깎기로 꽃을 만들어야지."

머릿속에 음식의 모양과 맛이 훤히 그려져 있는 사람의 화법과 손놀림은 간결하다. 힘주어 세게 말하지도 않거니와 현란한 솜씨를 자랑하지도 않는다. 하지만 그의 말 한마디 한마디에 젊은 주부들이 귀를 쫑긋 세우고, 무척 간단해 뵈는 시범에도 고개를 끄덕이다가 흉내를 낸다. 언제쯤 정어리찜을 만드나 했는데 백김치 만들기와 동시 진행이다.

정어리 비린내가 확 풍겨온다. 대가리를 떼어내면 내장까지 딸려 나온다. 검정색 실처럼 꼬불꼬불한 창자를 꼼꼼히 집어내고 찬물에 씻는다. 정어리의 씨알이 좀 작아 보인다.

살진 햇고사리를 불려놓으니 통통하다. 더러는 새까맣고 더러는 보랏빛이거나 연초록이다. 끊어다가 삶아서 말리지 않고 물에 담가둔 생고사리다. 산에서 내려온 지 얼마 되지 않은 고사리답게 비릿함이 살아 있다. 마늘쫑도 초록빛이 선명하고 물기를 바른 치마상추는 여전히 싱그럽다. 생선은

특유의 향내로 정어리 비린내를 싹 가시게 해주는 방앗잎. 정어리찜의 맨 위에 뿌리듯 놓는다.(맨 위 왼쪽) 이제 막 산에서 끊어다가 삶아 물에 불린 생고사리. 햇고사리의 비릿함이 살아 있어 제철의 맛을 낸다.(맨 위 오른쪽) 초록 빛깔이 눈부신 싱싱한 마늘쫑.(가운데 왼쪽) 마른 멸치, 마른 표고버섯, 다시마, 황태포를 듬뿍 넣고 폭폭 끓여 육수를 낸다.(가운데 오른쪽) 여수 앞 봄바다에서 건져올린 기름진 정어리.(아래 왼쪽) 마른 고추 물에 불리고, 양파, 마늘, 생강에 된장 풀고 천연조미료 끼얹어가며 믹서로 갈아내기 직전의 정어리찜용 갖은 양념.(아래 오른쪽)

생선대로 푸성귀는 푸성귀대로, 식재료들이 저마다 또렷한 색과 향의 대비로 눈과 코를 자극한다.

"천연조미료 만듭시다."

커다란 솥 하나에 물을 붓고 마른 멸치, 마른 표고버섯, 다시마, 황태포를 듬뿍 넣은 뒤 센 불로 끓인다. 쿨럭쿨럭 폭폭 우려낸 육수를 조림에도 넣고 무침에도 넣는 조미료로 사용한다. 또 사과와 배를 갈아서 고춧가루를 푼 뒤 생강, 마늘과 함께 갈아서 초고추장 소스도 만든다.

"정어리 다대기에는 꼭 된장을 넣어야 돼요. 비린내를 잡아야 하니까요. 마른 고추 물에 불린 거랑 생강, 양파, 마늘에 된장을 넣고 천연조미료를 좀 부어서 믹서에 갈아요."

정어리찜에 들어갈 고사리로는 줄기가 굵고 새까만 것보다는 되도록 가늘고 작은 이파리가 달려있는 게 맛있단다.

"새까만 것은 음지고 세고사리는 양지 쪽인데 잎이 빨리 피고 줄기가 가늘어요. 그게 생고사리로 볶아 먹을 때 더 맛있드라고요. 줄기가 길고 큰 거는 말려서 일 년 내내 먹지만 삶아서 그대로 먹는 것이 제철의 맛을 내지요."

다진 양념에 고사리와 마늘쫑을 버무려 놓으니 색깔부터 먹음직스럽다. 그걸 냄비 바닥에 두툼하게 깔고 뽀골뽀골 졸인 다음, 그 위에 정어리를 올리는 요리법이다. 양념이 고루 밴 고사리에 다시 정어리 육수가 스며들어 맛이 더욱 풍성해지도록 하는 게다.

"내 정어리찜의 비법은 그거 하나뿐이여. 고사리를 먼저 쫄여서 한다는 것. 꼭 이때 묵고 마는 것이제. 어이! 방앗잎 좀 썰어봐."

그는 맨손으로 조물조물 버무려 천연조미료를 끼얹어가며 센 불에서 약한 불로 고사리를 바특하게 졸인 뒤 그 위에 정어리를 안친다. 다진 양념을 슬쩍 뿌리고 대파와 풋고추를 썰어 얹고 자작자작 졸이는데, 맨 위에 방앗잎을 쫑쫑 썰어 올리니 진한 향내가 퍼진다. 역시 잰피와 방앗잎을 쓰는 고장이다. 특히 민물고기 요리에는 탕이든 조림이든 비린내를 없애고 향을 내는 방앗잎이 필수다. 한참을 졸이다 냄비 뚜껑을 열어보니 국물은 거의 보타버린 정어리찜에서 모락모락 김이 오르며 맛있는 냄새가 솔솔 번진다.

정어리찜을 졸이는 틈틈이 머위대초무침과 서대회무침도 뚝딱 만들어냈다. 특히 서대를 물에 씻지 않고, 순한 감칠맛으로 인기 있는 순천 '나누우리' 막걸리로 조물거린 뒤 초장에 무쳐냈다. 그는 막걸리로 소독을 하는 거라 했다.

천연조미료와 다진 양념으로 먼저 졸인 고사리가 비법!

요리강습실 탁자 위에 밥상이 차려졌다. 하얀 쌀밥, 서대회무침, 머위대초무침, 오이무침, 쌈장과 상추, 쑥갓 그리고 정어리찜 냄비가 통째로 올랐다. 새큼하고 달큼한 초장의 신맛이 풍기자 입 안에 침이 돌면서 기운이 난다. 쌉스레한 머위대가 사각사각 경쾌하게 씹히면서 식감을 돋운다. 상추와 쑥갓을 손바닥 위에 널찍하게 편다. 밥을 조금 얹고 그 위로 정어리 한 마리, 고사리, 마늘쫑, 방앗잎을 차례로 올리고 쌈장을 살짝 발라 오므린 뒤 입에

막걸리로 조물거린 뒤 손수 만든 과일 초장으로 무쳐내 새콤달콤한 서대회무침.(위) '김영희 표 정어리찜'이 냄비째로 상에 올랐다.(아래)

넣는다.

'맞아! 이 맛이었지.' 파근할 정도로 기름기가 쏙 빠진 정어리가 뼈째 고소하다. 비린내라면 갈치 못지않은 정어리가 된장과 방앗잎으로 퀴퀴한 냄새를 죽이고 산나물과 어울려 빚어내는 개미가 탁월하다. 그러나 정어리의 육수와 기름, 다진 양념의 풍부한 맛을 옴싹 머금은 고사리와 마늘쫑이 진미라 할 수 있다.

구접스런 정어리 지린내가 되레 씹을수록 걸지고 간간한 맛으로 우려져 나온다. 막걸리를 반주로 곁들인 봄날의 점심에서 그 사람의 그 맛을 만나 회포를 풀었다.

"고사리만 먹어도 이것은 맛있어 사실은."

천연조미료와 다진 양념으로 버무려 먼저 졸인 고사리에 정어리의 육즙이 스며든 깊은 맛이 바로 10여 년 전 식탐꾼을 매료시켰던 김영희 아짐의 정어리찜이었다.

스물넷에 식당을 열어 타고난 음식 솜씨로 손님을 끌어 모았고, 남도음식문화제에서 대상을 차지하는 등 그의 요리인생은 일찌감치 빛을 발했다.

김치라면 자신이 있었던 그는 사업에 손을 대 전통식품 인증을 받고 유망 기업으로 기대를 모으며 내로라하는 김치 명인이 되었다. 그러나 우여곡절 끝에 사업을 접고 이제는 김치에 관한 책을 펴내고 레시피를 만들고 교육과 체험 등에 공을 들이고 있다. '진짜 김치'를 온전히 대물림하려는 마음에서다.

그와 제자들은 친정어머니와 딸들처럼 다정하다. 도란도란 이야기를 하면서 음식을 만들고 이따금 서로의 입 안에 맛보기를 넣어주며 웃는다. 저렇게 김치와 향토음식을 차례차례 배우고 익힌다니 얼마나 다행스럽고 미더운 일인가. 그 덕분에 해마다 보리누름 무렵이면 '김영희표 정어리쌈밥'으로 오진 꼴 보는 사람들도 늘어날 터이다.

돼지와 새비가 궁합 맞춘 토종 국물 맛

담양 용운마을 주영윤 아짐

민물새비애호박돼지고기국

• • 봄볕이 헤프니 천지간에 따순 기운 방방하고, 온갖 생명의 꼼지락대는 기척이 소란하다. 겨우내 길섶에 틀어박혔던 돌멩이조차 기지개를 펴고 발딱 일어나 절로 구름직한 봄날이다. '슬로시티'로 이름난 담양 창평면 삼지내마을에서 동쪽으로 월봉산을 바라본다. 너울너울 굽이치듯 길게 드리운 산등성이 아래로 온 산이 부옇게 달떴다. 제 몸뚱이 여기저기, 지천에서 새것들이 솟구치고 비비대는 중인 게다. 그 산의 한복판으로 기어들듯 구불구불 논밭 길을 올라올라 창평면 용수리 용운마을에 닿는다. 대숲과 돌담을 둘러친 주영윤 아짐네 마당에 들어서자 댓잎 위에 자글대는 봄빛만큼이나 사람들 이야기 소리 와글와글 시끌벅적하다.

"상추 간이 어찌요?" "겁나게 매워." "청양고치를 넣었다냐?"

평상 위에 앉아 더덕과 도라지를 다듬는 아짐들을 마주 보고 선 도시 남정네 하나가 상추겉절이를 만들고 있다. 자잘한 상추를 오보록하게 담은 양푼 안에 고추장을 넣었는지 고춧가루를 들이부었는지 벌겋다. 양파와 풋고추를 썰어 넣고 다진 마늘과 간장으로 비벼댄 뒤 주위에 맛보기를 권하니

창평 슬로시티의 '텃밭 밥상'을 체험하러 도시에서 온 손님들이 버무린 상추겉절이.(위) 풋풋한 봄의 향기가 확 풍겨오는 달래장. 간장보다 달래가 더 많다.(아래)

품평이 쏟아진다.

"참지름 너야 맛나, 깨소금도 넣고…, 더! 더! 많이! 더 많이!"

깨소금 통을 든 손은 따로 있지만, 정작 그 손을 움직이는 건 소산떡(대덕면 소산마을에서 시집와서 얻은 택호)이다. 마치 리모컨을 조작하듯 아짐 뜻대로 깨소금이 뿌려지자 "고치장 냄새가 맛있게 난다"며 딴전을 피우신다. 아하! '그만하면 겉절이는 되었다'는 추인인 셈이다.

소산떡 아짐의 지휘 따라
도시 남정네가 상추 겉절이 만들고

"워메! 새비를 얼서 저렇게 많이 잡았으까이~?" "저그 저수지 가서 아침부터 잡았당께요."

주영윤 아짐이 소쿠리에 담긴 토하(민물새우)를 자랑 삼아 슬쩍 보여준 뒤 뒤란으로 돌아간다. 그 뒤를 졸졸 따라가니 뒤뜰에도 몇 사람이 두런거리며 부지런히 일손을 놀리고 있다. 부뚜막 두 개가 나란히 아궁이를 쩍 벌리고 연신 장작불을 삼키며 '쉬~익 쉬~익' 솥 두 개를 달구고 있다. 하나는 밥이요, 하나는 국이 틀림없으렷다.

불 지피는 서툰 솜씨하며, 매캐한 연기에 콜록대는 모양하며…. 나름 분주하게 흉내를 내지만 도시 손님들은 꼭 티가 난다.

허물어진 돌담 위에 시누대가 작은 숲을 이뤄 울타리가 되어준 뒤란 풍경이 평화롭다. 올망졸망 장독들은 눈부시게 반질거리는데, 저마다 맛과 향

"잡사봐! 약이여 약!" 능숙한 솜씨로 더덕을 다듬는 소산떡 아짐.

이 듬쑥한 개미진 전라도 음식을 품고 있으려니 생각하니 오지기만 하다.

아짐의 집 마당에서 동네 어른들과 어울려 찬거리를 준비하는 외지 사람들은 '창평 슬로시티'가 1박 2일로 기획한 '봄날의 초대'에 온 손님들이다. 모두 100여 명이 한옥 민박도 하고, 주민들이 교사로 나선 '달팽이 학당'을 체험하는 행사다. 이 가운데 20여 명이 주영윤 아짐과 김명희 아짐이 교사인 '텃밭 밥상'에 참가했다.

텃밭에 나가 도라지와 더덕, 달래를 캐고 상추와 부추를 솎아서 다듬어

겉절이를 만들고, 쌀을 씻어 안치고, 국을 끓이고, 유정란으로 계란말이를 만들고…. 체험이라기보다는 푸릇푸릇 봄나물과 푸성귀 푸짐한 시골밥상을 함께 누리는 잔치요 회식이다. 손가락 하나 까닥 않고 돈만 내면 가만히 앉아서 받을 수 있는 밥상이 아니다. 제 손과 맘을 보태서 얻은 음식을 여럿이 함께 나누며 맛과 흥을 느껴보는 각별한 밥상이다.

"아따 겁나게 크요. 잡사봐! 약 되야. 흙 묵어도 괜찮아."

소산떡이 껍질을 다 벗겨낸 더덕 하나를 손에 쥐어 준다. 달큼한 더덕향이 코끝을 간질인다. 입 안에 넣으니 통통한 살집이 기분 좋은 이물감을 주고 아삭아삭 경쾌한 소리를 내며 쌉쓰레하게 씹힌다.

"저수지서 망태기로 잡은
새비 넣고 끓인 애호박찌개요"

"자~ 달걀말이 하실 분?" "부추겉절이 다 되었소?"

앞마당을 보면 어느 세월에 '텃밭 밥상'을 받아볼까 싶은데, 갑자기 뒤뜰에서 들려오는 "으아~ 밥 다 됐네 다 되았어" 하는 주영윤 아짐의 시원스런 목소리가 반갑다.

벌겋게 상기된 얼굴에 땀을 줄줄 흘리며 아짐은 왼쪽 국솥 뚜껑을 밀쳐연다. 그리고 굵은 소금을 한 움큼 집어 솥 안에 뿌린 뒤 국자로 휘휘 젓는다. 국솥 안에 돼지고기, 애호박, 무, 민물새우가 둥둥 떠다닌다. 건더기는 적어 보이고 대신 국물이 훌렁훌렁 솥단지를 가득 채우고 있다.

월봉산 아래 용운 저수지에서 아침 일찍 망태기로 건져올린 싱싱한 민물새비(토하). 흙과 이끼를 먹이로 깨끗한 물에서만 서식하는 귀한 몸이다.

"저기 산 아래 용운 저수지서 망태기로 잡은 새비 넣고 끓인 애호박찌개요. 특별흐게 뭐 넣을 것이 없어. 돼지고기 뚬벙뚬벙 썰어 넣고, 애호박 썰어 넣고, 새비 넣고, 무시는 돌려깎다가 삐져 넣고, 굵은 소금으로 간흐고…. 가만! 다진 마늘을 넣었다냐?"

아짐이 주걱을 들고 오른쪽 가마솥을 열자 알맞게 뜸을 들인 밥이 허연 김을 피워 올린다. 검정쌀을 섞고 약간의 콩을 갈아 넣었다는 밥은 태깔도 곱고 고실고실 윤기가 흐른다. 이제 앞마당에 멍석이 깔리고 그 위로 여럿이 준비한 먹을거리가 차려진다. 밥상 따위는 필요 없고, 봄소풍 나온 상춘객들마냥 맨바닥에 하나둘 늘어놓는다. 더덕과 도라지, 된장, 고추장, 잿불에 살짝 구운 김, 상추겉절이와 부추겉절이, 달걀말이와 프라이, 김칫국, 달래장, 상추와 풋고추, 그리고 민물새비를 넣고 끓인 '애호박돼지고기찌개'가 놓였다. 아니, 국물이 적고 걸쭉하니 찌개라기보다는 국이라야 옳을 성싶다.

'민물새비애호박돼지고기국!' 국물이 참 시원하다. 돼지고기 특유의 느끼함이 전혀 없이 개운하다. 마치 자잘한 기름이 동동 떠다니는 쇠고기 국물 같다. 껍데기에 비지와 살점까지 달린 돼지고기가 제법 쫄깃하게 씹히고 민물새비도 고소하다. 마을에서 잡은 돼지, 마을 저수지 민물새비, 마을의 들판에서 난 애호박과 무가 한데 어울린 용운마을 토종 국물이다. 흙과 이끼를 먹이로 깨끗한 물에서만 서식하는 민물새비가 아직도 남아 있어 가능한 귀한 풍미가 아닐 수 없다.

"새비는 옛날부터 묵었어요. 봄에 논일할 때 암껏도 안 넣고 돼지고기하고 새비 넣고 소금 간만 했는디 맛있데요. 돼지하고 새비하고 궁합이 맞잖아요. 모내기헐 때 보문 널려진 것이 호박이잖아요. 그거 숭숭 썰어갖고 훌렁훌렁 끓여 묵었어요."

아짐의 기억으론 부지깽이도 거들어 한몫을 해야 할 농번기에 주변에 널려 있는 국거리를 모아다 후딱 끓여 먹던 국물이다. 그러나 돼지고기로 쇠한 기력을 보충하면서 마을 저수지 토하를 잡아다 소화와 삭힘을 꾀했으니 바쁜 와중에도 음식의 어울림을 잊지 않는 지혜가 담겨 있다.

가마솥에 밥 짓고, 국 끓이느라 땀을 뻘뻘 흘리는 주영윤 아짐. 시원시원한 성격에 뭐든 나눠
주는 넉넉한 인심을 지녔다.

막걸리 잔 돌고,
볼이 미어지게 배추쌈 상추쌈 하고

"야, 너무 많다. 너무 푸져." "달래는 김에다 싸서 먹어봐요. 맛있어요." "자! 애썼습니다. 막걸리 한잔씩 합시다."

막걸리 잔 돌고, 볼이 미어지게 배추쌈 상추쌈 하고, 더덕과 도라지, 고추장 발라 씹고…. 그저 한 끼 점심이 아니라 신명나는 잔치마당이 되었다.

김명희 아짐이 달래장 맛있게 먹는 법을 보여준단다. 김 한 쪽에 밥 한 숟가락을 올린 뒤 달래장을 듬뿍 얹어 싼다. 그리고 김칫국에 푹 담갔다가 꺼내어 입에 넣는다. '아짐 따라하기'를 하던 사람들이 "어! 진짜로 맛있네요" 라고 화답한다.

"옛날에는 김 한 장을 16등분했어. 밥을 싸서 먹은 것이 아니라, 밥에다 우표맨치로 붙여갖고 묵었제. 참 귀했어."

누군가 김 한 장을 무릎에 올려놓고 알뜰살뜰 쪼개가며 먹던 애틋한 추억을 떠올린다. 이야기도 풍성한 봄날의 밥상 정경이다.

"달래가 인자 마지막이에요. 이 집도 오늘 마지막으로 캤잖아요."

주영윤 아짐의 텃밭에서 캔 달래가 모자랄세라 집에서 챙겨 온 달래장을 김명희 아짐이 내놓는다. 여기저기서 더 달라고 손을 내민다. 그렇게 올봄의 마지막 달래장도 바닥이 났다. 동네 할머니가 예배당도 안 가고 기다렸다가 퍼주었다는 된장과 고추장도 싹싹 비워진다. 과연 "항꾸네 묵어야 더 맛나제"를 되뇌시는 어르신들 말씀대로다.

"밥 잘 묵었습니까? 잘 되었지요? 제가 밥 당번이었는데, 무작정 장작

나란히 잇대어 만든 부뚜막 두 개. 밥 짓는 아궁이는 장작을 들어내고 남은 재로 뜸을 들이지만(오른쪽) 국 끓이는 아궁이는 아직도 활활 타고 있다.

불을 땐다고 밥이 잘 되는 것이 아니더라고요. 한참 불을 때다가 아궁이에 있는 것을 싹 다 긁어내더라고요. 그러니까 남은 재로 뜸을 들이는 겁니다. 그게 기술인 것이지요."

주영윤 아짐에게 가마솥으로 밥하는 법을 배웠다는 서울 남정네의 자랑이 늘어진다.

사람들이 하나둘 자리를 털고 일어난다. 몇 사람은 남은 더덕과 도라지, 상추를 챙겨 담고 마을 한가운데 자리한 '달뫼미술관' 전시를 보러 갔다. 나머지 몇이 뒤란 수돗가에서 설거지를 마치고 앞마당으로 되돌아오니 아짐이 아카시아 효소를 물에 섞어 따라 준다.

"이것이 몸에 좋아. 진짜 좋아. 아카시아 꽃으로만 담근 효소니까, 후식

주영윤 아짐이 산에서 들에서 뜯어다 담근 효소들. 봄이면 캐고 뜯고 담아야 할 산야초가 지천이어서 한없이 바쁘다.

으로 드셔보씨요."

아짐은 몸도 맘도 넉넉하고 푸지다. 뭐든 막 퍼줘야 직성이 풀리는 성품이다.

동네 친구이자 초등학교 동기생인 고병하 씨는 "영윤이가 엄니 닮아서 인심 좋고 뭐든 푸지다"고 거든다.

집 마당엔 봄꽃들이 지천이다. 으름덩쿨, 박태기꽃, 초롱꽃, 하얀 민들레, 진달래, 조팝나무, 그리고 하얀 배꽃도 화사하게 흐드러졌다. 감나무만이 새끼잠자리 날개 같은 연초록 움을 겨우 밀어내고 있다. 기와집 벽을 따라 오만 가지 화분들이 늘어져 있고 '산야초 효소'가 특기종목인 '달팽이 학당' 주민교사답게 효소를 담근 유리병과 옹기들도 여기저기 자리를 잡고 앉았다.

"이 집이 친정이에요. 돌아온 지 10년 되어갑니다. 제가 산야초 효소를 하게 된 이유가 있어요. 류마티스 관절염이 있어서 병원에만 다니문 약을 묵고 살이 쪘어요. 병원에 한 6개월 입원했었는데 젊은 사람이 챙피하게 지팽이까지 짚고 다녔어요. 근디 우슬, 항가꾸(엉겅퀴) 이런 약초 달여서 물 끓여 먹다가 나름대로 발효를 해서 묵었어요. 그러니까 많이 좋아졌어요. 약을 땡개부렀다니까요."

돈벌이로 '산야초 효소'를 하지는 않았지만, 입소문을 타고 찾는 사람들도 생겨났다. 그러다보니 창평 슬로시티 사업 가운데 하나가 되었다.

주영윤 아짐은 부모님 돌아가신 친정집에 찾아와, 도시에서 망가진 몸을 추스르고 기력을 되찾았다. 자연에서 나는 꽃과 풀을 뜯고 또 뜯고, 담그고 또 담그는 재미가 쏠쏠하다.

"이렇게 될지는 꿈에도 생각 못했죠. 인자 산야초 효소라고 간판도 걸고 하니까 더 신나갖고 산으로 들로 뜯으러 댕겨요."

'여그서 집 지키고 살아라'던 아버지의 마지막 유언을 잊지 않은 맏딸은 지금 백화만초百花萬草를 효소로 담고 인정 넘치는 텃밭 밥상을 차리느라 행복하다.

여름.

징한 더위도 물러가는 개미진 보양식

꼬득꼬득 오돌오돌 개미지네!

여수 정영희 아짐

서대찜과 회무침

• • 차창 밖엔 논밭을 집적거리다 산자락을 마저 흔들다 사라지는 마른 바람이 푸지다. 이 지독한 가뭄에 물을 어디서 끌어와 모를 냈을꼬.

다랑이 논둑의 유려한 곡선 안으로 제법 짙푸른 초록이 물결친다. 옥수수도 어른 허리께를 훌쩍 지났고, 콩밭도 깨밭도 잎들이 나름 무성하다. 분홍빛 색종이를 곱게 저며 녹음 위에 얹어 놓은 듯한 자귀나무꽃들이 할랑거린다. 사방이 밭아드는 시절을 이겨내려는 사람과 자연의 몸짓은 이렇듯 장엄하다.

꼬불꼬불 산길을 돌고 돌아 그 찻집에 닿는다. 여수麗水시 화양華陽면 옥적玉笛리 863-1번지. '아름다운 물, 빛나는 별 아래 구슬피리 소리 들리는 꽃밭 사이로…' 풀어보니 이름 참 절묘하다. 꼬박 10년 넘게 손수 꽃밭을 일군 정영희 아짐이 1년 전 문을 열었다. "제발 여럿에게 보여 달라"는 주변의 성화에 비로소 '비밀의 화원'은 베일을 벗은 셈이다.

"와아! 이 많은 꽃들…"

나무 대문을 열고 마당 안으로 한 발짝 내딛는 순간, 감탄이 절로 나온다. 접시꽃, 석류꽃, 해바라기, 다알리아, 수국, 나팔꽃, 채송화, 백합, 원추리…. 봄꽃들 죄다 이울고 여름꽃 아직 애매하다는데도, 아짐의 꽃밭엔 봄날의 감동 못지않은 꽃들의 경연이 뜨겁다. 새빨간 앵두 다닥다닥 매달려 있고, 방울방울 연초록 포도송이하며 알알이 여물어가는 복숭아와 사과까지, 과수들도 부지런히 철들어간다.

먹어본 가락에 타고난 솜씨로
생선 속이 환해

"다행히 오늘 새벽장에 가니까 좋은 서대가 있드라니까요. 좋은 놈은 이렇게 앞뒤로 빠알개요. 비늘에 푸른 기가 돌고요."

저만치 꽃탐으로 해찰하던 식탐을 되돌려보니, 눈앞에 오동통하게 살이 오른 싱싱한 서대와 꼬득꼬득 잘 마른 서대가 가지런하다. 나물 조림에 넣을 요량으로 조갯살을 사려다가 신선하고 큼지막한 돛병어 한 마리도 샀다. "요즘 좋을 철인디 딱 눈에 보이드라고요. 어찌껍니까. 그냥 샀제."

여수 서시장을 끼고 "고기만 고기만 보고 먹고 자랐다"는 아짐인지라 생선 속이 훤하다. 서대요리를 해주기로 했지만, 돛병어의 보드라운 회맛 또한 그냥 지나칠 수가 없었던 게다.

"지금은 양태가 미역국 끓여놓으면 젤 맛있을 때예요. 옛날 같으면 점도다리도 이렇게 큰 걸 사 와요. 가마솥에 미역국 끓여서 다 멕일라고. 우리가 9남매요. 생각해보면 울 아부지는 자식이 많으니까 무조건 젤 큰 걸 사는

싱싱하고 씨알 굵은 회무침용 서대. 앞뒤로 빠알간 태깔에 비늘 쪽엔 푸른 기가 돌아야 최상품 생물이다.

거였어요. 근데 내가 시집가서도 맨날 큰 걸 사니까 울 시어머니가 저러다 살림 말아먹는다고 하대요."

고깃배 들어올 때면 "영자야 다라이 갖고 가자" 하며 언니를 앞세워 부듯가 장터로 향하던 아버지를 떠올린다.

"아부지가 횟감을 사다 장대에 꽂아 올려놓으면 누구라도 먹고 싶은 부위를 떼어 달라고 해서 된장에 찍어 먹었지요. 아들이든 딸이든 똑같이 나눠 묵었어요. 아부지가 참 민주적이었어요. 서시장 옆에서 철공소를 하셨는데 장바닥에 쓰러져 있는 사람들을 그냥 버려둔 적이 없어요. 집으로 데려와 밥을 멕이고 그랬는데, 엄마가 몸서리를 쳤지요. 애기들만 아홉인디 남들까지 거둘라니…."

능숙한 칼질로 서대 속살을 발라내는 정영희 아짐.

'좋은 걸 많이 보고 먹어본 가락'에다 타고난 솜씨를 더해 아짐은 생선에 관한 일가견을 키웠나 보다.

쓱쓱 능숙하게 서대 비늘을 벗긴다. 떼어낼 내장도 별로 없다. 대가리 부분을 슬쩍 칼질로 긁어내고 앞뒤로 오락가락 몇 번, 찬물로 씻어낸다. 순식간에 서대 다섯 마리를 말끔하게 손질한다. 가스불 위엔 서대찜에 쓸 조림장이 폴폴 끓고 있다.

"양조간장에 생강을 많이 넣고 붉은 고추하고 양파하고 넣고 한소금 끓여서 물엿을 넣거든요. 찜은 좀 달찍하게 하거든요."

한꺼풀을 벗은 서대를 마른 헝겊으로 닦은 뒤 도마에 올린다. 아가미와 지느러미 쪽을 다듬고 대가리, 몸통, 꼬리 부분으로 잘라낸다. 이제 가운데 토막을 반으로 길게 잘라 펼치듯 살만 분리한다. 하얗고 달보드레한 서대 속살과 참빗 같은 뼈가 드러난다. 서대를 뒤집어 한 번 더 속살을 떠낸다. 그 덩어리들의 물기를 마른 행주로 다시 꼼꼼하게 닦은 뒤 촘촘한 칼질이다. 대가리와 꼬리도 그냥 내버리지 않는다. 아주 센 등뼈만 빼곤 모두 다져서 회무침에 넣을 참이다.

오돌오돌 고소한 진짜 회무침,
꼬득꼬득 개미진 서대찜

"서대는 손질해서 살짝 얼려서 회무침을 해야 돼요. 썰어서 막걸리에 주물러야 제맛이고. 또 뼈를 넣어야 고소하고 꼬득꼬득 씹혀요. 야채 안 넣어요. 양파하고 풋고추 좀 넣지. 살만 씹는 회를 옛날 어르신들은 안 좋아했어요."

부드러운 살점만 찾고, 상추며 오이며 잔뜩 넣은 식당의 회무침을 진짜로 아는 요즘 사람들은 "멋도 맛도, 암껏도 모른다"는 말씀이시다.

아짐은 탕탕탕 요란한 소리를 내며 대가리와 꼬리, 뼈를 다진다. 서대 살점이 완전히 잠기도록 막걸리를 붓고 이리저리 뒤적인다. 시금한 술내음이 기분 좋게 퍼진다. 술기가 배어들었다 싶으니 한 움큼씩 건져내 두 손으로 꽉 짜낸다. 그래도 남아 있는 척척한 술기를 조리용 종이에 돌돌 말아서 빼낸다.

"서대에 냄새가 있어요. 막걸리로 그것도 없애고 살도 오돌오돌해지고…. 생선은 어쨌든 물기가 들어가면 안 좋아요. 가능하면 없애야제."

회 무칠 준비를 마치고 마른 서대 열 마리를 찜솥에 안친다. 크기에 따라 두 토막을 내기도 하고 세 등분을 하기도 한다. 얼기설기 삼 층으로 서대를 쌓는데 사이사이로 엉겨 붙지 않도록 나무젓가락을 어슷어슷 던져놓는다.

"서대찜이 진짜 대표적인 여수 음식이에요. 사람들이 그래요. 회는 일산日産이지만 찜은 일산이 아니래요. 명절 때도 안 빠지고 제사에도 빼면 절대 안 돼요. 회는 좀 특별할 때 먹지만 찜은 일 년 내내 일상적인 음식이지요. 그리고 다른 생선 음식은 안 그랬는데 서대만큼은 꼭 엄마가 만들었어요. 여수 남자들 하는 말이 서대는 본각시 맛이래요. 변함없이 좋대요."

꽃밭엔 수백 가지가 넘는 꽃들이 꼼지락거리고, 부엌에선 '서대라면 환장을 한다'는 여수 사람들 이야기가 구성지게 풀어진다.

서대회무침, 서대찜, 돛병어회, 돌산 갓김치, 고사리나물, 머위대나물, 오이나물…. 바다와 갯벌에 심심산골까지 품은 여수의 풍성함이 밥상에서 절로 느껴진다.

그 사이 노릇노릇 반질반질 윤기를 내며 익은 서대를 꺼내 한참을 식힌다. 그리고 조림장이 담긴 냄비에 꾹꾹 눌러 담갔다가 한 토막씩 끄집어낸 뒤 실고추와 볶은 깨를 바른다. 보기만 해도 군침 도는 여수 서대찜이 완성.

"이게 여수 전통이에요. 뜯어 먹을 때 딱딱하지도 무르지도 않고 그 맛이 입 안에서 돌아요."

아짐은 고사리나물과 머위대나물, 그리고 오이나물을 조갯살 넣고 후딱 조려낸다. 해마다 담는 조선간장으로 간을 맞춘다. 서대회무침은 제일 마지막 차례다. 고추장에 설탕을 넣고 식초를 부어 버무리고, 고춧가루를 넣고 또 비빈다. 그렇게 만든 초장에 서대 속살, 다진 뼈 등속에 양파 한 개, 매운 고추 대여섯 개를 쫑쫑 썰어 넣고 조물조물 섞고 비벼댄다.

"꼬들꼬들하고 신맛은 좀 덜하네." "너무 시어도 안 맛있어."

"오메! 진짜 생선회구만요." "엊그제 어디 갔등마 야채만 잔뜩 넣고 서대는 서너 점이여. 그러문 야채무침이제."

서대회무침을 맛본다. 시큼한 듯 달달하고, 부드러우면서도 오독거리며 씹히는 고소함이라니…. 오묘한 맛의 조화가 입 안에서 한바탕 벌어진다.

아짐은 냉장고에 얼려두었던 돛병어 한 마리도 마저 회를 뜬다. 삼 년 묵은 된장에 고춧가루를 좀 풀고, 역시나 손수 담근 매실잼을 흠뻑, 그리고 마늘과 매운 고추 썰어 넣어 쌈장을 만든다. 서해안 쪽 사람들은 '덕자'라 부르는 '돛병어'회는 된장에 찍어 먹어야 제맛이란다.

서대회무침과 찜, 돛병어회, 막 담근 돌산 갓김치, 배추김치, 고사리나물, 오이나물, 머위대나물, 쌈장에 잡곡밥이다.

꽃밭 사이로 탁자와 의자를 옮겨와 굳이 되똥한 언덕 가장자리 나무 아

막걸리에 담갔다 짜낸 서대 속살, 다진 뼈, 양파 한 개와 매운 고추 대여섯 개만 썰어 넣으면 재료 준비가 끝난다.(위 왼쪽) 이제 초고추장으로 버무리기만 하면 여수식 서대회무침이다.(위 오른쪽 · 아래 왼쪽) 서대찜용 조림장. 생강, 붉은 고추, 양파를 넣은 간장을 한소끔 끓인 뒤 물엿을 넣어 만든다.(아래 오른쪽)

정영희 아짐이 10년 세월 공들여 가꾼 꽃밭(위)을 보여달라는 주위의 성화로 문을 열게 된 찻집.(아래)

래서 물 만난 제철 고기 서대를 주인공으로 점심상을 받는다. 쫀득하게 개미진 서대찜을 쭉쭉 찢어 반찬을 삼기도 하고 반주에 곁들여 안주로 씹는다. 서대회무침을 밥에 비벼 마파람에 게 눈 감추듯 공기 하나를 비운다. 아삭아삭 돌산 갓김치도 그 명성 그대로다. 조갯살에 조선간장만으로 간을 해 조려낸 오이나물의 풍미는 웬만한 고수 아니면 내기 어렵다. 깊고 길게 끌리는 소박하고 개운한 국물이 눅눅한 잔맛을 싹 가시게 한다.

10년 공들인 찻집엔
사시사철 꽃피고 지고…

"어떤 음식은 그림만 맛있고 맛은 혀를 만족시켜주지 못하는데, 이 서대는 혀를 만족시켜주는 부분이 있어요. 여수가 굳이 홍어를 상에 놓지 않는 이유는 먹을 필요가 없어서요. 서대가 있으니까."

언제 뵈도 여수에 대한 사랑과 자긍이 넘쳐나는 한창진('여수넷통' 편집인) 선생의 설명이다. 생물로 만든 회무침과 반쯤 말린 서대찜, 삐득하게 완전히 말린 서대를 짝짝 찢어서 만든 무침까지라야 일단 세 박자를 갖추는 셈이란다. "서대탕도 별미"라는 자랑이 곁에서 날아든다.

"어떤 장수가 엉뚱한 생선이 맛나다고 하면 '내가 여수 간넨디라, 그거 아니고 요것이 더 낫거든요'라고 합니다. 그러면 '음마 진짜 여수 간네(여자) 맞네'라는 말이 대번에 나온답니다."

아침은 후식으로 커피에 이어 찻집의 대표 메뉴라는 팥빙수까지 내어

준다. 팥도 떡도 사다 쓰지 않고 직접 만든다. 내 입이 싫은 건 손님에게도 줄 수 없는 노릇이란다.

배가 부르니 꽃밭이 새삼 아름답다. 돈을 들여 공사를 하듯이 조성한 정원이 아니다. 새벽부터 늦은 밤까지 하루 종일 씨를 뿌리고, 모종을 심고, 가지를 치고, 거름을 주고, 잡초를 뽑아온 세월과 정성의 꽃밭이다. 날 밝으면 꽃들과 눈 맞추며 얘기를 나누고, 틈틈이 책을 읽고 차를 마시며 아짐은 더없이 행복하다.

"찻집 문을 닫아야 하나 어쩌나 늘 걱정이에요. 사람들이 스마트폰 갖고 와서 사진을 찍고 그러는데, 징징 밟고 꽃한테 함부로 하고, 아! 가슴이 철렁…."

그 곳은 찻집이자 살림집이다. 장삿속이 없어 탁자도 몇 개 되지 않는다. 고요한 삶터를 열어 사시사철 꽃피는 기쁨을 나누려는 아짐은 소녀처럼 조마조마하다. 하여 그 찻집에 가더라도 꽃구경은 살금살금 조심조심 해야 한다. 장담하건대 온갖 꽃들의 자태와 향기만으로도 찻값이 아깝지 않다.

여수 바닷가의 세계 박람회는 끝났지만 여수의 심심산골 찻집엔 철철이 꽃피고 질 터이다. 꽃처럼 환하고 씩씩한 아짐의 인생 이야기도 오래오래 쭈욱 이어지리라.

풍년식탐
16

혀끝이 화딱화딱
얼얼하고 시원하고

장흥 김상배 아재

된장물회

• • 수은주가 섭씨 30도라는 눈금 근처에서 해찰을 부리니 바람 한 줄기가 간절해진다. 뭣이 그리 급했는지 이른 장마는 하늘 어딘가에 점령군처럼 밀려와 버티고 있고. 차라리 장맛비라도 개운하게 쏟아버리면 좋을 것을. 찐득하고 폭폭한 날씨에 "아따 덥네" "징흐네" 여기저기 아우성이다.

끼니마다 더운밥 차려내기도 성가실 더위에 무슨 궁리로 기신 없는 식구들 입맛을 돌렸을까. 사시사철이 매한가지겠지만, 여름날 밥상내기는 더욱 까다롭고 신경이 쓰였으리라. 이럴 때 집안의 남정네가 뭐든 뚝딱 만들어 한 끼 시름을 대신해준다면 얼마나 고마운 일이랴. 각다분한 살림에 찌든 우리네 엄니들의 가슴을 뻥 뚫어주는 '쾌거'쯤 될 게다.

장흥 회진면 덕산마을 김상배 아재가 딱 그런 재주를 부려왔나 보다. 60년 넘도록 된장물회를 손수 만들어 가족과 함께, 이웃과 함께 노상 먹어왔다는 입소문이 들려온 게다. 물론 회진포구에 즐비한 횟집들이야 물회로 이름이 난 지 오래였다. 하지만 여럿의 입맛을 맞춰가며 돈벌이로 말아낸 물회가 아니라 스스로 흥에 겨운 식도락이라는 내력이 참을 수 없는 식탐을 불러

왔다.

탐진강 줄기를 비껴 장흥읍을 지나 관산 쪽으로 접어드는 도로는 굽이굽이 고갯길이다. 자울재를 넘어 한참을 달리다보니 영락없는 관 모양인 천관산 봉우리가 또렷해진다. 그 산의 발아래를 감아 돌아 너른 황토밭을 가로지르고 저수지 지나쳐 어느새 회진포구다. 역시나 횟집 유리창마다 '된장물회' 혹은 '물회'를 써 붙였다.

포구에서 방파제를 따라 덕산마을로 들어선다. 대규모 간척사업으로 섬은 육지에 붙고, 덕도德島는 덕산德山이 되었단다.

"된장물 하는 사람 있냐 해서 내가 그랬제. 우리 아재가 잘흔다고. 우리 아재는 항상 해잡순께. 재료가 항상 준비되야 있어. 안 하신다는 걸 사정사정 했다니까. 내가 도와주껀께… 이것도 좋은 일이다고…."

한사코 마다했다는 아재를 설득한 사람은 한마을에 사는 형수 김화행 아짐이다.

"딴 요리는 안 흐시고 그것만 해 잡숴. 노인 양반이 뭣을 하겄어."

손윗동서의 성화에 못 이겨 곽순심 아짐도 부엌을 열어주었지만 귀가 어두운 남편이 불안하기만 하다. 부부는 텔레비전 요리 프로그램을 떠올렸나 보다. 이러니저러니 설명을 하자면 남의 말을 잘 들어야 하는데 싫었던 게다.

정작 아재는 선한 얼굴에 배시시 입가에 웃음기를 문 채 한동안 지켜보다가 "항시 내가 해묵던 요린디, 성수(형수)가 그걸 어뜨케 알고…. 허허" 하며 입을 연다.

깨끗하게 잘 정돈된 집은 아재의 할아버지 때부터 손자까지 무려 5대

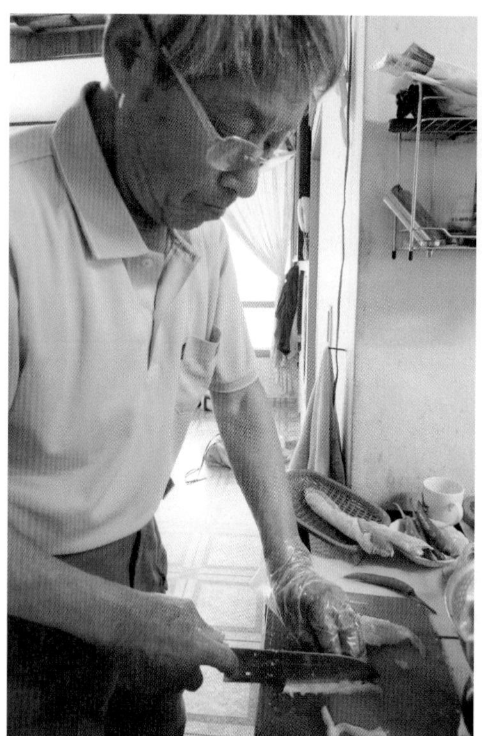

60년 넘도록 된장물회를 손수 만들어 가족과 함께, 이웃과 함께 노상 먹어왔다는 김상배 아재.(왼쪽) 벼락같은 '합동작전'으로 된장물회를 만드는 중.(오른쪽)

가 내림으로 지켜온 자리다. 반듯한 서예 글씨로 써 붙인 '우리 집 생활신조' 가운데 '겉치레보다 실속 있는 생활을 하자'는 경구가 눈에 띈다. 아재는 다섯 아들에게도 똑같은 가훈을 써서 나눠주었다.

"우리 동세허고 나하고 두 형제거든. 우리 씨아재가 나보다 여섯 살 더 잡쉈어. 근디 항시 성수가 허자문 안 하는 일이 없어."

활달하고 화통한 김화행 아짐이 당신 뜻을 따라준 시동생을 에둘러 치하한다.

"왜 여그 된장물회가 유명흐까요?" "모르겄소. 회진서 전문적으로 하등마. 줄줄이 있어, 허는 집들이. 우리 아재가 헌거 봐봐. 맛있어."

"언제부터 해잡쉈을까요?" "젊어서부터 했제. 한 50년, 60년도 더 되었겄구마. 옛날에 낚시질 가문 배에서 잡아서 해묵었지라. 포를 뜨제. 뼈따구 없이. 그래갖고 냉동실에다 넣어 놓으문 돼. 묵고 잡으문 해묵제. 근디 나는 잘 안 묵어요. 안 좋아해요."

아재에게 묻는 말을 두 아짐이 차례로 척척 답을 내놓는다. 김화행 아짐은 "맛있어"라고 치켜세우는데, 날것을 싫어하는 곽순심 아짐은 고개를 젓는다. 하긴 남에게야 여름날의 별미로 손꼽히는 된장물회지만, 아짐에게는 남편이 무시로 말아내는 생활이 되었으니 무덤덤할 수도 있겠다.

"아그덜은 싹다 좋아흐제. 끼린 고기보다 된장물을 좋아흐제. 아부지가 해서 주문 다 잘 묵어."

"회만큼은 마누래도 필요 없고 아재가 손으로 떠서 잘 흐제."

두 아짐의 이야기가 한없이 늘어진다. 아재는 빙긋이 웃기만 할 뿐 별 말씀이 없다.

총각 때는 어머니 된장으로,
결혼 후에는 아내 된장으로

열무로 담근 물김치, 해마다 집에서 담근 된장과 매실즙, 매운 풋고추, 고춧가루, 다진 마늘, 깨 등 생선을 제외한 나머지 된장물회 재료는 아짐의 몫이었다. 따지고 보면 아재의 물회 맛도 아짐의 솜씨에 달린 셈이다. 물론 생선에 관한 한 아재가 전문가요, 하실 말씀도 걸다.

"맛있는 고기? 병치! 병치가 맛있어. 병치도 굵은 놈은 안 되고 잘잘하고 딱딱흐제만 썰문 보드라운 거. 그라고 맛있는 것이 놀래미 같은 거, 조구치, 복어치…. 조구도 바다에서 막 잡아와서 파닥파닥 뛴 놈, 산 거, 그런 놈으로 하제. 죽어뿐 놈은 안 되고, 산 놈을 바로 해갖고 냉장을 해놔야 돼. 오늘 할 놈은 놀래미여."

아재의 된장물회 맛의 비법이 어림되는 대목이다. 아재는 활어를 쓰지 않았다. 살아 있는 싱싱한 생선을 곧바로 손질해 냉장고에서 자연숙성을 시키는 선어인 게다.

"놀래미 해놨어. 껍떡 배끼고 포 뜨고 손이 많아. 빼 한나도 없이 헐라문. 첨에 껍떡차 막 흔게 이빨에 씹히드라고. 아하! 이것은 껍떡을 배껴야겄드라 했제."

총각 때는 어머니의 된장으로, 결혼 후에는 아내의 된장으로 말아온 물회다. 아재는 60년 세월, 당신의 취향에 맞게 생선을 손질하고 맛을 내면서 주변을 길들여왔다.

푸진 말잔치를 접고 아재가 된장물회를 만든다. 냉장고에서 하얗게 속살만 포를 떠낸 놀래미를 내놓는다. "아야! 뺄라 좋게 해놨네" 하며 곁에 선 형수가 추임새를 넣는다.

작은 도마 위에서 놀래미를 채로 썬다. 쑴벙쑴벙 뚝뚝 성긴 칼질이지만, 익숙한 손놀림이다. 된장물회 요리법이란 어려울 게 없어 보인다. 그저 재료들을 차례차례 양푼에 썰어 넣는 과정이다. 굵은 매운 고추를 반 토막 낸 뒤 쫑쫑 썰자 알싸한 매운 기운이 퍼진다. "여그 김치, 물김치…." 하는 주문에 이어 시큼한 냄새가 코를 찌른다. 아재는 열무를 꺼내 쓱쓱 잘라내면서 국물을 양푼에 쪼~옥 따라 부었다.

"이놈 다 썰어부씨요." "매와서 못 묵는당께." "괜찮애, 다 썰어 다 썰어."

두 아짐이 타시락 타시락 하는 사이에 아재는 김치통 안에 들어있는 열무를 아예 통째로 썰어 양푼에 넣는다. 써~억 써~억 익은 열무 칼질 소리가 의외로 경쾌하다. 그 사이 아짐들은 곱게 다진 마늘과, 몽글몽글 노랗게 잘 익은 된장도 몇 숟가락 퍼서 넣는다.

"오메! 뭔 짐치를 이렇게 많이…."

"암말도 허지 마. 시끄러 애기 깨네."

'깰 애기'도 없건만 그런 농담도 섞여든다. 아닌 게 아니라 물김치가 너무 많다보니 상대적으로 생선이 적어 보인다. 방금까지 물김치 많이 넣어라고 채근하던 김화행 아짐이 이번엔 생선을 주문한다.

"고기가 적을랑가 모르겄다. 아재! 적으문 조구도 좀 넣을라요? 조구 더 내까?"

냉장고에 갈무리해 놓은 조기를 꺼내 또 칼질이다. 낭창낭창하던 놀래미 속살에 비해 조기는 딱딱하게 언 상태여서 뚝뚝 끊어진다. 아짐들은 매실

즙도 넣고, 참깨는 숫제 아낌없이 쏟아 붓는다

"와따메! 괴기 많다. 고만 해도 되겄구마. 다 잡수고 가씨요 잉?"

고기 반 김치 반이다.

"고칫가리 넣어야제. 고칫가리도 몽근 놈은 맛이 없어. 거친 놈을 해야 해. 역부로 희부덕덕한 놈을 해. 얼큰해야제. 안 매우문 안 맛나."

당신은 잘 먹지도 않는 물회지만 재료와 조리 과정을 훤하게 꿰뚫고 있는 곽순심 아짐이다. 아재가 김칫국물에 된장을 풀고 생선을 말아온 수십 년 세월 동안 곁에서 모든 걸 챙겨준 알뜰한 보조 요리사인 게다.

아재가 양푼에 채워진 재료를 되작되작 저은 뒤, 아짐들은 냉장고에서 끓여놓은 물을 내와 붓는다. 차르륵 촬촬 물소리가 부엌 안에 들어찬 팽팽한 열기를 씻어준다. 그리고 얼음을 꺼내 띄우니 커다란 양푼에 된장물회가 그득하다. 이런 걸 벼락같은 '합동작전'이라고 해야 옳을 성싶다.

말수는 적어도
속정 듬쑥한 아버지의 손맛이란 이런 것

"여러이를 허문 몰라. 장사꾼들은 (양을) 많이 헌디, 나는 못해. 요렇게 많이 하문 가남(가늠)이 안 돼."

간을 보던 아재는 계면쩍게 웃는다. 입맛을 다시다가 좀 싱겁다 싶었는지 된장과 고춧가루를 좀 더 풀었다. 그리고는 숟가락을 손에 들려주며 "고기랑 떠서 먹어봐" 했다. 텁턱스럽다 싶을 만큼 움푹 된장물회를 떠서 볼

"그나저나 나 오늘 설 쇘소." "나는 생일상 받았그마." 금세 여럿이 둘러앉아 와글와글 동네잔치가 열렸다.

이 미어지도록 우겨넣자마자 아재와 두 아짐이 한꺼번에 "으짜요?" 하고 묻는다.

무뚝뚝하고 말수는 적어도 속정 듬쑥한 아버지의 손맛이란 이런 것일까. 거칠고 시원하고 고소하고 알싸하다. 색깔도 모양도 폼이 나는 음식은 아니지만, 텁텁하고 투박하게 깊은 맛이 우러난다. 숙성된 생선 살점은 활어마냥 잘깃한 풍미는 없지만 입 안에서 궁굴려 몇 번만 씹어도 녹아들 듯 부드럽게 사라진다. 대신 시큼한 열무김치 기운차게 씹는 개미가 경쾌하다. 그러나 무엇보다도 아재의 된장물회는 혀끝이 화딱화딱하도록 맵다. 그 불길을 김칫국물로 끄려다보니 연신 숟가락질을 멈출 수 없는…. 그러는 사이에 몸뚱이 안팎으로 눅눅한 습기, 덥고 짜증나는 기분을 확 걷어낸다. 더위를 쫓는 여름 음식의 미덕이 오달지다.

점심 상차림은 소박하지만 더하고 뺄 것 없이 완벽하다. 잘 삭힌 김장 김치, 마른 멸치무침, 그리고 대밭에서 따온 죽순볶음에 된장물회다. 무른 듯 고실고실 지어낸 쌀밥에 동부콩 듬성듬성 때깔도 좋다.

"술 허시제?"

아재가 담갔다는 인삼주가 밥상 위에 부족한 감칠맛을 채워준다. 곽순심 아짐은 자꾸만 "뭐이 없다"며 아쉬워하고 "밥을 너무 급허니 지었다"며 스스로 성을 가신다.

아침부터 놀러온 이웃집 하화엽 할매, 행여 혼자라 귀찮다며 끼니를 거를까봐 불러온 동네 아짐까지. 금세 여럿이 둘러앉아 와글와글 동네잔치가 열렸다.

"많이 잡수씨요." "와따! 맛있네." "오메! 내가 덕분에 잘 묵소. 아재 오래오래 사씨요." "멋져부러 우리 아재. 늙지 말고 사씨요 잉?"

덕담이 쏟아지고 인사말이 끊이지 않는다. 생선도 김치도 오지게 많은 된장물회만큼 인정도 흐벅지다. "한나도 사 온 놈 없다"는 곽순심 아짐의 말처럼 생선을 빼곤 죄다 당신들의 몸공으로 일군 식재료로 빚은 음식들을 아낌없이 나누는 우리네 공동체의 정경이다.

소박하지만 더하고 뺄 것 없는 밥상. 잘 삭힌 김장김치, 멸치무침, 대밭에서 따온 죽순볶음에 된장물회다.

여러 개의 묵은 맛이
찬물에 풀리면서 내는 미각의 잔치

된장물회에 쌀밥을 말아 말끔하게 그릇을 비웠다. 오감이 탁 트이고 기운이 솟는다. 흔히 여름철 보양식으로 뜨거운 국물이 대세다. 하지만 머리로는 '이열치열'을 부르면서도 몸은 당장 시원한 찬 음식을 갈망하기 십상인데, 아재의 된장물회만큼 각별한 제철 요리는 어디에도 없을 성싶다.

"이것은 킨(키운) 괴기가 아니여. 자연산이제."

그렇다. 아재의 된장물회는 자연산과 숙성의 맛이다. 된장, 매실즙, 물김치에 생선까지 저마다의 시간표대로 숙성기간을 지나 한데 버무려졌다. 바다에서 건져올린 것, 육지에서 볼가진 것, 불과 며칠간의 발효부터 항아리에서 해를 넘기기까지…. 여러 개의 묵은 맛들이 찬물에 풀리면서 내는 오묘한 미각의 잔치였다.

"그나저나 나 오늘 설 쇘소." "나는 생일상 받았그마." "아니 내가 잘 묵었그마. 아픈 디도 날아가부렀네. 좋그마."

수저를 놓은 지는 한참이 지났지만 어르신들의 행복한 '뒷담화'는 그치지 않는다. 회진 앞바다를 둔전거리던 무더위가 저만치 뒷걸음질을 친다.

하염없이 우러나는 초록빛 강물의 맛

임실 김용숙 아짐

다슬기 국, 탕, 회

• • 추적추적 비 내리는 일요일 아침, 임실 덕치면 진뫼마을에 닿았다. 섬진강은 거침없이 찰찰 흐르는데, 낯익은 풍경이 왠지 스산하다.

찬찬히 들여다보니 큰물이 할퀴고 간 생채기로 사방이 쓰리다. 마을회관 앞 길가는 숫제 폐허다. 콩밭도 깨밭도 자갈과 모래로 뒤덮였고, 잦은 비에 이삭을 팰까 싶던 벼들은 죄다 드러누웠다. 뿌리째 벌렁 나자빠진 대추나무 가지에는 덜 여문 열매들이 철부지들마냥 주렁주렁 보채고 있다. 얼마나 거센 물길이었으면 하얀 물보라를 일으키던 마을의 명물, 징검다리조차 모양을 잃고 이리저리 흩어졌다. 섬진강댐이 수문을 열면서 마을은 물바다가 되고, 사람들은 동네 끝집에 모여 뜬눈으로 밤을 지새웠단다.

세상에! 이런 판국에 다슬기 요리를 채근했다니…. 얼굴이 화끈거려 숨고 싶은데 김용숙 아짐이 도착했다. 이 마을 명예이장인 동생 도수 씨처럼 휴일마다 고향을 찾아오다가 아예 친정집 옆에 기와집 한 채를 장만했다. 그리고 "다슬기라면 우리 누나"라며 동생이 한사코 보채는 통에 손님치레를 작정하고 온 게다.

'팔대수리'에서
곱게 우러나던 깊고 푸른 때깔

"물이 조께 빠지문 있는디 물이 불어서 못 잡아. 요건 얼롸논(얼려둔) 거제."

아짐은 부엌에 들자마자 비닐봉지 두 개를 꺼낸다. 강물에 드는 건 턱도 없는 일이고 도수 씨가 진즉 잡아서 냉동실에 얼려둔 다슬기다. 씨알이 좀 굵은 건 지짐(탕)을 하고, 자잘한 건 국물을 우려낸 뒤 건져다가 회무침을 할 참이다. 차르륵 차르륵, 싸드락 싸드락…. 다슬기를 빡빡 문질러 씻는 소리가 여러 갈래를 치며 경쾌하게 흩어진다. 그 틈에 미안함을 슬며시 내려놓는다. 냄비 두 개에 찬물을 부은 뒤 제각각 다슬기를 넣고 불을 지핀다.

"야는 확독에 갈아야제. 국물은 따로 묵고 알맹이는 회로 묵고. 손이 많이 가제."

'어느 세월에 그걸 다 하나' 할 즈음이다. 한쪽 냄비 안이 포르스름해지더니 그 작은 다슬기가 무장 새파란 물감을 뿜어낸다. 알갱이들은 뽀골뽀골 끓으며 쿨럭쿨럭 솟구치기도 하고, 서로 부딪혀 따륵따륵 소리를 낸다. 알이 굵은 지짐용은 뚜룩뚜룩 제법 크게 바닥을 울리며 구른다.

"막 잡은 놈은 거품이 없는디…. 제일 알이 굵은 때는 가을 찬바람 날 때제. 겨울에는 못 잡은께 가을에 사놓고. 야들은 밤에 주로 나와. 거멓게 바위 위로 올라오제."

냄비 두 개의 색깔이 엇비슷해지면서 특유의 냄새가 풍긴다. 도수 씨는 돌담 위에서 어린 호박 하나를 따 오더니, 금세 장독대에서 거무튀튀하게 짓

무른 된장을 퍼다 준다.

"작년에 여그서 담아놓은 것인디, 냄새 안 나게 헐라고 넣제. 야하고 된장하고는 어울려요. 울 엄마가 헌 대로 그대로 헌디, 우리 동승(동생)댁은 알려줘도 잘 못해."

된장을 체로 걸러 국물에 푸는데 왈칵 어머니 생각도 나고 옛 추억도 떠오르나 보다.

"울 엄마는 반찬 없으문 언능 강에 나가서 대수리 주워다 해줘. 살아있는 놈은 넣자마자 새~파래요. 옛날에, 그 팥대수리만 있으문 색깔이 이렇게 안 나."

아짐은 국물 색이 못내 마음에 걸린다. 물살이 세고 깨끗한 곳에 사는 '팥대수리'에서 곱게 우러나던 깊고 푸른 때깔이 아쉽다. 몸통에 주름이 패인 '몰대수리'는 웅덩이에서 많이 나는데 국물 색이 그만 못하단다. 팥처럼 매끈하고 동그마니해서 이름이 붙은 다슬기는 세찬 여울물에서 사는지라 길이가 뭉툭하고 반질반질한 '구슬알 다슬기' '염주알 다슬기'다. 대신 '몰대수리'는 고여 있는 물에서 쭉쭉 몸피를 늘인 '긴다슬기'다.

도수 씨는 금세 강에 나갔다가 다슬기 한 움큼을 잡아다 탕 냄비 안에 넣는다. 아짐은 회무침할 다슬기를 체로 거르고 남은 국물은 불 위에 올려둔 채 우물가로 나와 확독을 씻는다. "어허 독을 배래나부렀네. 냇가에 가서 한나 주워와야 흘랑갑마."

절구를 씻다 말고 부리나케 잰걸음으로 고샅을 나서더니 절구질할 돌멩이(독)를 주워 온다.

절구질 준비를 끝내고 다시 부엌이다. 국물이 자작자작 바특해진 탕 냄

국물을 우려낸 자잘한 다슬기들을 건져서 확독에 넣고 간다.(맨 위 왼쪽) 통째로 갈아서 체에 밭친 다슬기.(맨 위 오른쪽) 추려낸 다슬기 알맹이. 회무침의 재료다.(가운데 왼쪽) 다슬기 껍데기가 찌꺼기로 남았다.(가운데 오른쪽) 작은 돌멩이를 기어오르는 섬진강 다슬기.(아래 왼쪽) 살아 있는 다슬기를 끓는 물에 살짝 데쳐 냉동보관했다.(아래 오른쪽)

비에는 맑은 물을 적당하게 보탠다. 따글따글 달궈진 씨알 굵은 다슬기들이 이내 수그러든다. 자잘한 다슬기 건져낸 냄비엔 호박을 나박나박 썰어 뚬벙 집어넣는다. 새카만 조선간장을 쪼록쪼록 부어 적당히 간을 맞춘다. 다슬기 국은 끓이기만 하면 될 듯하고, 국물보다는 건더기가 많은 탕에는 쫑쫑 썬 풋고추와 다진 양념, 고추장을 넣는다.

"주댕이가 나올 때
살째기 들어서 끓는 물에 팍"

"매운 거 괜찬흐요? 야는 꼭 꼬치를 넣어야 맛있드라고…."

꼬불꼬불 몸을 뒤튼 꼴이 무척 사나워 보이는 고추를 두고 '손님' 의향을 묻기도 했다. 다시 우물가로 나온 아짐이 확독에 다슬기를 붓고 갈기 시작한다. 딱딱한 껍데기들이 터지고 으깨지면서 빠싹빠싹 쓰륵쓰륵 싹싹 요란하다.

아주 능숙하게 힘껏 돌멩이를 휘젓는 모양이 한두 번 해본 솜씨가 아니다. 저러다 알맹이까지 문지를까 싶어 조마조마한데 신기하게도 연초록 다슬기 속살은 그대로다. '역시 부드러움이 오래 살아남는다니까.' 확독을 가는 몸짓에서 씩씩한 생동감이 전해진다. 다슬기가 바스라지면서 비릿한 냄새가 진동한다. 코를 확 찔러대는 진한 냄새가 식욕을 돋우고 저절로 입맛이 다셔진다.

"똥색이제 이것이. 대수리 똥색. 이 국물도 위장병에 좋대요. 약이라서

어머니의 손맛 그대로 다슬기 회무침을 만드는 김용숙 아짐.

비싸대야."

확독 안은 껍데기 알맹이 뒤섞여 진한 고동색으로 질컥거린다. 물을 살짝살짝 끼얹어가며 남은 껍데기를 뭉개고 나면, 알맹이만 추려내야 한다. 체를 이용해 알맹이만 조리로 쌀을 일듯 골라낸다. 속살만 쏘옥 남게 되는 과정이 신통방통하다.

"옛날에 이런 걸 어뜨케 알았나 몰라 이~."

'에이! 그 고생 끝에 고작 두어 주먹이라니….' 적이 실망하는 기색을 들켰을까. 아짐은 "이게 많은 거예요. 인자 이걸 이렇게 하문 혓바닥이 붙어 나와요" 하며 손놀림을 멈추지 않는다. 아짐이 다슬기 알맹이를 싹싹 문질러대다가 손바닥을 뒤집는다. 갓난아이 새끼손톱만 한 다슬기 뚜껑이 점점이 붙어 있다. 그걸 물에 씻어낸 뒤 다시 비비고 문지르는 반복이다.

"설렁설렁만 해도 하나도 없이 다 나온디. 잘못 삶았는갑서. 주댕이가 나올 때 살째기 들어서 끓는 물에 팍 집어넣어야 흔디. 그래갖고 보관을 해야제."

성가시기가 이만저만이 아니다. "이상흐네. 인제까지 해 묵어봐도 첨이네. 저것이 있으문 꺼끄롸서 못 묵은디. 이거시 관건인디." 뚜껑 때문에 역정이 나는 모양이다.

"긍게 나는 생전 주댕이 나온년에 삶으니까 괜찮은디 고 타이밍을 못 맞추드랑께." 지켜보던 도수 씨가 아내 타박을 하고, 아짐은 "인자 고만해야제. 으짤 수가 없제" 하며 소쿠리를 들고 일어선다.

다슬기에는 부추가 궁합이다. 찬 성질의 다슬기와 뜨거운 성질의 부추를 우리 조상들은 예부터 잘 맞춰 먹었다. 그새 졸아든 탕에 또 물을 슬쩍 끼얹고 회무침을 만든다. 도수 씨가 텃밭의 부추도 잘라 오고 양파도 후딱 뽑아다 준다.

"다슬기 국에는 울 엄마가 마늘 넣지 마라드라고. 희한해. 맛을 버리나봐. 근데 지짐(탕)에는 넣드라고. 회에도 넣고. 긍게 고치가리 들어가는 데는 마늘을 넣드라고."

그리운 어머니의 손맛을 흉내 내며 점점 닮아가는 중이다. 유리그릇에 식재료를 차례로 넣으니 빨강 초록 흰색의 조화가 싱그럽다. 다슬기, 양파,

탕 속에서 건져낸 다슬기를 이쑤시개로 일일이 까 먹는다. 감질나는 그 손짓을 멈출 수가 없다.(위)　데치고 끓이고 갈고 추리고 버무리고…. 무수한 손놀림과 공들임 끝에 때깔부터 먹음직스런 다슬기 회무침이 나온다.(가운데)　다슬기 회무침은 비빔밥으로 먹어도 일품이다.(아래)

부추, 다진 마늘, 고추장, 다진 양념을 조물조물 버무리다 "요거시 키포인트 여~" 하며 매실액을 따르륵 따르고 또 비빈다.

"울 엄마가 인정이 많아갖고 빨빨거리고 다녔어. 새끼들 먹일라고. 이걸 울 엄마가 젤로 많이 해줬어. 넘들은 그냥 까묵고 버려부러. 원래 큰 놈은 일일이 까서 흔디. 자잘해도 버리기 아까운게 확독에 갈아서 흐제. 친구들도 옛날 우리 집에 와서 묵었던 맛을 잊덜 못흐드라고. 우리는 요것이 맛있어서 시방도 해묵제만 귀찮아서도 안 해 묵등마."

회무침은 진뫼의 고급 요리요 최고의 손님 대접

돈으로는 배불리 먹일 수 없었던 어머니였다. 그러나 당신의 수고로 어린 새끼들의 허기를 채울 수 있는 일이라면 뭐든 마다하지 않았으니, 남들은 버리는 자잘한 다슬기까지 삶고 갈고 추려내어 맛난 음식으로 만들어낸 것이다. 가난이 빚어낸 눈물겨운 사랑의 먹을거리는 자식들에게 영원히 지울 수 없는 애틋한 추억을 부르는 고향의 특미가 되었다.

마침내 기다리던 밥상이 차려졌다. 다슬기 지짐(탕)과 국, 그리고 수천 번 손길이 닿은 회무침이 주인공이다. 섬진강 물속을 뽈뽈 기던 다슬기들이 상에 오르기까지, 그 무수한 손놀림과 지극정성이 뇌리를 스쳐간다.

국물을 쭈욱 들이켜니 쌉싸래한 맛이 목줄을 타고 몸속으로 부드럽게 들어간다. 깊고 푸른 강물이 구불구불 휘휘 내 안으로 흘러드는 것처럼 감동

초록이 아낌없이 우러난 다슬기 국물

적이다.

제 몸 안의 초록을 끝도 없이 우려낸 국물이다. 닳고 해질 때까지 비우고 또 비워 새끼들을 키워내는 어머니의 시린 가슴이 어쩌면 이런 색, 이런 맛, 이런 향으로 우러나리라. 호박 동동 뜨는 국물에 흰밥을 말아 거뜬하게 한 그릇을 비웠다. 몸과 맘이 뿌듯해진다.

회무침은 과연 '진뫼의 고급 요리요 최고의 손님 대접'이라 할 만했다. 공력도 공력이거니와 감질나게 잘깃거리는 작은 알갱이들이 생생한 부추, 양파와 섞여 여러 맛을 선사했다. 밥을 비벼서 몇 숟가락을 떠넣으니 매콤하게 시작되어 고소하고 달큼하게 이끌리는 맛의 향연이다. 얼큰한 탕국물을 홀짝이듯 곁들이는 비빔밥도 금세 바닥을 보이고 만다.

섬진강이 선물한 밥상.

마무리는 탕국에서 건더기를 건져내 까 먹는 일이다. 저마다 이쑤시개를 치켜들고 다슬기를 까 먹는데 도수 씨는 후욱 후욱 맨입으로 빨아서 쏙쏙 속살을 빼먹는다. 진뫼에서 적어도 10년은 살아야 도전해볼 수 있는 진기라는데 시늉도 어렵다.

처음엔 '저 작은 살점을 탐해 좀스러운 수고를 하랴' 싶지만 이내 그 어양스런 손짓에서 헤어날 수 없는 게 다슬기 까 먹기다. 회무침의 다슬기가 작지만 오도독 씹히는 맛이라면, 미끈하게 빠져나오는 탕 속의 다슬기 알갱이는 간간한 장맛과 매콤한 양념기가 오롯이 배어난다.

"진뫼 사람들은 다슬기 국물이문 환장을 해부러. 사 묵어 봐도 요 맛은 안 나등마. 울 엄마는 장사를 못해. 비유(비위)가 없어. 근디 언젠가 숭년에는 다슬기 팔러 갔다등마. 세상에 청운까지 10키로가 넘은디 차비 애낄라고 걸어서…."

남매의 기억은 어머니에게로 모아지고, 촉촉한 추억만큼 빈 껍데기 수북해진다. 마당가엔 누구의 손톱도 물들이지 못한 채 봉숭아 꽃잎이 눈물처럼 뚝뚝 떨어진다. 다시 못 올 여름이 그렇게 흘러간다.

비린내는 감쪽같이 사라진 고소한 맛

무주 뒷섬마을
박옥례 아짐
어죽

• • 두 개의 다리를 건너 강물과 엇갈리듯 산길을 따라든다. 금강 상류의 맑은 물줄기를 허리띠마냥 휘감은 무주읍 내도리 뒷섬마을에 닿는다. 사방에서 짙은 초록이 압도하듯 앵겨든다. 마을은 이미 녹음에 푸욱 안겨 움쭉할 수도 없다.

"아이! 지금 되게 바쁘거든요. 복숭아랑 솎아야 되고…. 어죽 그거 못 흔디. 아침에 우리 아저씨한테만 머시라 했어요."

박옥례 아짐은 고개를 잘래잘래 흔들었지만 모질게 내칠 기색은 아니다. 마당에서 그물을 손질하고 있던 임종암 아재가 빙그레 웃는다. "어죽을 끓여 달라"는 부탁을 냉정하게 뿌리치지 못해 기어이 불청객을 집으로 불렀다는 지청구를 자초하신 게다. 용담댐의 방류로 강물이 불어 며칠째 고기잡이를 하지 못했던 아재는 모처럼 그물을 쳤단다.

"이게 빠가사리예요. 이건 왕눈이, 눈알이 커서. 이건 피리. 거의 똑같이 생겼어요. 이건 추사, 이건 뿌구리, 이거는 꺽지기, 이거는 모래마주, 이거는 뜸마주."

갈대와 노끈으로 아가리를 줄줄이 꿴 고기들을 무주장에서 팔고 있는 아짐의 모습.
2006년 여름, 〈전라도닷컴〉의 연재 기사 '오일장 속으로' 무주장 편에 실렸다.

아짐이 대야에 담긴 민물고기를 이리저리 뒤척이면서 이름을 가르쳐준다. 빠가사리(자개미)와 모래마주(모래무지), 피리 말고는 생소하다.

"고기 잡아서 팔고, 일부러 골고루 냉겨 놨어요."

아재는 지난밤 8시에 조각배를 타고 강에 나가 그물을 치고, 새벽 2시쯤 거둬 왔다. 그리고 전깃불 아래서 일일이 고기를 털어냈고, 아짐은 갈대와 노끈으로 아가리를 줄줄이 꿴 고기들을 1일, 6일에 서는 오일장인 무주장에서 팔고 오신 게다. 이렇게 아재는 고기를 잡고 아짐은 내다 판 세월이 30여 년이다.

아재는 고기 잡고
아짐은 장에 내다 판 세월이 30여 년

아짐이 고기 손질을 한다. 왼손으로 한 마리씩 뒤집어 잡고 오른손 검지로 배를 꾹 찌른 뒤 부레와 창자를 훑어낸다. 비린내가 '후욱' 코를 찌른다. 대야 가득 솔찬히 우북하던 고기들이 잰 손놀림으로 순식간에 홀쭉해진다.

"열여덟에 시집왔어요. 빨리 온 거죠. 옛날도 아닌데. 그런께 딱 40년 되었네요. 시집온 지가. 고기 잡아서 팔기만 했지 식당은 안 했어요. 농사짓고 고기 잡고…. 근데 용담댐이 막아진 뒤로 고기가 없어졌어요. 방류를 하면 수위가 높아지니까 못 잡아요."

여수가 고향인 아짐은 무주에서 어죽을 처음 알았지만 아직도 입에 대지 않는다. 어죽 끓이는 법도 누구에게서 배운 기억이 없다. 어느 때부턴가

자연스레 손에 익었을 뿐이다.

"고기 잡으니까, 그냥 했지요. 저는 못 먹어 이걸…. 그래도 팔 땐 맛있다고 해서 팔아. 하하. 식구들 먹고, 친척들 오고 그러문 끓여주지요. 이게 귀찮아요 일도 많고…."

하긴 강변에 솥을 내걸고 민물고기 매운탕을 끓여 먹던 천렵은 이제 돌이킬 수 없는 추억이다.

온갖 생선이 푸진 세상에 비린내 역하고 씨알도 자잘한 민물고기를 뉘라서 선뜻 매만지겠는가. 손질도 조리법도 까탈스러운 어죽은 이제 전문식당에서나 맛볼 수 있고 그나마도 몇 집 남지 않았다.

"이게 피리하고 왕눈이, 이게 들어가야 돼요. 원래는 빠가가 제일 맛있는데 잡고기도 조금 들어가야 맛있어."

'일부러, 골고루' 남겨둔 이유를 비로소 알게 된다. 평소엔 죄다 팔았을 고기를 남겨두되 '맛내기'까지 염두에 둔 게다. 기왕에 낼 음식이면 정성을 다하려는 고운 마음이 오롯이 전해진다.

"피리하고 왕눈이, 잡고기도
조금 들어가야 맛있어"

"밤엔 잠을 못 자 낮에 자야지. 요것도 한 자리다가 (그물) 노문 안 걸려요. 한 오일씩 띄었다 해야제. 오늘 노코 내일 노문 안 걸려."

임종암 아재는 길게 걸어둔 그물을 쭉쭉 펴서 이끼를 털어내고 끊어진

"고기 잡으니까, 그냥 했지요. 저는 못 먹어 이걸…. 식구들 먹고, 친척들 오고 그러문 끓여주지요." 박옥례 아짐.

실을 손으로 훌쳐 그물코를 이어 붙인다. 그물에서 먼지가 폭폭 인다.

"용담댐이 20년 가까이 되어가나? 정확하니 알 수가 없네. 댐 생기문 어디든 다 버려요. 물 자체도 자연으로 흘러야 고기도 나지. 4대강 사업도, 그거이 오히려 강 버릴 거야."

느리고 순한데 오르락내리락 억양이 영락없는 충청도 말투다.

"어떤 사람들은 강원도 말투하고 비슷하다고 해. 여기서 쪼금 가면 충남, 충북, 경남, 경북이여. 무주는 전북까지 다섯 개 도 경계지. 요 밑에 쫌 내려가면 충남 금산. 욜로 가면 충북 영동이고, 글고 경남 거창, 경북 금릉, 금릉군이 경산시로 편입됐고."

무주 사람들은 인접한 타 지역과 말투가 섞여 각양각색이다.

경상도와 가까운 무풍면은 경상도 말에 가깝고 부남면 사람들은 충남 금산 말을, 아재처럼 내도리 사람들은 충북 영동 말을 닮았단다.

"이걸 삶아서 뼈를 추려야 돼. 뼈 추려가지고 또 된장 좀 넣고 고치장 넣고 끓이제. 밀가루 수제비도 넣고 쌀도 넣고 뭐 라면 넣는 사람도 있고." 아짐이 냄비에 고기를 넣고 잠기도록 물을 부은 뒤 끓인다. 대파, 정구지(부추), 깻잎, 그리고 팽이버섯을 씻어 놓고 장독대에서 막된장과 고추장도 떠온다. 밀가루 한 컵 정도, 쌀은 세 사람 먹을 양을 준비한다. 센 불인지라 금세 냄비가 넘치도록 한소끔 팔팔 끓는다.

"여기는 물살이 세니까 고기가 더 힘이 세고 야결어요."

살이 야무지고 땡땡하다는 말이다. 맑은 물이 협곡 사이를 빠르게 흐르는 상류에서 잡은 고기인지라 맛 좋다는 소문이 자자하다. 그래서 아짐은 경북 성주와 충남 공주의 단골 식당까지 배달을 다니곤 한다.

아짐이 국물을 큼지막한 냄비에 따라낸 뒤 고기 살점을 발라낸다. 대가리를 들어 올려 살점을 뚝뚝 훑어내는데 보기만 해도 후끈후끈 뜨겁고 여간 번거로운 일이 아니다. 게다가 뼈가 세고 지느러미까지 날카로워 자칫하면 손을 베고 찔릴 것 같다. 세 아들 중 둘의 며느리를 봤지만 어죽일랑 아예 가르칠 생각이 없다.

빠가사리, 왕눈이, 피리, 추사, 뿌구리, 꺽지기, 모래마주, 뜸마주 등이 가득 찬 대야.(맨 위 왼쪽) 고기 살점 발라내기. 대가리를 들어 올려 살점을 뚝뚝 훑어내는데 보기만 해도 후끈후끈 뜨겁고 여간 번거로운 일이 아니다.(맨 위 오른쪽) 발라낸 살점들은 따로 그릇에 담아둔다.(가운데 왼쪽) 조리질을 하듯 냄비를 살살 흔들면서 살점과 국물을 추려낸다.(가운데 오른쪽) 국물이 빠글빠글 거품이 일며 끓자 아짐이 쌀을 넣는다.(아래 왼쪽) 수제비까지 들어간 어죽 한 숟가락.(아래 오른쪽)

그 깊은 속정에 고개를 끄덕이면서도 한편으론 못내 아쉽다.

“옛날엔 먹을 거 없어서 했지만 지금은 맛으로 먹어요.”

발라낸 살점을 따로 그릇에 담아두고 냄비에 고추장을 넣은 뒤 국자로 꾹꾹 눌러 짓이긴다. 조리질을 하듯 냄비를 살살 흔들면서 살점과 국물을 추려낸다. 간혹 뼈에 엉긴 살점을 손으로 풀어헤친다. 국자로 누르고 국물과 함께 속살만 걸러내기를 몇 차례 하는 동안 아주 자잘한 살점까지 말끔하게 빠져나오고 흰 뼈와 가시만 남는다.

“이걸 믹서로 가는 사람도 있어요. 근데 맛이 없어. 이렇게 해야(국자로 짓이겨야) 간이 배어요.”

이제 어죽 끓일 큰 냄비에 살점과 국물을 모두 부은 뒤 센 불에 올려놓는다. “우리 아들들은 자주 와요. 일해 줄라고. 포도랑 복숭아 농사짓는데 우리 며느리가 인터넷 해가지고 팔아줘요.”

자근자근 부서지는 민물고기 속살은 담백하고

바깥의 가스불에 어죽 냄비를 올려놓고 부엌으로 들어온 아짐은 쇠비름을 끓는 물에 데치면서 자식 자랑을 하신다. 쇠비름을 데쳐서 꾹 짜서 칼질을 몇 번 낼 때까지 자식과 손주 얘기를 한다. 역시나 얼굴이 환해진다.

참기름과 깨소금, 다진 마늘과 소금을 넣고 골고루 매매 주무른다. 또 손으로 탈탈 털었다가 다시 뭉쳐 주무른다. 꼬순 냄새와 함께 쇠비름나물이

어죽과 묵은 김치, 고추장아찌, 마늘쫑장아찌, 쇠비름나물 등으로 차려낸 밥상.

뚝딱이다.

"어죽이라면 다 좋아해."

바다는 멀고 생선은 귀했다. 돈이 없어서도 사 먹을 수 없었으니 강에 나와 민물고기를 잡아 끓여 먹었던 게다.

"된장 고추장 넣고, 고춧가루 넣고, 청양고추도 쪼금 너야 해."

국물이 빠글빠글 거품이 일며 끓자 아짐이 쌀을 넣는다. 쌀이 익어서 퍼질 쯤에 밀가루 수제비를 뚝뚝 떼어 넣을 참이다. 어죽 색깔이 점점 누르스름해진다.

"맛은 있는데 기피스러. 손이 많이 간께."

밀가루 반죽이 말랑말랑 애기 주먹만 하다. 그것을 펴서 쭉쭉 찢어내듯 떼어서 팔팔 끓는 냄비 안에 넣는다. 금세 익은 수제비 덩어리가 둥 떴다가 가라앉는다. 국물이 점점 졸아들면서 따끌따끌 뽀글뽀글 거품이 뜨겁게 터진다.

"살점 큰 건 너무 익히면 풀어져버리니까. 맨 나중에 넣어요. 고기 씹히는 맛이 있어야 헌께."

아짐은 간을 소금으로 맞춘 뒤 대파를 손으로 분질러 넣고 휘휘 국자로 젓는다. 깻잎과 팽이버섯도 넣고… 그리곤 살점을 쓸어 넣고 또 젓는다. "어떤 사람들은 양파를 넣더라고요. 근데 양파는 달큼해가지고 나는 안 너요."

이제 비린내는 감쪽같이 사라지고 고소한 어죽 냄새가 식욕을 돋운다. 얼추 한 시간이 넘도록 애를 쓰니 그제야 어죽이 완성이다. 묵은김치, 고추장아찌, 마늘쫑장아찌, 쇠비름나물, 그리고 양파와 오이를 썰어내고 된장을 올리니 점심상이 차려진다.

어죽 맛이 기막히다. 자근자근 부서지는 민물고기 속살은 담백하고 고소한데 국물은 얼큰하다. 강변에서 천렵할 때처럼 거칠게 손으로 끊어 넣은 푸성귀가 잇새에서 질깃질깃 오래 씹힌다. 아재가 권하는 공주 밤막걸리를 반주로 어죽 두 그릇을 바닥까지 딱딱 긁어서 비웠다.

어죽에 손도 대지 않는 아짐은 식은 밥 한 덩어리를 물에 말아 눈 깜짝할 사이에 드셨다. 반찬이라곤 고추장아찌 두 개가 전부다. 새벽부터 몸을 노대고 오일장을 다녀오고 난데없는 손님치레까지, 그 많은 일을 해낸 이의 한 끼가 저렇듯 단순하고 검박하다니. 별 공들임 없이 거하게 차려 먹는 무수한 끼니들이 새삼 민망하고 염치없다.

"그때도 전라도 무슨 잡지라 했는데…. 장에서 봤는데 사진도 찍고…." 아짐은 몇 차례 어디선가 당신을 만난 적 없느냐며 고개를 갸웃거렸다. 그러고 보니 생전 첨 만난 아짐인데도 왠지 이무로운 구석이 있어 이상하다 싶었는데…. 광주로 돌아와 잡지를 뒤져보니 2006년 여름, 김창헌 기자가 오일장 취재를 하며 만났던 '그분'이었다. 갈대로 줄줄이 꿰어놓은 '뜸마주'를 들어 올리며 "무주는 물이 좋은께 (물고기) 때깔이 다 고와라. 금강 상류니께. 깨끗허고 연하고 맛있고" 하던 사진 속 얼굴은 팽팽하고 곱기만 한데, 세월의 흔적이 야속하기만 하다.

풍년식탁 22

새콤하고 보드랍게 난질난질 씹히는 진미

진도 맹골군도 아짐들

미 역 회 무 침

• • 맹골도의 식탐기행은 우물가에서 비롯되었다. 아주 우연하게 느닷없이…. 진도 미역의 첫물 맛을 만끽하자며 먼 뱃길을 달려온 걸 생각하면 싱거운 시작이었다.

이제 막 민박집에 짐을 풀고 나와 마을 한복판 우물가에서 어르신 한 분과 인사말을 나누던 차였다. 처벅처벅 물기 묻은 발자국 소리 점점 커지더니 웬 사내가 불쑥 얼굴을 내민다. 한 손엔 미역 한 다발을 치켜들고 다른 손엔 작은 그릇 떠받치고 다짜고짜 조도의 '가새미역' 자랑이 늘어지는데, 맞장구를 치고 추임새도 넣어야 예의가 아니겠는가.

"아따! 그거 데쳐서 초장 찍어 묵으문 좋컸네요."

"아, 그라문 갑시다, 우리 집으로. 따라오씨요."

때깔 좋은 미역에게 던지는 찬사였을 뿐, 염치없이 맛을 보자고 건넨 말은 아니었는데…. 윤칠성 씨는 두말도 귀찮다는 듯 성큼성큼 고샅을 앞서 간다. 섬 사내들이란 저렇듯 불뚝하고 화끈한 걸까. 갑작스런 횡재다. 방금 바다 밖으로 나왔다는 미역 가닥에서 반짝반짝 암갈색 윤기가 사방으로 튕겨 나온다.

흐린 날씨라지만 확 터진 너른 하늘을 가리기엔 모자라는 구름이다. 간혹 따가운 햇살이 흐릿한 구름 사이를 비집고 내리꽂힌다. 온몸이 후텁지근하고 바닷바람에 절어 눅눅하다. 다행히 섬 전체를 감싸며 울리는 청량한 파도 소리가 한여름의 불쾌감을 씻어준다. 쉴 새 없이 울리는 파도 소리는 섬이라는 삶의 무대에 깔린 바탕음인가 보다. 이러구러 섬마을의 여름 정취를 탐색하며 두리번거리다 보니 어느새 마을의 맨 끝집이다.

"어이, 이것 좀 언능 데치고 삶아주소."

칠성 씨가 수돗가에 가져온 것들을 부려놓고 텃밭에서 머위를 따던 아내 정호순 씨를 부른다. '데칠 것은 미역이 분명한데, 삶을 것은 뉘신고' 했더니 얼마 전 신안 만재도에서 텔레비전 프로그램 〈1박 2일〉을 타면서 유명해진 거북손과 배말이다. 거북손은 기암괴석을 확 줄여놓은 앙증맞은 모형 같기도 하고, 작고 망측한 손가락 다섯 개를 딱 붙여놓은 것처럼 괴상하기도 하다. 거북을 딱 마주친 토끼 심정이 이러했으리. 요상하기는 배말도 마찬가지다. 엄지손톱만 한 삼각 고깔을 뒤집어 쓴 고둥이라고 할까. 아무튼 딱딱

거북을 딱 마주친 토끼 심정이 이러했으리. 기암괴석을 확 줄여놓은 앙증맞은 모형 같기도 하고, 손가락 다섯 개를 딱 붙여놓은 것처럼 괴상하기도 한 거북손.(왼쪽) 엄지 손톱만 한 삼각 고깔을 뒤집어 쓴 듯한 배말.(오른쪽)

한 껍데기에 포옥 싸인 거북손은 생사를 모르겠는데, 몸뚱이를 꼼지락꼼지락 뒤채는 배말은 오묘한 생명력이 여실하다.

"아직 우리 동네는 미역을 안 비었구마요. 요것은 개인적으로 요 앞 죽도에 배 타고 가서 후배들한테 쪼까 얻어 왔고라. 디쳐가꼬 해 묵을라고."

칠성 씨는 '미역철'을 맞아 이틀에 한 번(짝수 날) 뜨는 연락선을 타고 고향집에 들어왔다. 한 달쯤 머물면서 미역일도 하고 낚시도 즐기다 갈 요량이다. 아홉 남매 중 여섯째인 그가 집에 먼저 들어와 알려주는 물때와 조황 소식에 따라 객지에 사는 형제들이 맹골도를 들락날락한단다.

대숲이 촘촘히 둘러친 산허리께에 옴팡하게 들어앉은 집에서는 팔순 노모가 뭍으로 나간 자식들을 기다리며 혼자 산다.

"어머니 계신께 오제, 수지가 안 맞어요. 겨울에 또 와서 개를 닦아야제…. 수입보다는 어머니 계시니까. 그라고 뭐랄까 자기의 태어난 태가 묻혔다고나 할까…."

칠성 씨가 말대접을 하는 사이 호순 씨는 부엌을 부지런히 들락거린다.

거북손과 배말 몇 개를 맹물에 담가 올린 냄비가 금세 팔팔 끓더니 이내 부글부글 하얀 거품을 일으키고 뚜껑이 저절로 열린다. 뜨거운 물이 줄줄 흘러나오고 김이 퍼지면서 어패류 특유의 갯내음이 풍긴다.

칠성 씨는 "소주 없냐"며 두리번거리는데, 호순 씨는 데친 미역을 양푼에 담아 한걸음에 수돗가에 앉는다. 찬물을 부어가며 빡빡 문질러 미역을 칼칼하게 씻는다. 맑고 고운 녹색이 자꾸 도드라져 살아나면서 식감을 돋운다. 머릿속에서 빨간 초장이 저절로 연상되고 어느새 입 안 가득 침이 괸다.

해는 서쪽으로 기우뚱 떨어지고 뱃속은 꿀꺽한 여름날 늦은 오후.

미역 한 다발을 치켜든 윤칠성 씨와 주전자를 이고 오던 김경례 아짐을 맹골도 우물가에서 만났다.

'진도'하고도 '조도'하고도 '맹골도'라는 외딴 섬에서 생면부지 섬사람에게 이끌려 번개 치듯 뚝딱 차려낸 주안상을 받게 될 줄이야. 데친 미역, 삶은 거북손과 배말, 초장과 소주 큰 놈 하나가 상에 올랐다.

"가새미역을 골라 왔어요. 귀 없는 거, 귀 짤라분 거만 얻어 온 거요. 한번 드셔보쇼."

일부러 상품가치가 떨어지는 미역만을 골라 얻어 왔다지만, 보기에도 야들야들 부드럽다. 줄기 한쪽을 끊어 입 안에 넣고 우물거리자 삼삼한 간기가 감돈다. 과연 청정바다의 파도가 길러낸 진도 돌미역 초각답게 비릿함이 전혀 없다.

"소주 한잔 협시다. 그라고 미역은 손으로 묵어야 돼요. 손으로 낙지 감듯이 야무지게 감아갖고라….”

칠성 씨의 시범을 따라서 미역 가닥을 돌돌 손가락으로 감아서 초장을 푹 찍어 입에 넣는다.

첫물 해초의 신선한 향이 새콤하고 달큼한 초고추장과 섞이면서 감칠맛을 낸다. 줄기는 오독오독, 잎사귀는 잘깃잘깃 씹히는 감도의 차이가 확연히 다르다.

“여기다 오이 좀 넣고, 물 넣고, 시원흐니 채국 흐문 좋지라. 양파, 매운 고치 썰어 넣고라. 진짜 맛나요.”

호랭이보다 더 무섭다는 여름 손님이 예고도 없이 들이닥친 탓에 얼굴이 살짝 구겨졌던 호순 씨였다. 하지만 육지 식객의 먹는 품이 흡족했는지 미역냉채 만드는 이야기를 들려주며 마음을 풀어놓는다. 때마침 다디단 바닷바람이 섬집을 훑고 지나간다.

“아, 그라고 이것은 열만 가하문 속에서 자연 간이 되아요. 거북손이라고도, 보철(보찰)이라고도 허고. 요 따개 보고는 배말이라고 허고….”

몇 개 안 되던 배말은 금세 사라지고 없다. 대신 칠성 씨는 거북손 까먹는 법을 가르쳐준다. 한쪽 껍질을 손가락으로 살짝 벗긴 뒤 젓가락을 거꾸로 돌려 손잡이 쪽을 찔러 넣어 젖히면 살점이 똑 떨어져 나온다.

미역을 안주 삼아 우적우적 씹으며 연신 술잔을 비워낸다. 거북손을 까서 초장을 찍어 먹는데 새끼손가락 끝에 달린 손톱만 한 하얀 속살점이 이 사이에 끼일 듯 순간 ‘쫄깃’하다 사라진다. 그래도 온갖 생명이 살아 있는 갯바위를 둘러친 섬마을에서나 맛볼 수 있는 별미가 틀림없다. 다소 번거롭고 귀찮은 손놀림일망정 멈출 수가 없다.

"미역은 손으로 묶어야 돼요. 손으로 낙지 감듯이 야무지게 감아갖고라."

"그건 너마했소. 나는 팔지도 않지만… 낚시해갖고 고기 팔문 나쁜 놈이요. 어부문 할 수 없제만 어찌게 자기가 낚은 고기를 판다요. 기냥 갖고 가서 묵어라 해야제."

술자리 길어지고 서로 이무로워지면서 칠성 씨 목소리도 올라간다. 돔 한 마리에 기백만 원씩 하더라는 말에 발끈하며 그 핑계로 또 술잔을 부딪친다. 권커니 잣거니! 아무 공들임 없이 거푸 공술을 얻어 마신다. 동네 사람 몇이 들락날락 한두 잔을 덜어가긴 했어도 소주 댓병을 셋이서 뚝딱 비웠는데도 취기가 오르지 않는다. 섬사람들 주량이 센 이유를 알 것 같다. 하매 민박집에선 저녁상을 차려두고 기다릴 참인데, '양촌리 커피 한잔까지 해야 자리를 파할 수 있다'는 칠성 씨의 찐덥진 정을 떼어낼 수가 없다. 푸지고 계산속 없는 섬 사내랑 어울리는 동안 어둠은 맹골도를 겹겹이 에워싸고 있었다.

간밤의 숙취를 개안하게 씻어준 술국, 배말된장국

"식사하시고 더 하세요."

민박집 주인 권옥자 아짐은 밥상을 차려놓고 한참을 기다렸나 보다. 정갈하고 조촐한 상차림에 꼭 필요한 구색을 맞춰냈다. 예의 해산물이 눈에 띈다. 마른 생선을 쪄내고 먹음직스러운 고추장 무침이 두 개나 올랐다.

"요건 배말무침이고요 그것은 군벗이라고. 여그서는 군봇이라고 하는데. 회무침이에요."

고추장, 된장, 고춧가루, 다진 마늘, 볶은 깨, 양파와 매운 고추 등이 무침에 들어가는 재료다. 끓는 물에 데쳐낸 것까지 조리법은 같은데 배말무침은 그냥 버무렸고 군벗은 식초를 넣어 회무침을 했다. 쫄깃하고 고소한 맛이 골뱅이 무침이 연상된다. 하지만 배말은 반쪽이 홍합살처럼 연분홍빛을 띠며 쉽게 물러지는데 반해 크기가 좀 더 큰 군벗은 쫀득쫀득 오래 씹히는 질량감이 오지다.

다음날 아침, 아짐은 배말된장국을 끓여 냈다. 껍데기째 넣고 훌렁훌렁

미역회무침과 거북손, 배말을 안주 삼은 술상. 갯바위를 둘러친 섬마을의 별미다.(맨 위 왼쪽) 배말. 담백하고도 쫄깃한 맛을 낸다.(맨 위 오른쪽) 껍데기를 골라내고 찌개에 가깝게 끓여낸 정호순 씨네 배말된장국.(가운데 왼쪽) 훌렁훌렁 시원하게 국물 우려낸 민박집 배말된장국.(가운데 오른쪽) "오득오득 생것이라 맛있제." 맹골도 김경례 아짐의 미역회무침.(아래 왼쪽) 배말 넣어 끓인 호사스러운 라면.(아래 오른쪽)

그런데 세상일이란 참 신통하다. 작정하던 '특별한' 식탐을 가까스로 내려놓은 미역섬 곽도에서 뜻밖에도 솜씨를 부린 섬마을 엄니의 미역회무침을 만났다. 하늘과 바다를 분간할 길 없이 어두워만 가는데 맹골도로 데려다 줄 배가 오지 않아 애를 태우던 때였다. 곽도 선착장에서 비탈길을 걸어 한참 올라가다 만난 첫 번째 민가에서 배편을 수소문하는데 이원례 아짐이 밥때가 벌써 지났는데 얼마나 시장하냐며 무조건 손을 잡아 끈다.

조금 전에 따 온 곽도 미역을 무쳤다는 말에 귀가 번쩍 열려 아짐의 방에 들어서니 고대하던 미역회무침과 배말된장국, 감자장조림 등이 군침을 돌게 한다. 아! 고소한 깨소금과 새콤한 초장이 곁들여진 미역줄기의 보드랍고 난질난질 씹히는 진미를 어디서 누릴 수 있으랴. 눈물겹도록 고된 물일을 치르면서도 순정한 마음을 구기지 않고 살아온 섬 아낙의 손끝에서 빚어진 인심은 감동이었다.

오랜 세월 물일에
생기를 불어넣어온 보약

우여곡절 끝에 밤배를 타고 민박집에 돌아와 배말 넣어 끓인 라면을 안주 삼아 홍주 몇 잔을 나눠 마신다. 맹골도 사람들도 낮에 채취해온 미역을 골라 너는 작업으로 밤을 지샌다. 이 또한 징글징글한 일구덕이다. 미역국 한 그릇을 허투루 여겼던 지난날들이 절로 돌아봐진다.

"쬐끔 디쳤어. 팔팔 끓는 물에 살짝만 디쳐서 찬물에 쪼물쪼물 시치문

밥때가 벌써 지났는데 얼마나 시장하냐고 손 잡아
끌며 밥상을 차려준 곽도의 이원례 아짐.

섬 아낙의 손끝에서 빚어진 인심까지 스며있는 밥상(이원례 아짐네).

돼. 이래갖고 꽉 짜서 무치문 되제."

사흘째 아침이다. 민박집네 미역일을 도와주고 미역 부싸리 한 움큼을 얻어 가는 김경례 아짐을 따라가니 미역회무침을 해 보이며 조곤조곤 설명까지 덧붙인다.

"야무지게 문지르제. 뻘 있슨게 깨끗이 헐라고. 가새(가위)로 먹기 좋게 자르고, 된장 쪼끔 넣고, 고치장 넣고, 깨소금에 초 넣고 마늘 넣고, 그것이 간이제. 따로 소금은 안 치고…. 기냥 이렇게 해서 묵어. 오득오득 생것이라 맛있제."

먼저 내놓은 말씀대로 조리를 한다. 데친 미역을 냄비에 넣고 고추장 된장을 두 숟가락 남짓 넣고 볶은 깨와 설탕을 넣고 참기름 몇 방울을 또록또록 붓고, 식초를 쪼르륵 쪼르륵 따른다. 작은 절구에 마늘 몇 개를 집어넣고 쿵쿵쿵쿵 찧는다. 잘게 다지지 않고 거칠게 짓이겨진 마늘을 긁어 넣고 조물조물 되작되작 버무린다.

"마늘은 막 조사야 맛있어."

섬마을 아짐들의 미역무침을 죄다 맛보는 호강이라니.

날밤을 새며 미역일을 한 민박집 주인 권옥자 아짐은 녹초가 된 몸으로 아침상을 차려준다. 이번엔 파래채국이 대표 반찬이다.

"식초 좀 넣고, 매운 고치, 부추, 양파 좀 넣고, 간은 소금으로 하고, 깨나 기름은 안 넣고 느끼허니까. 시원해라고…."

아닌 게 아니라 흘렁흘렁 시원한 채국이 아침부터 찌는 더위를 잠시나마 몰아낸다. 집 안이 미역일로 난리라 밥을 차려주는 것만도 감읍할 터인데 계란말이, 생선찜, 배말된장국…. 아짐은 마지막까지 손님상에 정성을 올렸다.

맹골도, 죽도, 곽도는 섬 전체가 살아있는 해산물의 보물창고다. 거센 파도와 부대끼며 자란 자연산 돌미역의 맛은 으뜸이다. 갓 건져올린 생미역을 뚝딱 데쳐낸 섬 아낙들의 초무침은 오랜 세월 전쟁 같은 물일에 생기를 불어넣는 보약이었다. 그리고 그 미역이 육지 사람들에게 더욱 각별한 것은 눈물처럼 땀처럼 애잔하고 축축한 섬사람들의 노동, 무수한 손길이 보태졌기 때문이었다.

씹을수록 찰지고 흥건해지는 바다의 맛

신안 다물도
김경희 아짐
홍합국수

• • "와따! 크다."

다물도 홍합을 보는 순간 저절로 탄성이 터졌다. 아! 지금까지 봐온 홍합은 무늬만 명품이었나 보다. 반질반질 까맣게 빛나던 껍데기에 반색하다가 왜소한 알맹이에 맥이 빠지곤 했었다. 수북이 쌓이는 빈 껍데기는 무참하기만 한데, 끝내 도달하지 못하는 포만감이라니. 그런 홍합 까 먹기의 허망함을 달래주는 건 역시 시원한 국물의 맛이었다.

"얼서 했냐고? 어제 저녁에 물 많이 들올 때 갯바우서 해왔제."

"요건 꽉 찬 것이 아녀. 보리 막 익을 때가 질 커."

인행길 아재와 김내자 아짐은 고개를 들어줄 짬이 없다.

칼을 들고 하는 작업이니 홍합에서 눈을 뗄 수 없는 게다. 아짐은 왼손으로 홍합 하나를 잡고 칼을 찔러 돌린 뒤 마지막으로 관자를 똑 잘라 따낸다. 그렇게 까낸 홍합을 도마에 올려놓고 억센 수염과 내장을 잘라내는 일이 아재의 몫이다.

"요걸로 바우에 쎄게 붙어있는 것이여. 겁나게 단단해. 그래야 파도에

견디제."

큼지막한 홍합 껍데기는 따개비와 해조류 따위가 붙어선지 오돌토돌하다. 까슬까슬 검은 수염과 연분홍 속살이 깨끗한 흑산 바다의 갯바위가 기른 때깔이다.

"별것을 다 해묵제. 회로도 묵고, 젓갈도 담고, 국도 끼리고, 부침개도 허고, 삶은 것은 식용유 살짝 치고 볶아갖고 반찬 해묵고…."

노부부는 밤에 따 온 홍합을 낮에 깐다.

"공동산(공동묘지)을 갈라흔디 바빠서 못 간다"는 아재는 기골이 장대한 뱃사람인지라 홍합 손질이 기껍지는 않은지 퉁명스럽다. 하지만 "여그까지 왔은께 많이 묵어" 하며 삶은 홍합을 흔연히 내미신다. 속정 깊은 뱃사람이 틀림없다.

다물도 갯바위에서 밤새 따 온 자연산 홍합을 낮에 까서 손질하는 인행길 아재와 김내자 아짐.

삶은 홍합은 통통하고 야무진 주황색이다. 쫄깃쫄깃 차지고 바다향 그윽하다.

삶은 홍합은 통통하고 야무진 주황색

노부부의 이웃에 사는 김경희 아짐이 저녁식사로 '홍합국수'를 내놓겠다고 나섰다. 홍합 까는 장면이 인상적이었다는 이야기를 듣고서다.

"장어국수도 잘 해묵는데. 사리 때라 주낙을 안 해서…."

"그것을 우리 아들이 젤 좋아해요. 군대 갔거든요."

남편 김광업 아재는 장어가 없어 못내 아쉽다. 밀가루 귀한 섬인지라 국수 삶으려니, 아짐은 군대 간 외아들이 몹시 보고 싶다.

부부는 목포와 부산을 오가는 쾌속선에서 다물도 포구까지 왕복하는 종선인 '다물도호'를 운영한다. 항로 중에 잠시 정박하는 '큰 배'와 마을의 포구를 '작은 배'로 연결하는 일이다. 아재가 선장이고 아짐은 조수다. 가두리 양식장도 하고, 주낙으로 고기도 잡고, 갯바위에 나가 해초와 조개를 따기도 하고…. 그렇게 노부모를 모시며 열심히 산다. 입가에 볼우물 두 개가 움푹 패인 아짐은 생글생글 함지박 웃음을 달고 있다.

효부상을 받은 맏며느리의 후덕한 얼굴이다.

이미 점심을 물린 뒤에도 아짐은 홍합, 거북손, 고둥, 소라 등속을 한 소쿠리 삶아서 내주었다.

“홍합은 생것. 마침 어제 잡아갖고, 손질해 논 것이 있어요. 집에서 깠죠. 이것이 손이 많이 가요.”

호박, 양파, 당근을 채로 썬다. 냄비에 팔팔 물을 끓인 뒤, 큰 그릇에 담긴 생합을 슬쩍 물에 한 번 헹구고 바로 넣는다. 싱싱한 생합이 솔찬히 많아 냄비를 반쯤이나 채운다.

“원래 다시물 좀 끓여갖고 해야 되는데 시간이 없어갖고….”

다진 마늘을 풀어 넣고 매운 고추도 쫑쫑 썰어 넣는다.

“장어가 있었으문 장어국수를 해드릴 건디. 밀가리 밀어서 칼국수로도 많이 해먹어요.”

손놀림이 어찌나 날랜지 묻고 답할 틈이 없이 조리 장면이 흘러간다.

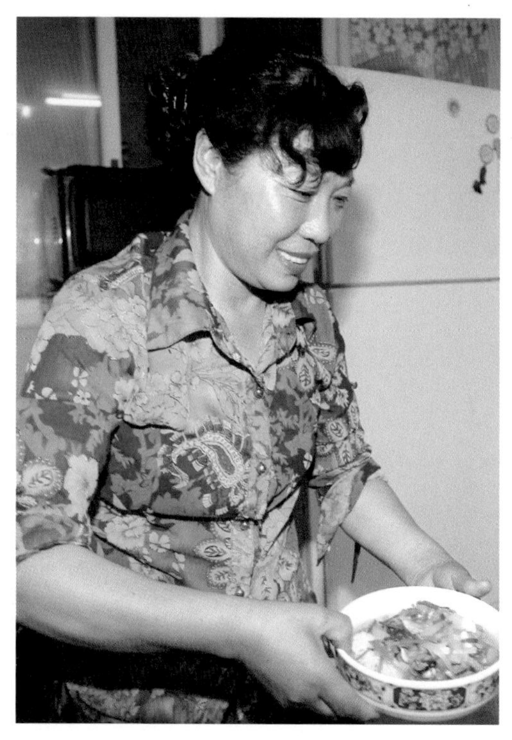

생글생글! 함지박 웃음을 달고 사는 김경희 아짐이 홍합국수를 차렸다.

끓는 물에 소면을 집어넣는데 식탁에 앉을 사람 수를 감안하면 텀턱스럽게(덤턱스럽게) 많은 분량이다.

"제가 손이 크거든요. 뭣이든 많이 해요."

푸성귀든 갯것이든 스스로 품을 팔아 얻고, 넉넉한 마음과 큰손으로 나눠주며 산다. 마늘, 양파, 고추, 당근, 그리고 양념장에 쓸 부추와 홍합까지. 죄다 손수 지은 텃밭과 다물도 갯바닥에서 따 온 것들이다. 뭍에서 물 건너 온 건 국수뿐이다.

"장어국수는 만드는 게 다른가요?"

"팽야 육수 야채 이렇게 들어가요. 장어는 미리 삶아서 여코요. 다대기는 고춧가루 넣고 계란 좀 풀어서. 근데 장어는 끓는 물에 여문 안 돼요. 같이 끓여야 돼요."

홍합 끓는 냄비에 야채를 푸지게 넣고 소금으로 간을 한다. 역시 자연산 홍합의 산지답게 홍합이 압도적이다. 홍합국수에는 고춧가루를 쓰지 않고 맑은 국물을 낸다.

"원래 여수가 고향이고 여긴 엄마 친정집이에요. 울 엄마 몸이 안 좋아지셔서 가족이 다 왔죠. 근데 엄마가 일찍 돌아가시고…."

친정어머니는 고향집으로 들어왔고, 친정아버지는 머나먼 타향으로 처가살이를 왔다는 얘기다. 흑산 바다의 거친 풍랑을 건너온 한 가족의 구구한 사연이 이제 곧 입에 넣을 홍합국수 맛만큼이나 궁금했지만….

친정어머니에게 자분자분 배우지는 못했다지만 아짐의 요리 솜씨는 어디서든 내놓을 만하다. 점심상에 올랐던 소라볶음도 생전 처음 먹어본 별미였다. 소라를 껍데기째 삶아 꺼낸 뒤 쑴벙쑴벙 썰어서 다진 마늘과 고추장

아짐은 싱싱한 생합을 단 한 번의 칼질로 따내고. 아재는 까슬까슬 억센 수염을 도마 위에서 떼낸다. 삶은 홍합. 주황색 선명한 때깔만큼 쫀득쫀득 찰지고 맛있다. 김경희 아짐이 삶아 내준 새참. 거북손, 홍합, 고둥, 소라 등속이 한 소쿠리.(왼쪽 위부터 시계방향으로)

넣고, 간장 좀 치고, 참기름으로 볶은 뒤 깨소금 뿌려 내놓았다. 소라가 얼마나 큰지 입 안 가득 한참을 우물거려야 했다. 된장을 진하게 풀고 호박 뚝뚝 자르고, 돌미역을 잘게 넣은 배말된장국도 일품이었다. 자연의 맛에 더해진 아짐의 정성으로 빚어낸 더없이 훌륭한 다물도의 음식들이다.

여름날 국수 먹는 소리는
어디서나 경쾌

"이야! 색깔 정말 좋네." "맛이 기가 막히요 기가 막혀." "진국이요 진국."

홍합국수 한 그릇씩을 받고 저마다 찬사를 내놓는다. 국물이 진하고 고소하다. 얼큰한 맛도 난다. 뭐니뭐니해도 신선한 생합이 탱글탱글 익어서 면발을 따라 올라올 때마다 흐뭇해진다. 하얀 국수와 주황빛의 선명한 대비부터 식감을 자극한다. 일 년 내내 밀려오는 거친 풍랑을 견뎌내며 오롯하게 간직해온 바다의 맛이 씹을수록 배어 나온다.

소라볶음.(왼쪽) 다물도산 홍합을 듬뿍 넣어 끓인 홍합국수로 차린 저녁상. "후룩! 후루룩!" 여름밤의 즐거운 젓가락질이 이어진다.(오른쪽)

집에서 기른 양파와 오이로 직접 만든 피클은 국수와 곁들인 반찬으로 궁합이 딱 맞는다. 아삭아삭 씹히면서 미미한 갯내까지 싹 가시게 한다. 멸치액젓을 썼다는 얼가리 배추김치도 개미지다.

팽이버섯 장조림과 파김치도 홍합국수와 잘 어울렸다.

"후룩! 후룩! 후루룩!"

여름날 국수 먹는 소리는 어디서나 경쾌하다. 땀을 뻘뻘 흘리면서도 그 소리의 청량감에 더위를 잊게 되는 게다. 승소僧笑. 허나 스님들만의 미소이랴. 젓가락질을 하는 누구라도 웃지 않고는 배기지 못할 즐거움을 주는 게 국수 아니던가.

뱃시간이 다 되어 가지만 다물도 홍합을 두고 갈 수는 없었다. 김내자 아짐은 어제처럼 고샅에서 홍합을 까고 계신다. 애를 써서 채취해 갈무리한 홍합은 특별한 판로가 없다. 그저 식구들이 나눠 먹거나 관광객들이 붐비는 홍도에서 판다.

삶은 홍합 한 그릇에 일만 원! 아짐은 제법 큰 종지기가 넘치도록 담아 주고도 성에 차지 않는가 보다. "팔아줘서 고맙다"며 주시는 우수리가 또 한 그릇이 되고도 남는다. 홍합 국물만큼 진한 인심이다.

다물도에서 누린 한여름의 국수 맛을 영원히 잊을 수 없을 것 같다. 아니! 선량한 웃음이 꼭 닮은 부부가 못내 아쉬워하던 '장어국수'의 맛을 좇아 다시 오리라. 그땐 물때를 반드시 확인해야지. 사리 아닌 조금을 맞춰서….

김경희 아짐이 쾌속선을 향해 하염없이 손을 흔든다. 다물도는 점점 멀어져 시야에서 사라지지만 마음속에선 벌써부터 '그 섬'을 향한 그리움이 커져 간다.

늘컹늘컹 뜨끈뜨끈 심심산골 보양식

진안 '괴정고택'
김경희 아짐
곶감찰밥

• • 앞산도 첩첩하고 뒷산도 첩첩하다. 고개를 넘고 산모퉁이를 돌아설 때마다 겹겹이 장관이다. 해발고도를 가리키는 계기판의 눈금은 400m를 오르락내리락한다. 한 자락 두 자락, 시리도록 푸르른 여름 풍경들을 건어내면서 굽이굽이 진안 주천면 괴정마을에 닿는다.

"이잉~ 역서는 갈케줘도 모른께, 저~기 우체국 저테 정자나무로 가서 물어봐. 바로 고 앞이여." "길 건너 골목 안으로 쑤욱 들어가문 바로 보입니다. 금방 찾을 수 있을 겁니다." "여그 다무락 끝에 밭 하나 있제? 고 앞에 은행나무 있는 집이여."

물어물어 '괴정고택'에 들어선다. 어느 마을에서건 모름지기 고택이라면 눈에 확 띄는 고대광실이지 않던가. 틀림없이 고래등 같은 기와를 쫘악 펼쳐 하늘을 넉넉하게 이고 있는 대가려니 했다.

헌데 주춤주춤 마당에 들어서서 한참 동안 집 모양을 들여다보고서야 비로소 짐작을 한다.

그래! 얼른 알아채지 못한 건 순전히 지붕 탓이다. 마치 하얀 머리카락

너른 마당으로 오만 가지 풀꽃나무를 품고 있는 괴정고택의 반듯한 자태. 100년을 이어온 살림집의 연륜이 소박한 아름다움을 자아낸다.

을 이제 막 까맣게 염색한 할머니처럼 현대식 기와가 너무 새뜻하여 연륜을 알아채지 못한 게다.

하지만 이곳저곳 찬찬히 눈을 대어보니 고색이 은은하다. 서까래, 기둥, 대청마루, 창호지 문, 구들 아궁이…. 세월의 흔적들이 켜켜이 내려앉아 옛집의 고즈넉한 운치가 새록새록 우러난다. 잘 지은 살림집이 곱게 늙었다고나 할까. 내로라하는 양반가의 위압적인 와옥과는 다르게 100년 묵은 우리네 삶터의 소박한 정감과 고졸한 아름다움이 듬쑥하다.

"여기요" 하는 목소리를 좇아 우물가를 돌아간다. 마당에 놓인 자그마한 확독 하나를 비껴 몇 걸음, 장독대 맞은편 부엌에서 사람 기척이 들려온다. '아! 이 집 살림 만만치 않겠구나.' 바닥에도 찬장에도 시렁에도 각양각색의 조리기구가 그득하고 크고 작은 그릇과 접시가 포강포강 많기도 하다. 그 빼곡한 살림살이 틈바귀, 가스불 앞에 비지땀을 흘리며 선 아짐이 알은 체를 한다.

100년 묵은 옛집,
4대째 대물림한 궁중음식 '수란'

김경희 아짐은 일찌감치 손님 맞을 채비를 했나 보다. 두 뺨이 발그스레한 아짐의 시원스런 목소리는 어둡고 후텁지근한 공간 안으로 들이치는 햇살처럼 고실고실 낭랑하다. 가마솥과 부뚜막을 그대로 둔 채, 한쪽 벽을 입식 구조로 고친 부엌 안은 온통 새카맣게 그을음을 발랐다. 안온하면서도 괴괴한 기운마저 감도는 여기 어느 구석엔 틀림없이 조왕신이 계실 것만 같다. 어둑신한 부엌의 정조와는 판이하게, 바깥으론 눈부시게 환하다. 병풍처럼 뽀짝 둘러친 뒷동산 대숲은 기와를 닿을 듯 말 듯 가지를 늘어뜨린 채 청정하게 서걱댄다. 그 뚜렷한 안팎의 명암이 "열일곱에 객지로 나가 남자 형제간들 뒷바라지하고 돌아와 홀로 고향집을 지키고 산다"는 '누이의 인생'마냥 극적이고 신비롭다.

"깻잎 아녀. 콩잎이여. 콩잎을 따서 된장 단지에 너 놨다가 한 보름 익으면 꺼내서 물에다 살랑살랑 씻거갖고 고춧가리 넣고 들기름으로 자글자글 쪄. 안 찌면 짜고 안 맛있어. 지금 콩잎 딸 때여."

열일곱에 객지로 나가 30년 동안 오빠 셋, 남동생 둘을 보살피고 돌아와 홀로 고향집을 지키고 사는 김경희 아짐.

작은 냄비의 뚜껑을 열자 막 쪄놓은 콩잎장아찌가 겹겹이 우북하다. 얇고 투명해진 콩잎 한 장을 벗겨 입에 넣어본다. 짭조름해 보이는 장아찌가 약간 삼삼하기만 할 뿐이다. 연하게 씹히면서 입 안에 구수한 내음과 가벼운 된장기를 남긴다.

양동이 가득 말끔하게 깎아둔 감자를 모조리 솥에 넣고 불을 지핀다. 솥은 숫제 까맣고 뚜껑은 살짝 어그러져 '30년도 넘었다'는 나이를 여실히 드러낸다.

"물 후백 넣고 그냥 소금만 넣고 삶아. 젓가락을 찔러서 들어가면 나머지 물은 버리고 설탕을 뿌려놔. 그게 녹으면서 노랏노랏 타잖아. 그대로 눌이기만 하면 돼."

감자 솥 옆엔 수란이다. 큼지막한 밥그릇에 달걀 여섯 개를 깨서 넣고 중탕으로 쪄놓았다. 설탕, 식초, 소금, 깨소금을 찐 달걀과 섞어 뒤적거린 뒤 김을 구워 비벼 뿌릴 참이다.

"이 수란은 4대째 내려와. 옛날 수라간 최고 상궁님이 영의정까지 하신 외가의 할아부지 '작은 이'로 따라와 살면서 하기 시작했대. 나는 할머니한테 배우고 또 엄마한테서 배웠제. 서울서는 한 30년 살았어. 막내 대학원까지 나오고, 결혼 시켜놓고 온 거예요."

5남 1녀의 넷째이자 하나뿐인 딸인데…. 객지에서는 오빠 셋과 남동생들을, 고향으로 돌아와서는 병상의 어머니를 5년 동안 수발하다 임종을 지켜본 세월이었다. 이젠 혼자서는 버거울 만큼 큰 옛집과 묵은 살림살이들을 거천하는 아짐은 독신으로 늙어간다.

아짐이 애면글면 보살펴 장가가는 걸 보고서야 맘을 놓고 왔다는 막내는 지금 마루에 앉아 찰밥에 넣을 밤을 깎고 있다. 누이를 바라볼 때면 늘 애잔하다는 김혁수(청주대 호텔경영학과 교수) 씨는 "어머니께서 '니네 누나가 걸린다'는 말씀을 유언처럼 남기고 가셨다"며 말끝을 흐린다. 기실 감자찜도 곶감찰밥도 막내동생을 위해 누나가 마련하는 추억의 음식인 게다.

서까래 위로 제비집 자국이 띄엄띄엄 여러 개다. 해마다 제비들이 집을 짓고 새끼를 치고 살다 간 자취다. 오른쪽 끝엔 마실 나간 제비들이 금세 돌아올 것 같은 번듯한 새 집이다. 대문 앞엔 호두나무 치렁치렁하고 널찍한

감자찜, 오이냉채, 수란, 배추김치, 쌈장, 콩잎장아찌조림, 두부전, 그리고 곶감찰밥에 현미잡곡밥까지 상에 올랐다.

마당 가장자리로 늙은 은행나무, 감나무, 앵두나무, 단풍나무, 무화과나무…. 물 빠진 연못자리로는 박하, 국화, 채송화, 접시꽃, 능소화, 나리꽃, 봉숭아, 옥잠화, 모란…. 좁장한 뒤란 텃밭엔 쪽파, 깻잎, 고추 등속과 상추인지 열무인지 촘촘한 새순이 솟고 있다. 아직은 어린 참외넝쿨은 슬금슬금 밭가를 기는데 호박넝쿨은 무성한 잎을 달고 성큼성큼 산을 오르는 중이다. 그 위로 비탈진 곳엔 개집과 닭장도 있다. '집'은 사람의 거처만이 아니었나 보다. 꽃과 나무, 채소, 가축과 날짐승까지, 무수한 생명들을 따숩게 품어온 우리네 살림집의 정경이 모름지기 괴정고택의 참맛이요 멋이다.

파근파근 달큼한 감자찜,
늘컹늘컹 찰진 곶감찰밥

"집 안을 돌아보면 특별한 게 많습니다. 곡식을 저장해둔 창고도 있고 부엌문을 열면 반찬 저장고가 바로 붙어있습니다. 백 년 전쯤 할아버지께서 지으셨는데 애당초 당신 생각보다 집이 낮아 목수를 크게 꾸짖었다고 합니다. 기둥을 늘일 수는 없고, 하는 수 없이 집 자리를 놔두고 사방을 빙 둘러 땅을 파냈다고 들었습니다."

반듯하지만 높지 않은 기와집이 우뚝하게 보이는 까닭이다. 본채, 아래채, 별채와 곡물창고가 'ㅁ자' 형태로 배치된 고택엔 모두 13개의 방이 있다. 김혁수 씨의 안내로 반찬 저장고를 열어보니 땅 속에 항아리 일곱 개가 묻혀 있다. 찌꺽거리는 여닫이문 앞엔 통나무 속을 파내 만든 절구도 먼지를 뒤집어쓰고 있다. 갓, 짚신, 자개장, 요강, 뒤주…. 쓸모를 다했지만 결코 버릴 수 없는 물건들이 구석구석에서 빛바래간다.

집 구경을 하는 사이, 부엌에선 동네 아짐들까지 손을 보태 음식 장만이 한창이다. 노랑 설탕을 흠뻑 부은 감자찜은 파근파근 달큼하게 익었고, '예전엔 석이버섯을 썼다'는 수란 고명은 김을 뿌려 완성이다. 다음은 곶감 찰밥을 할 차례다.

"이게 울타리콩이여. 울타리 같은 데다 심어놓으면 잘 커. 콩부터 먼저 삶고, 나중에 찹쌀 안치고 대추, 밤, 곶감 넣고 쪄. 옛날엔 시루에다 했어."

아짐은 알록달록 무늬도 때깔도 선명한 동부와 빨간 팥을 찜솥에 안친다. 용담떡 강순옥 아짐은 오이냉채를 뚝딱 만들어 놓고 대추와 곶감을 씻는다. 수월하게 씨를 발라내고 쓱쓱 칼질 몇 번으로 잘게 썬다. 김혁수 씨가 깎은 알밤도 얼추 4등분으로 쪼갠다. 이런저런 잔심부름을 하던 안성떡 김순덕 아짐은 마늘을 찧는다. 딸그락 딸그락 부딪히는 소리, 쿵쿵 절구 소리, 딱딱딱 도마 소리가 쉴 새 없다. 끊길 듯 말 듯 매미 울음, 밝고 청량한 산새 소리, 난데없이 수탉 소리도 달려든다.

"충청도 공주 밤이고, 요 알이 굵은 대추는 금산장에서 샀어. 곶감은 완주 동상 것이제."

찹쌀 두 되를 씻어 솥에 안친 뒤 소금 한 주먹을 뿌린다. 삶은 콩을 섞고 발갛게 우러난 물을 부어 맞춘다. 그 위에 밤, 대추, 곶감을 얹는다. 간장병의 주둥아리를 솥 안으로 빙 돌려 쪼옥 따르고 손을 쿡 찍어 간을 본다. 고개를 끄덕이더니 뚜껑을 닫고 불에 올린다. 얼마나 불을 땠을까. 솥뚜껑을 여니 하얀 찹쌀 위에 빨간 대추와 곶감, 연노랑 밤빛이 알맞게 부풀어 색감

부엌 바로 옆에는 항아리 7개를 땅에 묻어둔 음식 저장고가 있다. 곡물 창고와 더불어 백 년 동안 품어온 괴정고택의 보물이다.

이 곱다. 늘컹늘컹 주걱에 달라붙을 정도로 찰지다.

한여름 심심산골에서 물큰하고 뜨끈뜨끈한 찰밥으로 차린 점심상을 받는다. 감자찜, 오이냉채, 수란, 배추김치, 쌈장, 콩잎장아찌조림, 두부전, 그리고 곶감찰밥에 현미잡곡밥까지 상에 올랐다. "다슬기도 허고 민물매운탕도 조리고 헐 것인디…. 다음에 또 오셔. 감자는 오이냉채랑 맞추고, 찰밥은 수란에 먹어봐. 짝을 맞춰서 헌 것인께. 콩잎에 싸서도 먹고."

달큼하게 녹듯 스러지는
대추, 곶감, 밤

운장산을 사이에 두고 진안 주천 들판의 찹쌀에, 이름난 완주 동상의 곶감을 얹은 산골짜기 특식이다. 쫀득쫀득한 찰밥은 힘들여 씹을 것도 없이 대추, 곶감, 밤과 엉겨 녹듯이 달큼하게 스러진다.

동부와 팥이 씹힐 때 약간의 질감이 전해진다.

시큼하고 달달한 수란 맛은 질박한 산골의 풍미와는 판이하다.

민가에 전해진 궁중의 입맛이라선지 뒤끝이 미묘하다. 파근한 감자의 단내와 고소함을 시원하게 밀어내는 오이냉채가 개운하다.

"입맛 없을 때 기운 나게 해주는 음식들이여. 비린 것 잘 못 먹고 육고기도 안 좋아하는 사람들한테 좋아."

이 또한 여름 보양식이다. 달고, 시고, 뜨겁고, 차게 입 속을 휘감아 도는 음식들이 무더위에 지친 몸에 생력을 불어넣는다. 호랑이보다 무섭다는 여름 손님의 한 끼로 흡족한 음식들인 게다.

점심상을 물리려는데 잠잠하던 장맛비가 세차게 다시 내린다. 처마 끝으로 굵은 빗줄기가 줄줄 흘러내리고 마당의 모래알이 톡톡 튈 정도다. 바람 따라 들이친 빗방울이 마룻바닥을 흥건하게 적신다. 눅눅하던 더위가 한풀 꺾이고, 시종 땀을 뚝뚝 흘리던 아짐 얼굴에도 낙낙한 웃음기가 돈다.

"형제간 보살피고 어머니 병 수발하느라 결혼을 안 하셨는가요?"

"지겨워서 안 했어. 얽혀지는 것이."

그랬다. 누나는 어머니나 진배없었다. '어려서부터 어른'이었다. 철없는

가지가지 문양도 예쁜 울타리콩과 팥.(맨 위 왼쪽) 늘컹하고 뜨끈한 곶감찰밥.(맨 위 오른쪽) 수라간 최고 상궁의 손맛을 4대째 이어온 괴정고택 수란.(가운데 왼쪽) 파근파근 달큼한 감자찜(아래)은 시큼한 오이냉채(가운데 오른쪽)를 곁들어 먹어야 제맛이다.

사내아이들은 생업에 여념이 없는 어머니의 부족한 사랑을 누나로부터 벌충하며 자라났던 것이다.

구불구불 운장산을 넘어 빗길을 되돌아오는데 시컴시컴한 부엌이 잔상처럼 어른댄다. 감자찜과 곶감찰밥, 수란의 특별한 맛도 한데 버물려 시지근한 땀내와 하얀 미소로만 오래오래 기억될 성싶다.

가을.

어느새 뜨끈한 국물이 땡기는 시절

흙냄새 고스라한 시골 할매들의 초가을 별미

광주 문복례 아짐

토란알배된장국

• • "할매들이 '알배' '알배' 하등마. 된장국 끓이문 맛있다고…. 첨엔 뭔지 몰랐제. 근디 한번 해묵어봐라고 끓어다 주는 걸 본께 토란 이파리여. '옴마 토란이구마' 했더니 그거시 알배라여. 말하자문 토란 속은 것이제. 토란 이파리 새끼!"

'토란알배된장국'. 문복례 아짐은 환갑이 넘도록 듣도 보도 못한 음식이었다. 함평서 나서 광주에서 자취를 하며 고등학교를 다니면서부터 입때껏 손수 끼니를 차렸다. 50년도 넘은 살림 고수인데…. 손수 담은 된장을 풀어 오만 가지 재료로 국을 내지만 잎사귀까지 달린 토란대를 생으로 넣고 끓이는 국은 아닌 성싶었다.

"암시랑 안 해. 얼매나 맛나다고" 하며 문복례 아짐에게 '새로운' 요리를 채근한 할매는 갠들떡과 대소떡. 시집간 두 딸이 야트막한 동산 하나를 사이에 두고 의좋게 사는 시골마을 이웃들이다. 딸과 사위들이 직장과 일로 담양에서 광주로 들락날락할 때, 아짐이 두 딸네의 텃밭을 거천하러 광주에서 담양으로 오며가며 사귄 할매들이다.

"초가을 이맘때면 자주 해묵어. 딱 이 철뿐이여." 알배된장국 끓이는 중인 문복례 아짐.

"암만해도 미심쩍었제. 토란은 독해서 저리저리 아리아리 하잖애. 그래서 나대로 방법을 생각했제. 알배를 데쳐서 끓여본 거여. 맛이 좋드라고. 묵을 만해. 한 사오 년 이짝저짝부터 초가을 이맘때면 자주 해묵어. 딱 이 철뿐이여. 토란대는 한 뿌랭이에 큰 놈으로 두 개나 키우등마. 근게 더 볼가져서 크는 것들을 솎아내불어. 알이 배긴다고 알배라고 해쓰까? 이파리도 대도 작고 여린께 국을 끓여 먹었겄제. 도시에선 없어서도 못 해묵고, 또 있어도 몰라서 못 해묵어."

토란 이파리로 끓이는
시골 할매들의 한 철 된장국

토란土卵! 흙 냄새 확 풍겨온다. 광주 도심 주택가의 아파트 안에서 그 내음 고스란한 시골 할매들의 한 철 된장국을 만날 줄이야…. 아! 널찍한 이파리, 땅 위에 솟은 연잎 토련土蓮이었다. 송알송알 물방울 굴리다가 우산 삼아 양산 삼아 가지고 놀던 어린 시절이 생각난다. 혹시 그때 먹어봤을까? 기억이 없다.

조석으로 찬바람 서늘해도 한낮 기온은 섭씨 34도까지 치솟는다. 가만히 있어도 땀이 줄줄 흐르는 날씨인데, 문복례 아짐은 '호랭이보다 무섭다'는 여름 밥손님을 시원하게 반긴다.

"어제 새복 여섯 시부터 텃밭에서 토란대를 '한~나' 끊어다가 껍질 빗겨서 널어놨제. 저 바깥에 몰리고 있는 것이 다 내 것이여. 하릿내 틈나는 대로 볼금볼금 쳐다보그마."

복도에 나와 내려다보니 과연 네모난 자리 세 개 위로 토란대가 가지런히 누워 볕바라기를 하고 있다. 그리고 앉은뱅이식탁 위엔 잘 데쳐놓은 알배가 우북하니 냄비에 담겨 있다. 진초록 이파리에 껍질 벗긴 토란대 특유의 연보랏빛 가는 줄무늬가 순하게 숨을 죽였지만 영락없는 자연색이다.

육수 담긴 냄비 뚜껑을 열어 국물 우려내고 남은 다시마, 표고버섯, 대파, 멸치, 양파 건더기를 건져낸다. 맑고 은은한 갈색 국물에 된장을 곱게 풀어내고 불 위에 올린다.

"육수는 멸치가 대장이제. 나는 멸치 사문 볶아놔. 똥도 빼고. 그라문 냉동실에 안 너놔도 되거든. 국물도 깨끗해지고 비린내도 안 나. 무를 너문 더 시원하고 좋은디, 지금 무가 한 개에 삼천 원이라 사러 가덜 안 했어. 된장은 내가 담제. 청국장까지 다 해. 여그서 콩 삶고 메주 맨들고 방에다 띄워불어. 나 혼자 잔께. 냄새가 한 달은 나제. 짚으로 메주 쌀 줄도 알아. 머릿속으로 연구해가꼬 하문 되등마."

논리정연! 식재료 꺼내느라 여닫는 냉장고 속을 들여다보니 이치에 딱 맞는 말씀마냥 켜켜이 깔끔하게 정돈된 문서보관함 같다.

국물 깊은 맛 감긴 토란잎, 사각사각 토란대 씹는 맛

애호박, 양파, 새송이버섯, 대파, 빨간 고추, 풋고추, 청양고추를 차례로 도마에 놓고 칼질을 시작한다. 새송이버섯은 동그랗게, 애호박은 반달 모양으로, 대파는 어슷어슷, 고추는 촘촘하게, 청양고추 두 개는 배를 갈라 속을 긁어내고….

"한 삼십오 년 되야쓰거여. 놀러갔다가 '남원 칼' 좋다길래 사 왔는디 여즉 쓸 만해. 생긴 건 시커먼히 미워도 한본씩 갈아주면 잘 들어. 양파는 육수 냈은께 쬐끔만 썰고, 참! 통마늘 쓸까흐다가… 그건 멸치를 똥째 끓여 좀 쓰거나 비린맛 잡을라문 너야 되지만… 두부도 널까 했는디… 잘못흐문 국물이 갑자기 싱거워진께…."

혼잣말처럼 조근조근 이르는 말씀이 죄다 요리에 관한 이론으로 손색이 없다. 다시마 국물이 토란의 독성을 빼고, 토란대를 쌀뜨물에 데치거나 우려내 알러지를 없애온 오래된 요리법이 그저 자연스럽다.

육수에 된장 풀어 알배 넣고 팔팔 끓이다가 청양고추부터 준비한 재료들을 차례대로 넣는다. 대파가 제일 나중이다. 구수한 냄새가 폴폴 날 때 뚜껑을 열고 얼마 되지 않는 거품을 걷어낸다. 맛도 맛이려니와 육수를 낼 때

"알배는 말하자문 토란 솎은 것이제. 토란 이파리 새끼! 이파리도 대도 작고 여린게 국을 끓여 먹었겄제." 그릇에 담긴 것이 데쳐놓은 알배!(왼쪽) 육수 재료. 다시마, 표고버섯, 대파, 멸치, 양파….(오른쪽)

무더위에 후달려 입맛도 기력도 없는 간절기 점심 한 끼를 이토록 오달지게 해결할 줄이야.

부터 세심하게 모양을 살핀다. 된장국 하나에도 매시랍고 깔끔한 아짐의 성품이 그대로다.

"된장국은 너무 끓여도 맛이 없시야. 나는 알배국이 다른 것보다 훨씬 맛있드라."

아짐이 기다리는 딸과 손녀를 돌아본다. 밥상을 차리자는 신호다. 묵은 김치, 양파장아찌, 매실장아찌, 깻잎장아찌, 오이나박무침, 얼음 띄운 미역냉국, 뻘떡게장. 여기에 흰 쌀밥과 토란알배된장국이 놓인다. 정갈하고 소담스런 상차림이다.

"짜잔흔 반찬들인디…." "조기라도 구울까 아니문 달걀 후라이를 좀 흐까?"

이도저도 마다하며 아짐과 함께 된장국을 먹는다. 생전 처음 먹어보는 알배된장국.

아! 별미다. 부드러운 토란잎에 국물의 깊은 맛이 감겨 있는데, 토란대 사각사각 씹는 맛이 개미지다. 여리고 작아도 토란은 토란. 처음엔 아릿한 기운이 목구멍을 간질대다가 삼삼하고 구수한 된장 맛을 남기고 넘어간다. 곁들여 먹는 장아찌들이 담백한 뒷맛으로, 냉국과 무침은 시원하고 말끔하게 입 안을 갈무리한다.

아짐의 된장 그 자체가 이미 완성된 요리요 음식일진대. 여기에 정성으로 우려된 육수와 무공해 푸성귀가 어울렸으니 시답잖은 품평 따위가 가당키나 하겠는가.

대신 염치불구하고 쌀밥을 알배된장국에 말아 큰 그릇으로 두 개나 말~끔하게 후딱 치워냈다.

토란 알려지는 매실즙을 타서 마시면 즉효라는데…. 이따금 매실장아찌 한 쪽씩 숟가락에 올렸으니 뒤끝 또한 아무 걱정이 없으렷다.

"더러 엄니들이 해줬을꺼시여. 아마 벌로(대수롭지 않게) 봤슨게 몰랐겄제."

땡볕에다 열대야까지. 무더위에 후달려 입맛도 기력도 없는 간절기 점심 한 끼를 이토록 오달지게 해결할 줄이야.

"혼자 묵을라고 했겄어? 이리 많은 것을? 나놔 주는 재미로 했제."

문복례 아짐은 직접 기른 배추와 무로 담가 맛있게 삭힌 김장김치와 매실장아찌, 맥주와 간장으로 잼다는 깻잎장아찌를 기어이 봉지봉지 싸서 주었다. 푸짐한 인심까지 두둑이 챙겨 나오는 '식탐꾼'의 발길에 처서를 앞두고 한풀 꺾인 태양빛이 직수긋하게 깔린다.

천 갈래 만 갈래로 뻗어가는 맛의 지존

흑산도 최명자 아짐

홍어된장찜

• •"홍어배 딱 여섯 척만 여그서 (위판)하지라. 주낙으로 잡는 고유 어법을 지킬라고요. 수익으로 보자문 다른 배들도 받아야제라. 아마 풀어노문 국내산은 다 여그로 몰릴 거예요."

"긍께 흑산 홍어 산란장을 앵카(닻)로 찍어보문 빨간 황토가 나와. 그런 디는 순 암놈만 와요. 가오리과라 회유성 어종이에요. 여그 선장님들이 고 길목을 잡는 것이제라. 옛날부터 순수한 감으로. 산란 때가 되문 꼭 와요 순 암놈만…."

"주낙고리 풀고 걷어올리고…한 일주일 보문 되지라. 이 홍어는 이물질이 없어요. 여러 날 걸려서 시달리니까 뱃속에 있는 것을 토해내고, 피도 빠져불고…. 활어보다는 선어가 더 맛있거든요. 숙성을 하더라도 이물질이 있으문 부패가 되잖애, 발효가 되는 것이 아니라."

아침나절은 훤해지기 무섭게 후끈 달아오르고, 흑산도 예리항의 수협 위판장엔 홍어 열댓 마리에 아귀 서너 무더기 펴질러진다. 금어기 직후라서인지 요 며칠 경매도 뜸하고 고기도 별로 없지만 뱃사람들의 입담은 홍미진

흑산도 예리항의 수협위판장에서 윤세영 작가가 스케치한 홍어 그림. 왼쪽이 암컷, 꼬리 양쪽으로 두 개의 '거시기'를 달고 있는 것이 수컷이다.

진 걸고 푸지다.

"거시기 두 개 달린 것만 수컷인 줄 알제라? 암컷은 꼬리뼈가 세 줄이고 수컷은 한 줄, 수놈은 몸땡이 크기가 작아서 값이 싼거제, 꼭 맛이 없어서가 아니고. 수놈은 날개 양쪽으로 까시가 들어서 교미흘 때 암놈을 꽉 끼어불어요."

"찬바람 날 때가 젤이지만 지금은 숫홍애 맛이 상당히 좋아요. 여기는 일절 다른 고기가 못 들어와요. 흑산도 홍애라는 바코드를 딱 붙여줘분께 거짓말을 못흐제라. 암놈은 3키로 700, 수놈은 3키로 200이 돼야 (경매를)붙여

흑산도 예리항 수협위판장. 걸낙으로 잡은 진짜배기 흑산 홍어들만 경매에 부쳐진다.

줘요. 그보다 작은 '폴랭이'나 선도가 떨어지는 것은 안 붙여주제라."

홍어, 홍애, 암놈, 수놈, 암컷, 수컷, 폴랭이…. 선장과 선주, 경매사와 중매인, 구경 나온 관광객과 마을 주민들까지. 사람도 용어도 말투도 뒤섞인 채 홍어에 얽힌 온갖 사연들이 흥건하게 깔린다.

'아하! 그렇구만.' 들어본 풍월과 얄팍한 추측으로 해온 그간의 '알은 체'가 민망해진다. 그물로 훑지 않고 'ㄷ'자 낚싯바늘을 풀어놨다가 걷는 전통 연승어법으로 잡은 흑산 홍어가 귀물인 까닭이 주섬주섬 간추려진다.

경매는 싱겁다 못해 허망하게 끝난다. 10분이 채 되지 않아 임자가 가려진다. 하긴 '흑산 홍어'를 경매로 살 수 있는 중매인들은 통틀어 스물한 명뿐이다. 홍어배가 입항 하루 전에 수협에 연락을 하면 경매사들이 중매인들에게 '경매 시간'을 알리는 문자메시지를 보낸다. 6척의 배가 잡고 21명의 중매인이 사서 유통한다. 경매사들이 그런 내력이 달린 바코드를 단다. 엄정하고 투명한 관리다.

두툼하게 바른 된장 양념
속속들이 배어든 홍어찜

"잉, 수치(수컷). 오늘 아침에 사 온 거라 싱싱한 거죠. 이거로 인자 홍애찜도 하고, 회도 하고, 국도 끼리고…. 홍애란 것은 여러 가지를 해묵는 거예요. 꼽도 안 버려. 껍떡도 한나 안 버려. 쓸개나 버릴까. 이래서 흑산도 홍애는 유명흔 거예요."

토막 낸 홍어에 된장 양념을 두텁게 바르는 최명자 아짐.

손암 정약전의 유배지로 유명한 사리마을 '부두민박' 마당. 진짜배기 흑산 홍어 한 마리를 내려다보는 최명자 아짐은 은근히 으스대신다. 예리항 위판장의 중매인이자 '큰바다수산횟집' 주인인 막내아들 박재두 씨가 아침에 사서 보낸 고기다.

둘째 아들 광표 씨가 날렵하게 홍어를 부위별로 저미는 사이 아짐의 홍애 자랑이 철철 넘친다.

"홍애 고기 못 묵은 사람이 많아. 비싸니까. 홍애 잡는 사람 아니문 묵고 싶어도 못 묵어. 홍애는 사람 몸에가 그리 좋대. 뻬에도 좋고, 변질이 없어

배탈도 없고, 진짜 홍애라는 것은 그리 좋은 거여. 요 껍딱을 물 팔팔 끼래서 살짝 디쳐갖고 한 십 분 놔두문 오독오독 참 맛있어. 홍애는 약간 물러야 좋은디. 여름에는 이런 것을 묵어야 돼요. 너무 물러도 못써."

삭히지 않은 홍어다. 꼬리한 묵은내는커녕 역한 비린내 한 가닥도 풍겨오지 않는다. 물비린내가 은은하고 싱그러워 여느 생선회와 다를 바 없다.

"요것이 족보지라. 아조 딱 찍어서 나옵니다. 없으문 가짜고라. 여그가 물콥니다. 맛있제라."

광표 씨가 홍어 코에 달린 바코드를 집어든다. 홍어 몸뚱이에 들러붙은 끈적끈적한 곱을 닦던 종이헝겊으로 슬쩍 문지르자 까만 선들이 선명해진다.

"옛날 어른들 말이 요 물코를 묵으문 헤암을 못 친 사람도 친다고 그랬어, 거짓말인가는 몰라도. 그렁께 홍애를 썰문 다 이것부터 손이 가. 먼저 묵을라고."

아짐의 말씀을 들으니 제일 맛난 부위로 코를 꼽는다는 시중의 품평이 빈말은 아닌가 보다. 광표 씨는 순식간에 코를 베어내고, 애와 내장을 끄집어내고, 꼬리 떼고, 몸통을 길게 저민다. 그리고 탕탕 소리가 나도록 칼을 내리치면서 토막을 낸다.

"찜은 몸통 갖고 허고, 탕은 애랑 빼랑 조사서 하고, 회치고, 돼지고기 삶아서 삼합흐고…. 찜 안칠라문 고기를 히쳐야 돼. 맹물에 슬렁슬렁. 아이가! 어돠진께 빨리 해라."

맹물에 홍어 조각을 담근다 싶더니 살살 흔들었다가 바로 끄집어낸다. 된장 양념을 뚝 떠서 홍어 위에 아주 두툼하고 투박하게 바른다. 잘 익은 된

달보드레한 태깔에 풋풋하고 싱그러운 냄새가 나는 홍어회.(위) 된장물에 파래를 넉넉하게 넣은 뒤 뼈, 꼬리, 껍질 등속을 다져 넣고 애를 툼벙툼벙 얹어 끓인 홍애국. 삭힌 애국과는 전혀 다른 풍미가 있다.(가운데) 소금장에 찍어 먹는 홍어애. 입 안에서 스르르 녹는다.(아래)

장에 참기름을 부어 섞고, 다진 마늘과 고추를 잘게 썰어 버물려놓은 양념은 반지르르 윤기가 돈다. 고소한 냄새의 틈틈이 매콤한 기운이 튄다.

"이러케 된장을 볼라. 우리 밭에서 콩 해서 맛있어, 예술이여, 잡숴바. 된장, 마늘, 다마네기, 깨소금, 청양고추. 다 농사 짓어서 허고 팔기는 생전 안 해. 우리 아들이 가게를 한께. 깨소금도 저런 중국산이 아니여. 집에서 한 거여."

양념장이나 초고추장을 끼얹는 찜이 아니다. 끓는 물이 뜨거운 김을 피워 올려 생선을 익히고, 된장기는 아래로 풀리면서 속속들이 배어드는 찜이다.

"팔팔 끓이문 암것도 안 치고 그냥 먹어요. 이제 된 거예요."

오드득오드득
물렁뼈의 귀하고 미묘한 맛, 홍어 코

찜솥을 들고 뒤란으로 돌아가니 부엌 앞에 올망졸망 옹기 무더기다. 된장, 고추장, 간장, 김치 등 아짐이 애지중지하는 보물단지들이다. 아무렴 그렇지. 뭍에서 온 손님들의 입맛을 사로잡는 예리항 횟집의 밑천일랑 여기 사리마을 아짐의 장독대였다. 그중 뚜껑 하나를 열어보니 진한 약초와 시큼한 막걸리가 확 달려든다. 아짐의 자부심이 다빡한 인동초 막걸리다.

"크~은 칡을 산에서 캐 와서 톱으로 도막도막 잘라갖고 말려서 삶아갖고 냉장고 너놨다가 술 할 때 내다 쓴당께. 그렁께 밀보리하고 쌀하고 섞어서 시리(시루)서 쪄갖고 시콰(식혀)갖고 인동초, 칡, 당귀, 후박나무, 쑥 이런 약초물을 쳐서 비벼갖고 독에다가 숙성을 시켜. 여름에는 한 오일이문 묵고 겨울에는 한 달도 가. 날씨가 차니까 숙성시킬라고."

듣기만 해도 숨이 차는 과정이다. 아짐은 막걸리가 익으면 독 안에 용수를 박아 떠내서 병병이 냉장고에 가지런히 보관한다. 술독에 냉장고에 막걸리 마를 새 없으니 그 일감이 오죽이나 많을까. 게다가 마당에 널어둔 미역이며 멸치며, 상자에 봉지에 엽렵하게 포장해둔 건어물하며…. 스물셋에 흑산도 앞 영산도에서 시집와 꼬박 47년이 되었지만 갯일 밭일 집안일 아직도 지천인 게다.

"광표야! 고기 얼른 썰어라. 애국 끼래야겄다."

찜솥에서 폴폴 김이 새고, 돼지고기 삶는 냄비도 다글다글 소리를 낸다. 아짐은 칼을 직접 잡고 꼬리를 내리쳐 잔 토막을 내고, 살점이 별로 달리

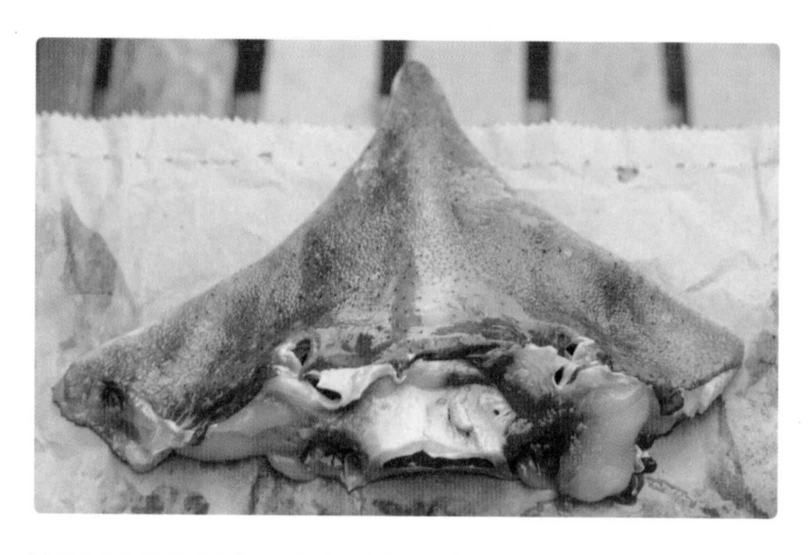

"헤암(헤엄)을 못 친 사람이 묵으면 바로 헤암을 친다"는 홍어 코. 가장 귀하고 맛있는 부위로 꼽힌다.

지 않은 껍질째 뼈째 모아서 탕탕탕 성기게 다짐질을 한다.

"요놈 히쳐서 애국을 끼래. 파래로 끼릴 것이여."

아짐은 파래가 빡빡하게 들어앉은 냄비에 잔 토막과 다져진 홍어를 툭툭 펼치듯 떨어뜨린다. 여기에다 꾹 쥐면 소리도 없이 뭉개져버릴 것 같은 홍어애 몇 점과 내장 등속을 조심스레 얹어놓는다.

"파래, 된장, 청양고추, 마늘… 인자 내장, 뼈, 애 좀 넣고…. 아이고 다리여."

부엌으로 마당으로 몇 바탕을 하느라 녹초가 되신 아짐이다.

홍애국을 가스불에 올려놓으신 뒤에 평상에 털썩 주저앉는다.

광표 씨는 니퍼를 들고 홍어 토막에서 껍질을 쭈욱 잡아당겨 떼낸 뒤 어슷한 칼질로 푸짐한 회 한 접시를 내놓는다.

소금장에 찍어 먹는 홍어애는 감미롭기 그지없다. 연하고 보드라운 몰랑몰랑 '푸딩' 같은데 두어 번 입을 옴죽거리면 감쪽같이 으깨져 사라진다.

그냥 '맛있다'라고 하기엔 오묘하고 신비로운 게 홍어애다. '맨 먼저 손이 간다'는 물코 또한 느낌이 야릇하다. 오드득오드득 물렁뼈가 오래오래 입안을 돌아다니며 궁그는 감촉이 독특하다. 이 귀하고 미묘한 맛의 세계를 필설로 어찌하랴.

흔히 '1코 2애 3날개 4살 5뼈'로 홍어 부위의 맛있는 순서를 매기는데, 귀하기도 하거니와 사람이 더 맛을 보탤 필요가 없는 순서이지 싶다.

홍어된장찜과 홍애국, 싱싱한 회와 묵은지, 그리고 인동초 막걸리까지 진짜배기 흑산 홍어 한 마리로 푸지게 차려낸 밥상.

달보드레한 홍어회에
걸쭉한 인동초 막걸리 한잔

"이 홍애찜은 비법이어요. 우리 친정엄마가 잘했어, 음식을 다 잘했어. 어깨너마로 보고 느껴가지고 헌 거예요. 첫째는 간이 맛있어야 돼요. 삭힌 것은 쪄노문 맛이 없는데, 싱싱한 것은 딱 된장 볼라서 참지름 쳐서 쪄노문 맛있제. 근디 으짜요?"

'헉' 하는 신음이 새도록 코를 뻥 뚫던 홍어찜의 기억들은 속절없이 물러간다. 아짐의 된장찜은 질박한 토속의 개미를 우려내면서 아련한 옛 추억처럼 가슴 저리게 한다. 그것은 홍어를 빌어 혼탁해진 미각을 근원으로 이끄는 된장의 힘이요, 어머니의 맛이리라.

"이런 국은 도시에는 없을 거예요. 흑산도는 파래 여코 끼래. 파래 뜯어다가 널어서 말래갖고 거따서…."

파래는 쉬이 흐물거리지 않고 잘깃잘깃 씹힌다. 코를 쥐며 고개를 절래절래 흔들며 돌아서던 뭍의 홍애국과는 전혀 다른 맛이다. 그렇다고 여느 생선의 매운탕이나 맑은탕(지리)은 흉내낼 수 없는 특유의 풍미가 있다. 갯벌에서 파래를 뜯어오면서부터 셀 수 없을 만큼 성가신 손놀림의 반복으로 도달한 손맛의 완성이다.

달보드레한 홍어회는 고운 태깔과는 달리 무척 찰지다. 걸쭉한 인동초 막걸리 한잔에 묵은지와 돼지고기까지. '홍탁삼합'으로 전무후무 '호사스런' 흑산도 홍어잔치의 밤이 깊어진다.

"정약전 선생님이 이백 년 전에 유배 오셔갖고 우리 할아부지들이랑 막

손암 정약전의 유배지인 흑산도 사리마을 포구. 시리도록 맑고 푸른 바다에 작은 고깃배들이 둥둥 떠 있다.

걸리 묵고 지냈제라. 그 양반이 지금으로 봐서 수재 아니요. 근디 지역 주민들이랑 막걸리 묵음서 격없이 지냈다요. 대단한 분이죠. 주민들이 도와주니까 책도 쓰시고."

광표 씨는 조상들과 정약전 선생에 얽힌 사리마을의 역사에 자부심이 크다. 마치 어제 일인 양, 눈으로 보는 광경인 양 실감나게 밤새 이야기를 풀어낸다.

"일이 한이 없어. 이 집이가 방앗간이었어. 멸치액젓 광이었고. 우리 아저씨가 흑산 전체 멸치를 사다가 간을 해갖고 액젓으로 팔았어. 또 흑산 전

복을 전부 맡아서 수출도 하고 팔고…. 그 뒷바라지를 내가 다 했다니까. 그랑께 아저씨네 잘 방에다 크게 광을 만들 때 도시에는 기계가 있제만 여그선 꼬꽤(곡괭이)로 팠어. 흑이여 돌이여 내노문 내가 니아까로 다 실어냈다니까. 우리 아저씨는 배 타고 애기들은 쬐끄맸을 때. 그것만 생각흐문 지금도 눈에서 눈물이 나. 액젓이 안 되니까 다시 다 마꽈(메워)갖고 집을 지었제. 돼지도 많이 키웠어. 사슴 목장도 했어. 아침 저녁으로 깔을 벴제. 목장에 인동초가 있었어. 캐다가 삶은께 노오라니 우러난 거여, 색깔이. 그래서 막걸리를 만들었다니까. 그렁께 한 30년….”

‘흑산도 큰애기 쌀 서 말도 못 묵고 시집간다’는 속설과는 달리 비교적 유복하게 자란 아짐이다. 물 빠지면 갯바닥, 물 들면 밭으로 담박질을 해온 세월이 얼마나 고달팠을까. 허나 그 망가진 육신에 기대어 기실 ‘자식새끼’들의 ‘오늘’이 있지 않는가.

흑산이 멀어질수록 홍어는 무장 곰삭는다. 싱싱했던 생선이 지린내 진동하는 삭힌 어물이 되는 건 고향에서 멀어질수록 점점 더 커지는 그리움 같다. 풋풋한 날것부터 퀴퀴하게 묵힌 것까지. 가히 ‘흑산 홍어’는 한 뿌리에서 천 갈래 만 갈래로 뻗어가는 맛과 이야기의 지존이다. 그러니 어쩌랴. 그 진면목을 알 바 없이 ‘홍어’에 지역색을 입혀 외마디 욕설인 양 나불대는 무지의 소치가 그저 우스울 수밖에.

돌아오는 뱃길, 역시나 너울대는 흑산 바다 만만찮다. ‘으짜요’ 하며 기색을 살피던 아짐의 목소리 파도에 일렁인다. 벌써 흑산을 향한 그리움이 부푼다.

'나락 놀짱흘 때' 제대로 든 가을 전어 맛

광양 남상금 아짐

전어구이와 회무침

• • 여가 다~ 바다였어. 울 엄니 아부지도 발(갯벌에 설치하는 고기잡이 그물)도 하고 갯일도 하고 그랬제. 전어 같은 것은 그냥 건져다 묵었어. 옛날엔 거의 잡어 수준이었제."

광양시 골약면 고길마을 박후준 씨는 벌판을 바라보며 꿈인 양 푸른 바다를 떠올린다. 백운산 옥룡계곡 · 봉강계곡의 맑은 물과 굽이굽이 섬진강물이 두 갈래를 치며 몸을 풀어 헤친 광양만이다. 여수반도와 하동반도 사이, 입구는 좁지만 속은 확 터진 항아리 모양의 바다는 천혜의 어장이었다. 온갖 고기들이 알을 슬고 새끼를 치고 살을 찌워 강을 거스르거나 큰 바다로 향했다. 꼬막, 바지락, 고둥, 낙지, 게, 짱뚱어, 새우, 김, 파래…. 검고 찰진 갯벌은 뭇 생명들이 꼼지락대던 삶의 터전이었다. 그토록 흥성하던 고향 바다는 광양제철소로 메워지고, 망덕포구를 따라 길게 늘어진 전어잡이 배들만이 가까스로 옛 추억을 붙잡고 너울댄다.

"존 고기는 다 들어가불었제. 인자 요론 디서는 볼 수 없어. 전어? 한나썩 잡아다 시장 가서 폴고, 찌끄래기는 묵고 그랬제. 꿉어도 묵고 회도 해묵

천혜의 어장, 광양만의 옛 추억을 간직한 망덕포구. 가을이면 전어잡이 배들이 줄지어 늘어진다.

고 지져도 묵고….”

아들 후준 씨에겐 머릿속의 기억이라면, 남상금 아짐에게 바다와 갯벌은 몸서리를 쳐가며 부대끼던 치열한 감각으로 남아 있다.

꿉어도 묵고 회도 해묵고 지져도 묵고…

“하문, 많이 폴았제. 묵을라고 잡았가니. 돈해서 묵고살라고 했제. 만썩 잡아도 밥 묵고살기가 심들어. 지금매니로 돈이 안 된께. 차 없을 때는 이고 댕겼제 광양장까지. 삼십 리가 짱짱허제. 참 그런 꼬막, 그런 반지락, 그런 꿀(석화)…. 다 묵어봐도 그 꼬막맨치로 맛있는 거 없어. 물이 존께, 뻘이 존께….”

두고두고 애석하다. 당신 손으로 거두던 흔전만전 전어를 이젠 발품을 팔아 사러 간다. 요즘엔 ‘전어 하면 가을’로 알지만, 봄 전어도 맛있단다.

“봄 전어는 시방부터 커갖고 겨울에 숨었다가 나와. 막 나와선 더 맛있어. 굵고 살찌고. 그놈이 여름내 알을 슬어갖고 새끼를 까노문 잘 커. 그래갖고 요새 잘잘흐니 나오제. 전에는 모 숭글 때 되문 전어가 발에 많이 들어. 근디 음력 4월 지나 5월 되문 잘 안 사. 맛이 떨어진께. 그러문 통째로 젓을 담아서 삭흐문 국이 말금흐니 참 맛나. 지금은 비싸갖고 젓 담을 새가 어딨어. 글고 가실에 나락 놀짱흘 때 또 맛이 들거등. 요새 맛이 들 때여.”

망덕포구 즐비한 횟집들 사이, 도매상 수족관을 들여다봐도 전어 보기

지느러미와 꼬리를 떼어내고 길게 한 번 어슷하게 세 번 칼자국을 낸 뒤 소금을 뿌린 전어들을 숯불에 올려 굽는다.(왼쪽) 낡은 풍로로 바람을 일어 참숯으로 구운 전어구이. 양념장을 발라 맛을 더했다.(오른쪽)

어렵다. 주말과 휴일에 밀려온 손님들 때문에 동이 난 게다. 전어 아홉 마리에 깔다구(농어 새끼) 3마리를 얹어 가까스로 1kg을 맞췄다. 이번엔 횟집에서 2kg을 산다. 어촌계장 이용호 씨가 오늘 건져 올린 전어다. 퍼덕 퍼덕! 전어들이 요동을 친다. 비닐봉지가 금세 찢어질 것만 같다.

"강물하고 바닷물하고 교차하는 기수지역이라 여기 전어가 명품이여."

선착장에 고깃배를 대놓고 그물을 손질하던 이용호 씨의 자랑이다. 몇 해 전이던가.

"민물허고 갱물하고 세낀께(섞이니) 가냥(광양) 꼬막이 젤 맛있다"던 후준 씨의 주장 그대로다.

오던 길을 되짚어 집으로 갈 때도 모자母子는 타래타래 회상의 실꾸리를 푼다.

"전엔 배가 맘대로 못댕기. 여그 와서 지름 사고 출발흔다고 패(표) 끈어갖고, 여수 어디까지 가서 배기주고(보여주고)…."

"김도 묵어보문 옛날 거튼 그런 김이 없어. 우리 가냥 김은 그렇게 찰졌어."

"다 있었제. 짱애, 새우, 홍대새비. 큰 놈은 한 뼘씩이나 돼 요만썩. 알록달록헌 거는 자대라고. 요새 나온 거고."

"소나무 잎 있제, 갈비. 그 잉걸에다 꾸문 참 맛나. 한 마리 200원, 300원 했등거 같은디, 아부지 옆에서 보돕시 얻어묵었제. 우리 집은 나 욱으로 쌍둥인디 나도 쌍둥이여. 2년 터울로 쌍둥이라 엄니가 고생이 많았구마."

고길마을로 들어설 무렵, 하늘엔 먹장구름이 짙게 깔린다. 구봉산 줄기 두 개가 마주보며 바다에 발을 담근 자리에 들어선 밀양 박씨 집성촌이다. 아짐은 이웃마을 하포에서 스무 살에 시집와 55년을 살며 4남 2녀를 길러냈

'꿉을 놈, 회할 놈, 지짐할 놈'으로 사온 전어를 나누는 남상금 아짐.

다. 고샅엔 탱자나무, 모과나무 성성하고, 알갱이를 알뜰하게 털어낸 깻단들이 홀가분하게 늘어섰다. 노란 철제 대문, 지붕을 낮게 드리운 한옥집이 안온하다. 마당가엔 늙은 감나무 가지가지 퍼런 감을 달고, 산으로 이어진 뒤란에도 감나무, 밤나무 둘러친 정겨운 시골집이다.

"느그 성이는 안 왔냐? 숯댕이 좀 내놔라 해뜨니 안 내놨지?"

몸빼 바지에 헐렁한 셔츠로 갈아입은 아짐이 일손을 보태러 온 둘째 며느리 이금순 씨에게 큰며느리를 묻는다. 후준 씨는 얼른 아버지 박근석 씨와 함께 불 지필 채비를 한다.

"아이! 잔 오랑께 왜 안 와. 저녁 묵게 와."

큰며느리 김은미 씨에게 소환명령(?)을 내리고 전화를 끊는다. 그리곤 칼 하나와 꽃무늬 화려한 큰 접시를 챙겨 들고 수돗가에 앉는다. 팔딱이던 전어들은 진즉 수굿해졌다.

"회 치고 지지고 꿉고 흐문 되제? 허어! 얼매나 발광을 했는지 껍덕이 다 배껴져붓다."

찬물에 씻은 전어를 하나씩 꺼낸다. 칼로 쓱쓱 긁어 비늘 벗기고, 지느러미 잘라내고 꼬리 떼고 반 토막을 친다. 깔다구 세 마리와 전어 세 마리는 그렇게 지짐용이다. 소금 간이 배도록 배 쪽으로 길게 한 번, 몸통으로 어슷하게 세 번씩 칼질을 한 건 구울 참이다.

"다른 집선 남자들이 허등마, 우리 집은 다 나한테 미롸(미뤄)불고 안 해."

'내 몫이려니' 묵묵하게 해온 일이다. 그 비린내 나는 칼질이 수수만 번 되풀이되면서 저절로 손에 익은 빛나는 솜씨다.

회무침용 전어를 뼈째 가시째 가늘고 촘촘하게 썰어 꽃접시에 담았다.(위) 회무침. 식초, 고추장, 매실액을 차례로 넣은 뒤 무채와 전어를 섞으며 버무린다.(가운데) 푸릇푸릇 배추에 싼 회무침 맛이 구성지다.(아래)

싱싱한 전어를 창자째 끓여낸 쌉스레한 지짐을 국자로 떠 건네며 연신 "많이 묵으씨요" 권하는 남상금 아짐.

새콤달콤한 회무침을
푸릇푸릇 배추에 싸 먹는 맛

"소금 조깨 허칠란디 그걸 못 찾네. 광에 가문 요짝 동우에 있는디."

시아버지 도움으로 겨우 소금을 찾아낸 금순 씨가 바가지를 건넨다. 아짐은 전어 여덟 마리에 소금을 흩뿌린 뒤 석쇠 위에 가지런히 놓는다. 이제 후준 씨가 숯불에 구울 차례다.

"오메 어쩌야쓰까. 우산을 쓰고 해야겄네."

기어이 비가 쏟아진다. 아버지는 당신과 동갑쯤 되는 늙은 풍로를 가만가만 돌린다. 그 바람으로 벌겋게 달궈진 숯덩이 위에 후준 씨가 전어를 굽는다. 비를 피해 마루로 들어가 앉은 아짐은 회무침 할 전어를 가늘고 촘촘하게 썰면서 "매매 꿔야 돼." "시커멓게 끄실어불겄다." "언능 돌멩이를 더 높여라" 하며 맞춤하게 지휘를 한다. 지글지글 뽀글뽀글 기름이 배어나와 질질 흘러내리고, 허연 연기가 포복을 하듯 빗속으로 긴다. 집 나간 며느리뿐이랴. 살지고 비린 생선이 고소하고 맛깔나게 타들어가는 이 내음에 홀리지 않을 사람이 있을까.

"회 철이라 가시가 안 쎄."

회무침용은 뼈와 가시를 바르지 않고, 창자를 긁어낸 전어를 통째로 썬다. 한 마리씩 대가리에서 꼬리 쪽으로 어슷하게 정교한 칼질이다. 마지막 하나 남은 전어만 가시 없이 포를 뜬 뒤 가늘게 썰어 작은 접시에 따로 담았다. 지아비를 향한 지순한 정성이 나지막한 혼잣말처럼 들린다. "요거슨 아부지 드릴라고. 이가 안 좋으신께….”

좁은 부엌이 복잡하다. 식재료와 양념들이 여기저기 널려있다.

지짐용 솥 안에 국물이 방방하다. 조선간장을 좀 붓고 우선 물부터 끓이라는 말씀을 금순 씨가 잘못 들었나 보다. 깔다구와 전어를 이미 안치고 납작납작하게 썬 무 조각들도 함께 끓고 있다. 아짐은 동그마한 호박 하나를 반으로 딱 쪼갠다. 칼을 조르르 돌려 속을 긁어내고 길게 토막을 친 뒤 나박나박 썬다. 따닥따닥 도마 치는 박자가 가볍고 경쾌하다. 문득 내려다보니 참 고운 손이다.

“곱기는 뭐. 전엔 도구통에 방애 찌묵고 만날 개뿌닥 기다니고 흔께 손이 터갖고 피가 찍찍 나고 그랬어. 시방 엄니들매니로 가꽈 쌌으문 괜찮앴지.”

시난고난 모진 날들은 얼굴 가득 자글자글 주름을 남겼지만, 고운 손만큼 낯빛도 환하다.

아짐은 솥에 고춧가루를 뿌리고 조선간장을 붓는다. “물을 너무 많이 부서갖고 맛도 없다 이 사람아.” 슬쩍 며느리 타박을 한 뒤 마늘, 양파, 호박을 넣고 간을 본다. 매움한 기운이 폴폴 날린다.

회를 버무릴 차례다. 썰어둔 전어를 냉동실에 넣어 살짝 얼린다.

큰 유리그릇에 우선 무채를 넣고 소금을 끼얹은 뒤 설탕을 붓고 손으로 뒤적뒤적 조무린다. 칼질이 제대로 되지 않은 무채를 어김없이 골라낸다. 며느리의 서툰 솜씨를 시어머니가 말없이 딱 꼬집어 내는 게다. 언제 들어왔는지 큰며느리 은미 씨는 솥뚜껑을 열고 지짐 간을 본다.

“쪼끔 쌉스름헐꺼다, 창시를 안 내가꼬. 뭘 좀 맛있는 것을 너라.” “고치장 안 풀었죠?"

시어머니와 두 며느리가 좁은 부엌에서 복닥복닥 음식을 만든다.

회무침 그릇에 식초, 고추장, 매실액을 차례로 넣은 뒤 무채와 전어를 섞으며 버무린다. 양파와 배를 채로 썰어 넣고, 고추장과 식초를 번갈아 넣어가며 간을 맞춘다. 그리고 남은 양념으론 가시 없이 부드러운 아버지의 회무침을 완성한다.

며느리들은 양념장을 만들어 구운 전어에 바르고, 콩나물과 고구마대무침엔 참기름과 통깨를 흠뻑 부었다. 아짐은 쌈거리가 없다며 큰아들 박용훈 씨와 함께 이미 어두워진 밭으로 달음질을 치더니 푸릇푸릇한 배추를 솎아 왔다.

온 가족이 저마다 솜씨를 부리고 다뿍 정을 담은 저녁 밥상이다.

흰 쌀밥에 잘 삭힌 배추김치, 갓김치, 파김치, 콩나물과 고구마대무침, 전어숯불구이와 회무침, 지짐, 그리고 밭에서 막 나온 배추와 쌈된장으로 풍성하다. 새콤달콤한 회무침을 거칠고 싱싱한 배추쌈으로 먹는 맛이 구성지다. 구운 전어 대가리를 씹어 기어이 깨 서 말의 개미를 우려내고, 내장까지 곯인 탓에 쌉스레한 지짐 국물을 아짐의 말마따나 '약이 되려니' 하는 마음으로 떠먹는다.

"잡사봐." "많이 묵으씨요." "김치는 든내고(들어내고) 요거를 가치이(가까이) 놔두래이."

화목한 식구들 틈에서 손님 대접을 톡톡하게 받는다.

"여가 참 좋은 디여. 앞문을 열면 고기가 들어오고 뒷문을 열면 나무가 들어오고…."

아버지 역시 사라진 바다를 향한 그리움이 짙다. 그런데 머지않아 산자락도 허물어지고 마을도 정든 집도 없어질 판이다. 광양제철소 쪽에서 불어온 택지개발지구사업이 바짝 다가온 탓이다. 집이 헐릴 때까지 살다가 제일 늦게 이사를 하겠다는 아짐이다. "뭐든 맹글어 묵었다"는 아짐이 갯벌에 이어 텃밭마저 잃게 될 걸 생각하니 가슴이 아린다.

인공의 가미 없는 대자연의 살점

고흥 우도 문영심 아짐

뻘 낙 지

• • 바닷물이 주춤주춤 물러선다. 섬으로 가는 외길이 서서히 열리고 있다. 이젠 건너갈 수 있으려나? 몇 걸음을 달리자마자 바닷물이 앞을 가로막는다. 물살이 제법 거칠게 길 위를 쓸고 있다. 사방을 둘러보니 내가 바다 한가운데 서 있다. 햇살은 퍼부어대지 작고 고운 은빛 조각들은 팔랑대지…. 순간 정신이 아득하고 어찔어찔 현기증이 난다. 잘박잘박 물길 잦아진 갯바닥에 짱뚱어들이 노닥거리고 게들이 잽싸게 기어 다닌다.

고흥군 남양면 중산리에서 우도로 가는 바닷길. 동강장에서 이른 점심에 물장화를 챙기고, 한 시간 넘게 뭍을 배회했다. 그렇게 물때를 기다렸다가 주춤주춤 나아갔건만, 정작 그 길을 맨 처음 건너지 못했다. 섬 쪽에서 경운기 한 대가 쓱쓱 다가오는가 싶더니 찰박찰박 물살을 가르며 지나쳐가는 게다. 트럭 한 대도 시원스레 뒤를 따라 뭍으로 나간다.

"우덜은 아직 못 건너제. 저 사람들은 훤해 어림짐작으로도. 맨날 들락날락헌께…."

짱뚱어 낚시를 나왔다는 아저씨가 고리에 미끼를 꿰며 설명을 붙인다.

"짱뚱어는 미끼 없이 그냥 흐던디요?"

"잉~ 그러제. 근디 선수들이나 그러제 나거튼 초보들은 안 되야."

없는 낙지도 만들어낸다는 '낙지호랭이'

물일이든 갯일이든 '선수' 앞에선 몸을 낮추는 게 바다를 끼고 사는 사람들의 마음가짐인가 보다. 바닷길 훤~한 선수들에게 길을 먼저 내주고 겸손하게 우도에 든다.

마을회관 앞 그늘 아래 평상에 할아버지 네 분이 두런두런 앉아 있다. 정오를 막 넘긴 대낮인데 '깡소주'를 돌리느라 하나같이 얼굴이 벌겋다.

"물이 하리(하루)에 두 번 빴고 두 번 들고 그래. 오늘 새복 세 시에 한 번 빠졌는디, 그때 싹 다 동강장으로 가불었어. 시장에 한본 갈라문 잠도 못 잔단께."

"뻘낙지? 당 멀었어 당 멀어. 아직 물이 덜 났어."

"누구라고? 옳게 찾았구마. 거그가 '낙지호랭이'여. 거그는 없는 낙지도 파서 맹글어불어. 저 아래 꺼문(검은) 기와집이구마."

낙지호랭이라! 동네 어르신들이 우도 최고의 낙지잡이로 입을 모으는 이가 점암댁 문영심 아짐이다.

"물 날라문 당 멀었어. 근디 밥은 묵었어? 섬에 밥 사 묵을 디가 없는 디."

아짐은 생면부지들의 밥부터 챙긴다. 그러고 보니 마을회관 앞 어르신들도 골목에서 마주친 아짐도 약속이나 한 듯이 끼니 걱정을 했었다. 아짐은 감이라도 먹으며 기다리라며 쟁반을 내온다. 감 하나를 깎아 베어보니 동네 인심만큼 오진 단내가 입 안에 가득 고인다.

때마침 어제 잡아둔 낙지를 사러 벌교에서 활어차가 들어온다. 운전기사가 서른아홉 마리를 헤아려 내간다. 끝수로 1일, 6일 오일장인 동강장이 오늘이지만 나갈 필요가 없다. 전화만 하면 득달같이 달려온다. 그만큼 우도 뻘낙지 맛을 알아서 모신다는 뜻이다. 반산댁 송순자 아짐도 낙지를 팔러 나왔다. 섬을 통틀어 둘뿐이라는 동갑내기 뻘낙지잡이꾼들이다. 점암면으로 시집갔다가 귀향한 문영심 아짐과 두원면 반산에서 시집온 송순자 아짐이다.

"서이 했는디 한나는 아파서 인자 못 나와. 우덜도 병신들이제. 한나는 다리병신 한나는 허리병신이여. 인자 환갑 보돕시 넘었는디 낙지 잡다봉께 요렇게 쪼글쪼글해져불었어. 아그덜은 몸 아픈디 뭐덜라고 댕기냐고 난리여."

> "이맘때가 제일 보드랍고 꼬시제.
> 자잘흐고"

선선한 바람이 얕아진 바다를 시나브로 쓸고 와 울도 담도 없는 섬집 마당에 갯내음을 퍼질러놓는다. 장에 나갔던 사람들이 하나둘 들어오면서

"수둠이 있으문 그 저테 낙지 구녁이 있제. 그 속에 들앙겄어." 수둠은 작은 뻘무더기가 둥그스름 도톰하게 볼가진 낙지 숨구멍이다. 유독 거무스레한 색을 띤 앙증맞은 분화구 꼴이다.

고샅이 시끄럽다. 무작정 기다리는 모양이 안쓰러웠는지 문영심 아짐이 서둘러 채비를 하고 나선다.

야트막한 뒷동산 고갯길을 따북따북 걷는다. 20여 분 지났을까. 반질반질 시멘트 길은 흙길과 자갈길로 이어져 뻘에 닿는다. 물장화를 신고 장갑을 끼고, 날큼한 갯호미와 스테인레스 대접, 그리고 낙지 담는 양동이와 길게 끈을 달아맨 다라이…. 금세 뻘에 나가려니 했지만 아짐은 갯가에 앉아 우두마니 바다를 바라보다가 고개를 돌려 지나온 길을 더듬는다.

"아직 물이 덜 났어. 근디 요것은 오도가도 안네. 그라고 느긋해."

물이 더 멀리 빠지기를 기다리면서 반산댁이 오는지를 살핀다. 동무를 기다리는 아짐 곁에서 갯돌들이 바짝바짝 말라가고 있다.

"이맘때가 제일 보드랍고 꼬시제. 자잘흐고. 볶아 묵고, 팥 넣고 죽도 끓이고, 조사갖고 참기름에 소금 너코 영감 주문 잘 묵어. 뻘에서 막 건진 것인께 실흐제. 근디 잡아서 폴기 바쁘제 얼매나 해묵가니? 우리는 맛이 좋은가 어쩐가도 모르겄소."

당신 손으로 건져 올린 낙지조차 맘 놓고 먹지 못한다는 아짐을 두고 '가을 낙지' 맛의 본때를 보겠다고 벼르는 사치스런 식탐이 못내 미안하고 부끄러웠다.

오후 2시쯤. 드디어 아짐이 뻘밭을 걷는다. 바닥이 온통 숨구멍 자리다. 질컥질컥 시커먼 점액질 뻘 위로 무수한 구멍들이 뻥뻥 뚫려 있다. 살아 숨쉬는 갯벌이다. 반지락, 굴, 게, 짱둥어, 고둥, 새우…. 눈 가는 자리자리 고물거리는 갯것들 지천인 보물창고다.

아짐이 이리저리 바닥을 살핀다. 낙지 숨구멍을 찾는 게다.

"수둠이 있으문 그 저테 낙지 구녁이 있제. 그 속에 들앙겄어."

수둠은 작은 뻘무더기가 둥그스름 도톰하게 볼가진 낙지 숨구멍이다. 유독 거무스레한 색을 띤 앙증맞은 분화구 꼴이다. 그 가까이에 낙지가 파고든 구멍을 찾아야 한다. 수많은 구멍들이 고만고만해 구별이 쉽지 않다. 긴가민가 싶을 땐 발로 꾹꾹 밟아본다. 이때 수둠에서 물이 퐁퐁 솟으면 낙지 자리가 틀림없다.

이윽고 호미질이다. 손놀림이 재다. 순식간에 서른 번도 넘게 뻘을 파헤친다. 사방으로 뻘이 튄다. 헤집은 자리로 고이는 물을 대접으로 거푸거푸

퍼낸다. 그리곤 또 하염없는 호미질. 갑자기 호미를 내려놓고 손을 내밀어 뻘 속을 푹푹 쑤신다. 낙지 덜미를 잡으려는 뒤짐이다.

"에이~ 요라고 짚이 들었당께."

우적우적 물큰물큰…
입 안 가득 차오르는 산낙지 한 마리

파고 또 파고, 퍼내고 또 퍼내고, 손을 넣어 쑥쑥 뻘을 쑤시는가 싶더니, 시커먼 낙지 한 마리가 꿈틀꿈틀 딸려 나온다. 싱싱하고 힘찬 원시의 생명력이 전해진다. 몇 발짝을 떼다가 다시 기운찬 호미질이다. 관절염으로 노상 병원 신세라는 말이 무색하다. 자꾸만 밑으로 파고들며 도망을 치는 낙지를 따라잡는 일이다. 한번 호미를 댔다면 도통 쉴 틈 없이 빨려드는 고된 노동이다. 파고 퍼내고 손을 쑤시는 동작을 그칠 수 없다. 온몸이 땀에 절고, 얼굴로 옷으로 뻘이 튄다. 앉지도 서지도 못하는 일구덕! 저절로 맘이 숙연해지고 말 붙이기도 죄스럽다.

"봄 낙지는 재수로 잡고, 가을 낙지는 기운으로 잡는다고 그래. 그만치 심들어. 짚이 들었쓴께. 봄엔 크기도 크고 야튼께 수울 헌디, 가을엔 째깐해도 짚이 들어서 심이 배로 들어."

뻘낙지 잡이는 봄과 가을 두 철이다. 아직은 자잘한 가을 낙지는 양껏 배를 채워 점차 몸을 불려가며, 추위를 피해 자꾸자꾸 뻘 속으로 파고든다. 그

"한나 묵어볼라요? 쌩낙지가 삶은 것보다 몸에 좋다요."

렇게 겨울을 나고 몸뚱이가 가장 커진 봄에 새끼를 낳는다. 날이 뜨겁고 비가 많이 내려 바닷물의 염도가 떨어지는 여름철에도 뻘 속 깊숙이 달아난다.

숨이 가쁘다. 아짐은 벌써 한 시간 넘게 허리 한 번을 펴지 않는다.

“하이고 크기나 크문 또 모르겄네. 째깐해갖고.” “낙지가 나보담 더 영리허당께. 도망가불었어.” “허메! 죽고살고 파갖고 대가리를 조사불었네.”

모질게 힘을 쓴 뒤 끝이 허망할 때면 혼잣말처럼 나지막한 탄식을 토해낸다.

반산댁 아짐도 갯바닥에 허리를 잔뜩 구부린 채 저만치 떨어져 연신 호미질이다. 설사 가까이 붙어있대도 말 한마디 건넬 기력이 없을 만큼 폭폭한 갯일이다.

“한나 묵어볼라요? 쌩낙지가 삶은 것보담 몸에 좋다요.”

아짐이 뻘 속에서 막 캐낸 낙지 한 마리를 쑤욱 내민다. 엉겁결에 받아드니 손목을 거꾸로 감아 오르는 기세가 드세다. 가까운 웅덩이에 쪼그려 앉아 설렁설렁 흔들어 씻고 대가리부터 우적우적 씹는다. 물큰물큰 낙지 한 마리가 입 안 가득 차오른다. 삭힌 홍어의 야리꼬리한 내음도 그러하거니와 산낙지 우적대는 기분은 언제나 야릇하다. 꿈틀대는 그놈의 다리 힘이 쭉 빠져 늘어질 때까지 정신없이 씹어댄 뒤라야 마음이 놓이고 비로소 맛을 음미할 수 있다. 살아있는 생물의 숨통을 끊어가며 만끽하는 야만의 식도락이라니!

인공의 가미 없는 대자연의 살점 맛이다. 햇빛 퍼붓는 갯벌 한복판에 서서 보는 가을 낙지의 진미다. 찰진 육질을 갯벌의 소금기가 맞춤하게 간을 하고, 생물 특유의 신선함은 씹고 또 씹어 고소함으로 달큼함으로 목젖을 밀고 넘어간다.

"저것들이 난리여. 쏙 줏어 묵을라고 따라댕기그마." 문영심 아짐 뒤로 갈매기 수십 마리가 졸졸 따라다닌다.(위) "많이 했는가?" "쪠깐 했네." 그토록 힘들고 폭폭한 갯일 한바탕을 치렀지만, 꼬물대는 수확 덕인지 돌아오는 두 아짐의 발걸음이 가뿐해 보인다.(아래)

"저것들이 난리여. 쏙 줏어 묵을라고 따라댕기그마."

아짐 덕에 식탐을 채우는 놈은 나 혼자만이 아니다. 아짐 뒤로 갈매기 수십 마리가 졸졸 따라다닌다. 아짐이 다라이를 끌고 나서기가 바쁘게 갈매기들이 우르르 구덕으로 달려든다. 뻘 속을 헤집어놓은 자리에 허옇게 몸뚱이를 뒤채는 쏙을 쪼아대는 것이다.

"끼루룩끼루룩, 까악까악, 삐이삐이, 꾸~욱 꾸~욱, 칵 칵, 피익 피익, 켁켁…."

갈매기들은 별별 희한한 소리를 내지르며 저들끼리 몸싸움을 하고 부리를 치받고 요란을 떤다. 반산댁 아짐의 꽁무니에도 하얀 갈매기 떼가 달라붙어있다. 멀리서 바라보면 마치 두 아짐이 모이라도 던져주며 키우는 오리 떼 같다.

밀물처럼 차오르는
뻘낙지 캐는 아짐의 고운 마음

"많이 했는가?" "째깐 했네."

뒷걸음치던 바닷물이 되돌아설 무렵, 마침내 두 아짐의 거리는 말을 섞을 만큼 가깝다.

"하이고 지퍼. 봄엔 낙지가 반지락 묵은께 야튼디, 인자 쏙을 쫓아온께 짚어."

더운 김을 내뿜으며 허리를 펴던 반산댁 아짐도 "어씨요!" 하며 낙지 한 마리를 건넨다. 2시간 30분 남짓한 갯일을 지켜보기만 했을 뿐 하등 보탠 것 없는 훼방꾼에겐 과분한 대접이다. 어쩔 것인가. 또 한 번 볼태기 미어지도록 우도 뻘낙지를 씹었다.

드디어 물가로 다가가 낙지를 헹구며 셈을 한다. 반산댁은 서른아홉, 점암댁은 오십네 마리다. 세상에! 3분에 한 마리 꼴로 낙지를 캐낸 셈이다. 물이 조금만 더 빠지면 팔십 마리도 넘게 잡는다니 '낙지호랭이'라는 말은 결코 빈말이 아니었다.

"남자들은 안 해. 심든 일을 하가니. 글고 요새 젊은 사람들은 안 해. 심드니까. 허도 않고, 안흔께 잡도 못흐고."

그토록 힘들고 폭폭한 갯일 한바탕을 치렀지만, 꼬물대는 수확 덕인지 돌아오는 발걸음이 가뿐해 보인다.

"어찌까. 낙지라도 조사주고 싶은디…. 그랄라문 물이 들어불고…."

뭍으로 가는 바닷길 잠길세라 맘이 서두는데, 문영심 아짐은 못내 섭섭해 어쩔 줄을 모른다. 온 삭신이 쑤시고 저려 만사가 귀찮을 법도 한데, 뭣이라도 먹여 보내고픈 인정이 착잡하다. 다시금 차오르는 밀물처럼 뻘낙지 캐는 아짐의 고운 마음 찰랑찰랑 온몸을 적신다.

고소한 살점 맛에
우거지 씹는 개미까지

벌교 설점숙 아짐

짱뚱어탕

• • 태풍 산바가 온 나라를 흔들어댄 날, 벌교로 가는 도로는 숫제 미끌미끌 빗길이다. 대숲은 너울너울 무섭게 춤을 추고, 세찬 비바람에 자꾸 밀리는 자동차가 움찔움찔 위태롭다. 얼마나 흔들어댔을까. 연안 습지로 유명한 벌교 갯벌로 접어드는 지방도로는 온통 부러진 나뭇가지와 잎사귀들이 어지럽게 휘날린다.

제아무리 궂은 날이라도 끼니를 거를 수는 없지만, 짱뚱어탕 하나를 보라꼬(바라고) 갯바닥에 칠게 한 마리 얼씬거리지 않을 험상스런 날에 부리는 '식탐'이 남세스럽다. 헌데 이 무슨 조화인지 몸 안에선 뜨건 국물이 몹시 간절해진다.

들녘의 누런 벼를 베어내고, 입동 무렵이면 짱뚱어들은 뻘 속 깊이 파고들 터이다. 더 머뭇거리다간 '올해도 찰진 여자만汝自灣의 짱뚱어 맛을 놓치나' 싶어 서둘렀더니 이제 막 남해안에 상륙한 큰바람을 마중 나온 꼴이 되었다.

"어차피 미리 사다놔야 흔께 하루라도 빨리 오씨요."

짱뚱어를 살점만 발라내는 작업. 왼손으로 한 마리씩 대가리를 잡아 수직으로 세운 뒤 오른손으로 쪼옥 훑어 내린다.

설점숙 아짐은 화통했다. 군소리 없이 딱 부러지는 목소리로 약속을 잡았었다. 그 기세가 만만치 않았던지라 날씨를 핑계 삼아 며칠 늦춰볼까 하던 맘이 아예 생기지 않았다. 보성군 벌교읍 영등리 '산내산장'으로 접어드는 산길엔 붉은 꽃무릇이 지천이다. 초록 줄기 위에 빨간 색종이를 저며서 돌돌 말아놓은 듯한 꽃 모양은 봐도봐도 신기하다. 아짐이 심고 가꾼 꽃과 나무들이 산장을 가득 메우고 있다. 산장 간판은 5년 전까지 맛있는 식당의 표시였지만 이제는 아짐의 집을 가리키는 문패가 되었다.

"준비 다 해놨어요. 태풍 불어서 안 나올 것 같애서 어제 저녁에 사다놨어. 이거는 천 원짜리고 쫌 큰 놈은 천오백 원 흐드마."

벌교장에서 사온 짱뚱어는 에누리 하나 없이 55마리다. 밤새 얼마나 뻘을 뱉어내며 해감을 했을꼬. 대야를 들여다보는데 검붉은 흙탕물에서 비린내가 훅 풍겨온다.

아짐이 손질을 시작하자 짱뚱어들이 갑자기 폴짝폴짝 뛰고 꼬리를 기운차게 파닥거린다. 날렵하게 배를 가르고 내장을 꺼내놓는데도 살아서 꼬물대는가 하면 뻘뻘뻘 기어 다니는 놈도 있다.

유난히 큰 머리에 툭 불거진 눈, 온몸에 박힌 점은 깜깜한 밤에도 반짝댈 것 같다. 그 얄궂은 생김새를 지닌 생물의 자지러지는 생명력이 괴이쩍어 마음 한쪽이 시근해진다.

"짱뚱애가 참 생명력이 강해. 홀치기를 해서 잡는디 뻘에서 보문 볼볼볼 기어 댕기고 훅훅 날아 댕기고 그래. 그런께 보양식이제. 이거는 애여. 내장이제. 이것이 들어가야 맛있어."

내장에서 분홍빛 애만 톡톡 떼어 추려낸다. 버릴 것은 거무튀튀한 뻘

찌꺼기뿐이다.

"낚시로 잘 잡는 사람들은 하루 삼십만 원까지 흔다드라고. 미끼도 없어요. 고도의 기술이 있어야지 헐 수 있어요."

"요것이 물이 들어오고 나오고 헌 디서 많이 살아. 옛날에는 자주 묵었는디 요새는 너무 비싸져서…. 한 마리에 몇 천 원씩 흔께 못 사 묵어."

'귀한' 짱뚱어탕을 함께 끓여 먹자는 초대에 달려온 손아랫동서 임정란 씨와 친정 큰언니 설소방 아짐이 차례로 말씀을 보탠다. 설점숙 아짐은 9남매 가운데 막내다.

능수능란! 아짐이 내장을 꺼낸 생선을 흐르는 물에 씻어 체에 밭친다. 여즉 싱싱한 짱뚱어를 널찍하되 얕은 냄비에 넣고 잠길락 말락 할 정도로 물을 자작하니 붓는다. 가스불을 켜고 삶기 시작한다.

비린내 나는 음식에는 방앗잎과 잰피

부엌 한쪽 작은 교자상 위엔 짱뚱어탕에 들어갈 식재료들이 조르라니 올려져 있다. 호박잎, 데친 고구마순, 붉은 고추, 풋고추, 마늘, 생강, 붉은 양파, 흰 양파, 배추시래기, 호박. 그리고 방앗잎과 잰피가 유독 반갑다. 전라도에서도 여수, 순천, 구례, 곡성, 벌교, 광양, 남원 등지에서만 즐겨 먹는 향신료다. 추어탕이나 붕어탕 등 비린내 나는 음식에는 반드시 잰피와 방앗잎을 넣는다. 생선 냄새를 없애면서 독특한 향과 맛을 내기 때문이다. 그 풍

짱뚱어탕에 들어갈 식재료들. 그중 방앗잎과 잿피가 유독 반갑다. 추어탕이나 붕어탕 등 비린내 나는 음식엔 잿피와 방앗잎!

미에 젖은 미식가들은 '환장'하지만 어떤 이들은 '화장품 냄새가 난다'며 질겁한다.

"방앗잎이 마당에 엄청 많아요. 전에 씨를 얻어다 뿌렸더니 엄청 나와. 짱뚱애만 사고 나머지 여기 있는 것이 전부 우리 집 밭에서 뜯어 온 것이요. 한~상 채린다고 좀 준비했어. 반찬들도 새로 아침에 다 흐고…."

아짐 셋이 벌교 사람이듯, 짱뚱어도 푸성귀도 양념도 모두 벌교산이다. 아짐이 짱뚱어 삶은 냄비를 꺼내 물을 따라내고 부엌 바닥에 놓는다.

"고무장갑 끼문 안 되까?" "왜 뜨거와? 그냥 찬물 적셔서 해. 장갑 끼고 하문 안 맛나."

동서와 언니가 뽀짝 다가앉으며 두 팔을 걷어붙인다. 짱뚱어를 살점만 발라내는 작업이다. 왼손으로 한 마리씩 대가리를 잡아 수직으로 세운 뒤 오른손으로 쪼옥 훑어 내린다. 뼈만 남기고 살만 아래로 떨어진다. 적당히 삶아내서 살점이 흐물거리거나 부서지지 않는다. 지느러미를 일일이 골라낸다. 사돈끼리 도란도란 이야기를 나누며 생선살을 바르고 나니 아짐이 남은 생선 대가리와 뼈를 체에 밭친 뒤 손으로 문지른다. 그때까지 붙어있는 살점을 알뜰하게 모으는 것이다. 역시나 귀한 생선이요, 손이 많이 가는 음식이다.

"요거시 비단짱뚱앤디 맛난 거여. 색깔이 꺼멓고 포르스름한 점이 몸뚱이에가 있고. 요거 말고 깨짱뚱이라고 있는디, 잘잘흐니 맛도 없어. 삶으문 훑어지도 않고…."

짱뚱어는 모두 한속인 줄 알았는데, 큰언니 설소방 아짐의 설명을 들으니 그도 아닌가 보다. 이제 설점숙 아짐은 탕에 들어갈 국거리를 양푼에 넣는다. 배추시래기와 고구마순을 칼로 뚝뚝 썰어 넣고, 호박잎은 두 손으로 분지르듯 거칠게 나눠서 넣는다. 호박을 빙 돌려가며 삐져 넣는데 쓱쓱 칼질이 날래다.

"친정엄마가 옛날에 논 30마지기 큰 농사를 지었는디 딸 일곱 전부 객지도 안 보내고 살림을 시켜가지고 다 음식을 잘해, 엄마 따라서. 아부지가 엄해갖고 무솨서 밖에 나가덜 못했어. 그란께 엄마 앞에서 딸들이 잘 배왔제. 내가 여기서 식당 10년 흐고, 둘째 딸 데꼬 제주도 가서 5년 흐고 왔어. 꼬막정식 굴정식 그런 메뉴를 했제. 나는 넘한테 못 맡기거등요. 완전히 전수해주고 왔어. 노형동에 대나무집이라고 인자 딸이 잘해."

벌교 아짐의 손맛이 친정어머니에서 딸까지, 바다 건너 제주로 3대 대

"짱뚱애가 참 생명력이 강해. 그런께 보양식이제." 설점숙 아짐.

물림한 셈이다.

"여자가 음식 잘하문 남자 복이여."

아짐들 말씀처럼 복을 타고 난 동서지간 서태희 아재와 박인길 어르신은 꼬막 이야기로 흥이 올랐다.

"장모님이 요 앞 장도 출신이거등. 꼬막도 시발지가 원래 장도여. 여자만 한가운데제. 우리 장인어르신께서 아조 힘이 장사신디 거그 조카사우 된 분은 여리여리 장똘뱅이였어. 근디 그 양반들이 저녁밥 묵고 꼬막을 삶아갖고 앙근 자리서 '나는 두 허리를 묵었다' '한 허리 반을 묵었다' 그럼서 서로 시기(시샘)를 해감서 꼬막을 만썩 잡쉈다 그래. 말흐자문 꼬막 껍떡이 바닥에서 턱까지 올라와야 한 허리라고 했당께 우리로선 이해가 되지 않는 이야기여. 그땐 꼬막이 전국적으로 알려지지 않아갖고 이짝서도 엄청 쌌어."

깔끔하고 개운한 국물 맛. 우거지 씹는 개미도 더없이 좋다.

"긍께 물이 찔벅찔벅흔 디는 꼬막껍질 갖다가 깔고 그랬제. 지금 자갈 깔대끼…. 꼬막이 결정적으로 유명해진 것은 조정래 씨 소설이 역할을 했지. 그때부터 매스콤을 탐서 갑자기…. 꼬막 양식흔 사람들한테는 은인이제."

"20kg 한 푸대에 6만 원 허던 것이 20만 원이 넘어불어. 지금은 고기보다 비싸. 요샌 25만 원씩 해불어."

과연 '전설' 같은 벌교 꼬막 이야기 푸지다.

짱뚱어 쉰다섯 마리를 발라 넣었지만
살점 귀하고

아짐은 붉은 고추, 마늘, 생강, 양파, 풋고추를 물과 함께 믹서에 간 뒤 그 양념을 양푼에 붓고 국거리와 버무린다.

"살하고 애하고 솥에 넣고 끓여. 암껏도 안 넣고. 거기다 요 버물린 것을 넣으문 돼."

거섶들을 차례차례 솥에 넣은 뒤 굵은 소금을 큰 숟가락으로 두어 푼 넣는다. 국물도 흘렁하게 많지만 건더기도 솥 안 가득이다.

벌교 아짐 셋이 뚝딱뚝딱 손을 맞추니 진도가 쑥쑥 나간다. 센 불로 솥을 달구면서 이따금 양념 다진 걸 넣기도 하고 소금을 더 뿌리기도 한다. 한 시간쯤 팔팔 끓여 국물이 뽀글뽀글 솟구칠 때 잰피와 방앗잎을 넣는다.

"잰피하고 방앗잎은 막판에 넣는 거여. 물러지문 향이 달아나분께. 잰피 좋아흔 사람은 묵을 때 이녁이 더 넣으문 되고."

고사리나물, 취나물, 고구마대무침, 부추김치, 배추김치, 표고버섯전, 우렁회무침, 고등어구이, 짱뚱어탕…. 걸다!

영업집의 걸쭉한 짱뚱어탕과는 확연하게 묽다. 더러 불량한 식당에선 고등어나 미꾸라지를 넣어 양을 불린다는 말이 영 틀리진 않는가 보다. 아무튼 짱뚱어 쉰다섯 마리를 발라 넣었지만 살점이 귀하다. 국물 맛을 보니 칼칼하고 담백하다.

아짐이 큰언니에게 마지막으로 간을 봐달라고 한다. 설소방 아짐이 "짜던 안흐다"며 고개를 끄덕인다. 작년에 오빠 한 분을 여윈 탓에 9남매 중에 벌교에서 부대끼며 사는 유일한 피붙이다. 세월이 갈수록 더욱 도탑고 각별하기에 조금 별난 음식이라면 언제든지 서로 불러 잔칫상을 차린다.

아짐은 고흥 점암서 손수 잡아 온 자연산 우렁으로 회무침을 만든다. 뭣을 하든 맨손이다.

"손으로 해야제 장갑 끼문 절대 맛이 안 나와요. 그런께 옛날부터 손맛이라고 그랬제. 요즘 젊은 사람들은 짱뚱애탕은커녕 생선을 만지지도 못할 것이여. 근디 탕은 우거지가 많이 들어가야제 맛있어."

걸쭉한 탕들은 모두 기억에서 지워야 할 판

고사리나물, 취나물, 고구마대무침, 부추김치, 배추김치, 표고버섯전, 우렁회무침, 고등어구이, 짱뚱어탕…. 걸다! 자매간 동서지간 사돈 사이에 끼여 화목한 점심을 먹는다.

잰피를 흠뻑 탕에 뿌린 뒤 밥을 말았다. 몇 숟가락을 떠 넣자 후끈 더운 기운이 온몸을 휘감아 돈다. 혀가 얼얼해지면서 땀이 바짝 난다. 매운 기운이 한꺼번에 사납게 몰려오기보다 부드럽게 천천히 강도를 더해가며 오래간다. 땀구멍이 뻥뻥 뚫리면서 무덤덤해진 감각들이 깨어나는가 싶더니 기운이 막 솟는다. 짱뚱어 살점은 작지만 물러지지 않고 질감이 느껴질 만큼 고소하다. 깔끔하고 개운한 국물 맛이 속을 확 풀어준다. 우거지 씹는 개미도 더없이 좋다. 이젠 걸쭉한 탕들은 모두 기억에서 지워야 할 판이다. 우렁회에 밥을 비벼 또 한 그릇을 말끔하게 비워냈다. 밥도 탕도 두 그릇씩 옹골지게 먹어치웠다.

태풍은 벌써 지나갔나 보다. 부엌을 기웃거리며 들썩들썩 창을 흔들어대던 바람도 잦아들었다. 벌교 어르신들의 따순 배웅처럼 날씨 또한 환해진다.

갯벌을 지척에 두고 그냥 돌아설 수 없어 바닷가로 향한다. 큰 바람 물러간 벌교 갯벌은 저기 멀리 장도까지 활짝 열려 광활하다. 송사리만큼이나 자잘한 짱뚱어 새끼들이 갯벌 위를 해작거리고 있다. 게들이 볼볼 기어간다. 갯벌 전체가 살아서 꿈적거리는 것 같다.

"올핸 짱뚱애가 넘다 귀해. 통 안 나와. 한 해 많으문 담엔 적고 그러등마."

물 빠진 갯벌을 우두커니 바라보던 아짐 한 분이 어황을 전해준다. 걷는 듯, 뛰는 듯, 후~욱 날아다니는 듯, 짱뚱어는 희한한 생선이다. 예전엔 흔했다지만 줄어드는 갯벌과 오염 탓에 갈수록 희귀해진다. 그 귀한 맛은 차치하고, 살아 있는 생태환경을 팔짝팔짝 증명하는 벌교 갯벌의 영원한 주인이 길 바라본다.

풍년식탐
27

보풀처럼 녹아드는 게살과 알의 맛

곡성 '하한산장' 박금자 아짐

참 게 수 제 비

• • 어머니가 빚어 띄운 메주짝/ 잘 마른 고추 부대 싣고/ 가난한 큰누나/ 찾아가는 섬진강길/ 양지바른 모랫벌에/ 해묵은 가난 이야기랑 서러운/ 누나의 첫사랑 이야기를/ 한 짐씩 풀어놓고 가다보면/ 강물도 목이 메는지/ 저기 저 압록이나 구례구/ 쉬었다가 흐르는 강물에선/ 메주 뜨는 냄새가 나는 것 같아/ 슬픔인 듯 설움인 듯/ 가슴엣 것들이 썩고 또 삭아서/ 가난해서 죄없던 시절은/ 드맑은 눈물로 괴는가/ 도른도른 강물은/ 어머니 띄운 장 빛깔로/ 굽이굽이 또/ 천리를 돌아가고 있었다.(복효근 '섬진강길')

시인의 맘을 붙든 자리가 여기쯤일까. 곡성 죽곡면 압록다리 지나 강물도 목이 메어 쉬었다 흐르는 여울목이다. 흐린 하늘 한 모퉁이를 찢고 희뿌연 아침이 들이치는 차가운 강 속으로 김동진 아재가 성큼성큼 들어간다.

"추석 되문 딱 그때부터 잡아. 살이 갈수락 더 차지고 단단해져. 이것이 음력으로 시월 말, 추우문 안 내려와불어. 그래갖고 음력으로 2월, '영등게'라고 한 뒤 달 나오문 끝이여. 영등게는 황소가 밟아도 안 깨진다는 거거든.

그만치 살이 차서 깡깡흐다는 거여."

하루 한 번 통발(게망 그물)을 들어 올려 참게를 잡는다. 뭍을 걷듯 가뿐한 걸음 뒤로 젊은 사진기자는 비틀비틀 위태롭다. 강가를 서성이는데 널따란 압록 백사장에서 궁굴던 옛 추억 그립다. 몽글몽글 가늘고 곱던 모래는 다 어디로 갔을꼬.

강물이 멈추듯 흐르다 경사지를 휘돌아 찰찰 소리치며 내리닿는 곳이다. 아재는 여울을 가로질러 꽂아둔 긴 작대기를 따라 통발을 하나씩 들추고 참게를 꺼낸다. 몇 개는 허탕이다.

"백분의 일배끼 안 돼. 옛날에는 이걸로 하나씩 잡으문 굉장히 무거워. 인자 많이 잽히문 이십 마리. 글 안흐문 다섯 마리, 여섯 마리…."

가슴께 차오르는 물이 너무 선뜻해 '장화가 새는 줄 알았다'는 젊은 사진기자는 아직 강 속에서 더듬거리고, 잰걸음으로 나온 아재는 벌써 장화를 벗는다.

"모래는 싹 파서 팔아묵어 불고, 맨 돌만 있다니까. 미끄롸. 조심해야 돼. 촬영흐다 카메라를 물 속에 빠차불고 그랬당께."

'섬진강 물새'라는 별명처럼 은어낚시 고수로 국내외 여러 매체에 소개된 아재다운 염려다.

"날이 가물문 안 내려와. 비가 살짝 와가지고 물이 약간 불문 그날 저녁에는 괜찮애. 물이 좀 수수(잔잔)헌 디다 쳐야 흔디 그럴 디가 없어. 거가 젤 야푸거든, 나가 댕기기가 존께."

물살이 세지만 얕은 자리에 쑤기를 놓아야 수월하다. 바닷물과 민물을 오르락내리락하며 사는 참게는 가을이면 산란을 위해 바다로 향한다. 그래서 '내려온다'는 말이다.

"하동서부터 올라와갖고 끝까지 가. 여그까지 왔다가 내리가는 거지. 봄에 산란흐고 또 올라오고. 옛날에는 봄에 개미 행렬흐는 식으로 많이 관찰을 했거든. 일렬로 쪽 올라와. 요만씩 해. 지금은 구경을 못해. 이것도 바다에서 부화흐지 민물에선 부화를 못해."

'새끼손톱만 한 새끼들이 거멓게 줄을 지어 강을 거슬러 오르더라'는 말씀이 아득한 전설처럼 비현실적으로 들린다.

"곡성군서 게망 허가는 나 하나라. 한 간디배끼 안 쳐. 칠 디가 없은께. 미끼 안 너. 망만 있으문 돼. 항! 망마다 허가가 틀리제. 울 아들은 대사리 허가고."

개미 행렬하듯
참게 새끼들이 올라오던 시절도 있었건만

아재가 아내인 박금자 아짐 앞에 놓인 고무대야에 잡아온 참게를 털어낸다. 열한 마리다.

"여그 중국산 한 마리 들었구만요. 중국산은 흐게요. 참게가 없어져갖고 정부에서 치어를 넣으라고 지원을 했는디 중국산 씨를 넣었는갑서. 강에다 풀어서 한 삼사 년 되아야 요렇게 커요. 근디 이것들이 사람맨이로 언제까지 놔둬도 중국놈은 중국놈이여. 절대 안 바꽈져. 요 큰 놈은 국산이여. 토종은 뚜껑이 놀짱하고 납작스름해. 근디 오래되야분께 맛은 똑같드라고요.

하루 한 번, 아침마다 참게잡이 통발을 들어 올리는 김동진 아재. 참게도 고기도 예전에 비해 턱없이 졸아들었다.

모양만 틀리지."

중국산 게가 섞인 연유다. 타고난 생김새는 변하지 않아도 토양 따라 기질이 변하는 게 사람 사는 이치와 흡사하다.

"저 웃대 웃대 할아부지부터 잡았어요. 그런께 배우고 배우고 해갖고 우리 손지도 그것을 알아불어. 자꼬 데꼬 댕김서 해분께."

부부가 40여 년을 살았다는 집은 '하한산장'이라는 간판을 달았지만 영업집 느낌이 없다. 살림집에 덧댄 공간이 식당 구실을 하는 모양이다.

"우리 아저씨가 전에 이장을 험서 고기 잡아다가 누구든 막 끓여주고 흔께 공짜배기 손님이 엄청나게 많은 거여. 쌀도 몰라져불제, 장도 몰라져불제, 고치가리고 마늘이고 당흘 수가 없어, 어찌케 손님이 많은지. 우리 묵고 살 쌀도 없어져 불드라고. 그런께 손님들이 우리가 갖다주껀께 해도라고 그래. 쌀도 갖고 오고 양님도 갖고 오고 흔디, 어떤 사람들은 그냥 돈을 줘. 그래서 장사가 돼불었어. 그때 면 직원들이 "간판 해라" 해서 허고. 고기 잡는 허가도 어찌게 했능가하문, 서울서 조카들이 와서 천렵을 나갔는디 순경들이 잡으러 온 거여. 여그가 얼매나 고약흔 디냐문, 이 짝은 곡성 땅, 저 짝은 순천 땅, 강 건너는 구례라. 그래서 물도 반반이여. 그물도 반만 쳐라 해. 영

밤새 통발에 든 싱싱한 섬진강 참게들.(왼쪽) 대야에 담긴 참게들이 금세라도 밖으로 기어나갈 듯 부산하게 움직인다. 남해바다로 내려가던 길에 아재의 통발에 걸려든 토종들이다.(오른쪽)

까탈시러. 근디 구례 순경이 쫓아올린 거여. 산꼭대기까지 도망갔는디 거기까지 쫓아와서 시계고 옷이고 다 가지가 불었어. 그땐 순경 옷만 봐도 놀랠 때여. 그래서 고기 잡는 허가를 낸 거여. 곡성군 1호로. 1975년도나 되야. 근께 아는 공무원들이나 친구들만 상대했제. 장사를 표시나게 해보들 못했어."

나주 봉황에서 시집온 아짐은 산기슭에도 강가에도 대숲 울울한 대나무골(죽곡, 竹谷)에서 나주떡으로 44년을 살았다. '사는 디는 욕심이 없고 노는 디만 욕심이 있다'는 아재와 더불어 5남매를 키워낸 사연이 강물처럼 길고 길다.

"참게수제비는 우리 집배끼 안 해. 시어머니가 구십 살이 다 되아서 돌아가셨거등요. 이 없슨께 게를 확독에 갈아서 그 국물에다 밀가리 띄워서 해 드렸더니 맛있다 그러드라고."

참게수제비의 역사는 그러했다. 시어른을 정성껏 봉양하던 며느리의 갸륵한 궁리가 낳은 효도음식인 게다. 그 독특한 풍미가 알음알음 주변으로 소문이 번지면서 유명해졌다. 하지만 참게 소모도 많고 만들기가 성가셔 지금도 부탁하는 단골들만 끓여줄 뿐 메뉴에는 없다.

이 없는 노모를 위해 궁리해낸
갸륵한 음식

"장가가라"는 부모님 말씀을 거역하고 열아홉 살에 객지로 나돌았다는 아재의 경험담을 듣다가 부엌으로 들어서니 아짐이 조그마한 절구에 참게를 찧는다.

"옛날엔 확독에 갈았는디. 생게 세 마리 오늘 잡아 온 거요. 씻어서 찌문(찧으면) 계란 노란자 맨치로 확 일어나. 이따 끓일 때 보문 예술이여."

쿵쿵쿵! 짜그락짜그락! 섬진강 상류에서 남해바다를 향해 야간 행군을 하던 참게 세 마리가 하필 아재의 통발에 들어갔다가 느닷없이 절구에서 최후를 맞는다. 이제 믹서에 넣고 더 잘게 간다.

"내가 생기기는 못쓰게 생겼어도 효부상도 탔어. 친했어 둘이 시어머니흐고." 참게수제비 만들 때마다 시어머니 생각이 나는가 보다.

살과 알, 껍데기가 엉켜 겨자처럼 노란 액체에서 풍기는 비린내가 싱싱하다. 바가지에 담아 물을 살짝 끼얹은 뒤 가는 체에 밭치고 살살 문지른다. 잘게 부서진 껍데기만 남고 앙금처럼 부드러운 국물만 양푼에 고인다.

"게가 비린내가 많이 나. 뭔 고기든지 비린내 많이 난 고기가 맛있어요. 동계(마을 사람들의 계모임 행사) 흘 때 마을에 손님 오문 게가 최고여. 근디 여그가 젤 가난흔 마을이여. 근께 계란을 갖고 와서 게를 바꽈가서 손님 대접을 흐제. 요건 살만 내야 흔께 정성이여. 정성을 안 들이문 맛도 안 나."

아짐은 센 불에 뚝배기를 미리 달군다. 물은 약간 붓는다. 가늘게 썬 양파와 다진 마늘을 넣는다. 소금을 슬쩍, 매운 고추를 쫑쫑 썰어 넣는다. 고춧가루 한 숟가락도 뿌린다.

"매운 놈 여야 얼큰허고 비린내가 안 나고. 퍼런 것은 나중에 옇고…. 밀가리는 반죽을 미리 해놔. 그래야 밀가리 냄새가 안 나. 낼 쓸 놈 오늘 해서 숙성해 놔. 반죽헐 때는 밀가리가 손에 한나도 안 묻을 때까지 문대야 돼. 그래야 찰져."

팔팔 끓는 국물에 얇은 수제비 반죽을 똑똑 끊어 넣는 박금자 아짐. 얼마나 밀가루 반죽을 문질러댔을까. 하루 전에 만들어 숙성시킨 수제비 반죽이 부드럽기 그지없다.

갈아둔 참게를 뚝배기에 붓는다. 허연 거품이 부르르 일어난다.

"마늘 땜에 그래. 마늘이 까쓰가 많등마. 눌어분께 저서야 돼요."

국자를 빙빙 돌려 젓는다. 소금간도 안 한 맨 밀가루 반죽이 난질난질 부드럽기 그지없다. 때깔도 노르스름 식감을 돋운다.

"긍께 수제비 허는 집에 가서 묵을라문 반죽에 밀가리가 묻었는지 안

생게 세 마리를 작은 절구에 넣고 쿵쿵 찧는다. 비린내가 확 풍겨난다.(위)
생게를 절구에 찧은 뒤 갈아서 가는 체에 밭친다. 껍데기만 걸러내 버리고 속살과 알은 오롯하게 수제비 국물이 된다.(아래)

묻었는지 보문 알아. 얼~마나 문대야 해. 밀가리가 한나라도 남으문 안 돼. 그런께 폴이 이렇게 틀어져 불었어."

과연 아짐의 왼손은 눈에 띄게 안쪽으로 굽어져 있다. 반죽을 얇게 펴서 똑똑 끊어 끓는 국물에 넣는다. 낭창낭창하던 조각들이 금세 익으면서 동동 떠다닌다. 밀가루를 얼마나 문질러대면 저렇듯 말끔할까. 아짐 손에는 밀가루 반죽을 매만진 흔적이 없다.

"잘 문대야 돼. 그것이 손맛이여."

'가난했던 큰누나' 같은 아짐이 정직한 손맛의 정의를 일깨운다.

보풀처럼 보드라운 덩어리들이 옹글옹글 일어난다. 해체되었던 참게의 살과 알이 뜨겁게 하나로 엉기는 것이다. 그 모양이 계란탕을 닮았다.

"게장? 아직 철이 아니여. 게장을 쉽게 말흘라문, 게 집게발 하나로 삼부자가 밥을 묵는다 그랬어. 그거 한나 갖고 아들 둘이 아부지허고 밥 한 그럭씩을 묵는다는 말이여. 그만치 짜게 담아야 흔다고, 그런께 밥도둑이여. 음력으로 시월부터 담아. 그래야 살이 꽉 차고 변호지를 않고. 장은 세 번 데려. 십일 만에 한 번씩…."

섬진강처럼 깊고 맑은 국물은
매콤하고 시원

참게수제비가 다 되어 간다. 아짐은 "고칫가리 많이 넣으문 틉틉해져. 아까 청양고추 넣었슨께" 라며 고춧가루를 흩뿌리고, 대파와 미나리를 썰어 넣는다. "미나리도 매운탕에 넣는 것은 거치름하게 썰고 수제비에는 쏭쏭 썰어 넣어. 팽이(버섯) 요것은 인자 넣은 거여, 신식으로."

마지막으로 후추를 뿌리고 간을 본다.

"음식은 돼지고기 노랑내 안 나게, 물고기는 비린내 안 나게 허는 사람이 잘허는 것이제."

고들빼기, 파김치, 참게장, 깍두기, 매실장아찌, 멸치무침, 다슬기장에 참게수제비가 뚝배기째 올랐다. 새벽부터 서댄(서둘러댄) 탓인지 뱃속이 꿀쩍해 늦은 아침상이 반갑다.

참게 향이 은은하다. 섬진강처럼 깊고 맑은 국물은 매콤하고 시원하다. 살과 알은 보푸라기처럼 입 안에서 녹아 사라지고, 노릿노릿 수제비가 미끈미끈 씹히는 개미 흐뭇하다. 가히 구십 노인도 편안하게 드실 만한 별미 중의 별미다. 쌀밥을 수제비 국물에 말아서, 다슬기장에 비벼서 딱딱 바닥을 긁고 만다.

참게수제비 한 숟가락. 보푸라기처럼 엉긴 게살과 알, 노릿노릿 때깔 좋은 수제비가 먹음직스럽다.(왼쪽) 쌉스름하면서도 고소한 맛이 일품인 다슬기장.(오른쪽)

"게탕을 흐문 절반 이상 베래불어. 전부 다 버리잖애."

참게 속을 오롯하게 빼낸 슬기로운 친환경음식이요, 난생 처음 보는 맛이다.

"나는 우리 시어머니 보고 살았어요. 우리 신랑은 맨날 놀기만 흐고."

"그러문 시어무니랑 살제 그랬는가?"

"집이나 있어갖고 시어머니를 모셨가니. 넘의 작업방에서 신혼 때부터 모셨어요, 한 방에서."

"고생 많이 했소, 나 따라 삼서. 지금도 고생이라. 이것이 상노동이여."

"애기들이 다섯인디. 아들 서이 딸 둘이. 우리가 도와준 것이 한나도 없어요."

서로를 향하기도 하고, 손님들에게 들려주기도 하고, 더러는 혼잣말 같은 부부의 대화가 쫀득쫀득하다. 가난에 굴하지 않고 헤쳐온 험한 세월들이다. '입맛 까치름하셨다'는 시어머니도, 사람 좋은 남편도, 해준 것 없어 늘 미안하다는 자식들도 기실 부지런한 아짐이 없었다면 얼마나 고달팠으리. 그 하염없는 치사랑과 내리사랑처럼 섬진강의 참게도 사람들의 허튼 짓 따위에 굴하지 않았으면, 깨끗한 강물의 역사도 무궁무진 흘러갔으면….

풍년 식탐

초판 1쇄 인쇄 2013년 11월 1일
초판 1쇄 발행 2013년 11월 8일

지은이 황풍년
펴낸이 박종암
펴낸곳 도서출판 르네상스
출판등록 제313-2010-270호
주소 121-842 서울시 마포구 서교동 460-14번지 2층
전화 02-334-2751 | 팩스 02-338-2672
전자우편 rene411@naver.com

ISBN 978-89-90828-66-8 03810
• 책값은 뒤표지에 있습니다.

이 도서의 국립중앙도서관 출판시도서목록(CIP)은 서지정보유통지원시스템 홈페이지(http://seoji.nl.go.kr)와 국가자료공동목록시스템(http://www.nl.go.kr/kolisnet)에서 이용하실 수 있습니다.(CIP제어번호: CIP2013020420)